Trenker · Der verlorene Sohn

Luis Trenker

Der verlorene Sohn

Roman

C. Bertelsmann

 1984 / 5 4 3 2 1
Gesamtherstellung: Wiener Verlag, Himberg
ISBN 3-570-04398-3 · Printed in Austria

VORWORT

Diese Erzählung entstand im Gedanken an die Wiesen und Wolken der Kindheit und der Heimat. Ich schrieb sie aus der brennenden Sehnsucht des an fremde Ufer Getriebenen und aus der heißeren Sehnsucht des Entsagenden.
Die nach dem Erlebnis hungernde Seele des Bergbauernsohnes und der nach Brot hungernde Körper des Verirrten bilden das täglich sich erfüllende Schicksal vieler Menschen in aller Welt. So mußte sich auch Tonio Feuersinger, der Träger dieser Erzählung, kämpfend zum Glauben an die Heimaterde durchringen, die ihn an sich kettet wie ein Mutterherz das geliebte Kind.
In Liebe und Verehrung sei daher dieses Buch vom verlorenen Sohn meinen Eltern gewidmet, die mich Gottesfurcht und Bescheidenheit lehrten, und denen ich dafür danken will, solange ich lebe.

Luis Trenker

Es ist ein Sommersonntagnachmittag.

Zwei Burschen liegen im Gras und plaudern von ihrer letzten großen Bergfahrt.

Sie haben den weit und mächtig aus den Almwiesen aufsteigenden Nordgrat des Langkofels erklettert. Das ist ein Tag gewesen! Bei schönstem Wetter sind sie vom Einstieg bis zum Gipfel in sieben Stunden, ohne Zwischenfall und Rast, durch die engen Kamine und über die großen glatten Wandstellen geklettert wie junge Teufel. Und einmal hat der Tonio und ein anderes Mal der Sepp die Führung und die Verantwortung übernommen.

Solche Gipfelfahrt freundet an; zwischen dem Tonio Feuersinger und dem Sepp Zangenfeind braucht es zwar weiter keiner sonderlichen Bergfahrten mehr, um die Freundschaft zu schmieden und stärker zu verankern. Als Buben schon waren sie barfuß auf den Wiesen von Laurein herumgelaufen, hatten im Bach gebadet, Holz aus dem Wald geholt, Rüben auf den Äckern gestohlen, hatten gemeinsam Kühe, Schafe oder Ziegen gehütet, waren auf derselben Schulbank gesessen und gemeinsam als Lehrjungen zum alten Gudauner in die Bildhauerwerkstatt gekommen. Fleißig und ordentlich hatten sie zeichnen gelernt in der Abendschule beim Fachschullehrer Martiner, der bei allem Poltern die Güte selbst war und nach Talent, Verstand und Wissen eigentlich ganz woandershin gehört hätte als nach St. Laurein. Dieser Martiner war in Augsburg geboren, hatte in München studiert und wäre heute bestimmt Professor für Kirchenbau an der Wiener Akademie, wenn er, na, wenn er nicht nach St. Laurein gekommen wäre, bevor er seine Studien beendet hatte. Die hoch aufsteigenden Lärchen und die Blumenwiesen, die Wälder und vor allem die Berge hatten sein Herz gefangengesetzt, und der gute Wein, der gar nicht weit von St. Laurein wächst, hatte ein übriges getan. Der Martiner hat eine schöne, junge Magd vom Gudauner Hof kennengelernt, hat Hochschule, Augsburg und Zukunft an den Nagel gehängt und das Mädel geheiratet. So sitzt er also nun schon seit vierzig Jahren fest in Laurein und ist geachtet und beliebt bei jung und alt.

Die beiden liegen also im Gras einer blumigen Wiese, die von lichten, leicht im Winde rauschenden Lärchen umgeben ist, und rauchen und schauen ihren Hausberg, den Langkofel, mit Liebe und Stolz an.

»Siehst die große Rinne, wo du durch wolltest? Das wäre wohl falsch gewesen, mein Lieber. Siehst, wie ich recht gehabt hab, daß wir links durch die Platten sind?«

»Ja«, meint der Sepp, sich aufrichtend, »wenn man so hinüberschaut, dann magst recht haben. Aber du weißt es ja, Tonio, die Berg' haben's manchmal wie die Weiber: von jeder Seiten und an jedem Tag sehen sie anders aus!«

»Faule Ausred«, sagt Tonio lachend, »aber was soll man denn heut eigentlich anfangen? Kirchen besucht haben wir schon vormittag, und arbeiten ist Sünd an einem Sonntag, 's ist ja schon an schönen Werktagen eine Sünd. Spazierengehen ist eine Angelegenheit für alte Leut, und zu einer Tour ist's heut auch schon zu spät.«

»Gehen wir hinauf gegen die Wände übern Hochwart und suchen einen guten Arvenstamm für den alten Gudauner. Er braucht Schnitzholz für seine Heiligen.« –

Aus der tiefen Talschlucht trägt der Wind den rauschenden Gesang des Baches herauf zu den beiden, die langsam im schweren Berglerschritt über die Lärchenwiesen steigen.

Groß und gewaltig wie ein gotischer Dom, in der Erde wurzelnd und in den Himmel wachsend, grüßt von der anderen Talseite her der Langkofel.

Weder Seil noch Rucksack hindern ihren Gang, und während über den St. Laureiner Kirchplatz die Leute aus der Nachmittagsandacht kommen und die Wirtshäuser sich füllen und droben in Hoch-Laurein Fremde aller Länder ihren Kaffee bestellen oder auf den roten Tennisplätzen die Bälle schlagen, steigen die beiden in den Felsen umher und holen sich die schönsten Edelweißsterne. Immer höher klettern sie, fast bis zum großen Kreuz des Hochwart, das weithin rufend und mahnend von der äußersten Kante der Felswand ragt. Von überall im Tal kann man das Kreuz sehen, weithinaus ist es sichtbar, und jeder Mensch freut sich, wenn er es erblickt. Es ist immer wie ein Gruß des Himmels,

wenn über Wiesen, Wald und Fels aus freier Bergeshöhe uns ein mächtiges Holzkreuz grüßt und uns noch höher gen Himmel blicken läßt.
Der Tonio hat das Kreuz besonders gern. Der alte Martiner, der alles weiß, hat ihm einmal seine Entstehungsgeschichte erzählt. Einer der großen Holzverleger, die mit ihren Schnitzwaren die weite Welt durchfahren, hat es in der Hoffnung auf glückliche Heimkehr aus fernem Land zu errichten gelobt und hatte es dann zum Dank für die Rettung aus schwerer Seenot aufstellen lassen. Es war etwas Großes, Schönes, Heiliges und Geheimnisvolles um dieses mächtige, verwitterte, graue Kreuz hier oben.
Der Sepp ist an der Westseite der Felswände weitergestiegen. Hier brechen sie tief in ein wildes Steintal ab. Felsbrüche und Geröllmuren wechseln mit spärlichem Jungholz, Latschen und vereinzelten Zirben ab. Es ist nicht geheuer auf dieser brüchigen Wildwetterseite. Und seitdem sie einmal einen jungen Grafen, der hier beim Edelweißsuchen zu Tode gestürzt war, aus den zerrissenen Schluchten hatten bergen müssen, meidet Tonio diesen Grat.

Weitum und weitaus reicht der Blick, weit in die drei großen Täler hinunter: südwärts ins Laureiner Tal, wo sich mauerweiße Höfe und holzbraune Hütten um die rotbedachte Kirche mit der stumpfen Turmzwiebel scharen wie die Küken um die Henne. Im Westen zieht die tiefe Schlucht, in der knapp aneinandergedrängt Fluß, Bahn und uralte Straße Platz finden, von Nord nach Süd. Und dort von Norden her grüßt das waldreiche Funessertal herauf.
Dort – weit unten im Südwesten – wächst schon der herrliche, milde Wein des Südlandes; aber hier, unweit vom sonnenglühenden Langkofel, ragt noch die eiskühle Herrlichkeit der Marmolata in den blauen Himmel. Von seiner Silberkuppe zieht der gewaltige Eisstrom, sich mit anderen Brüdern vereinigend, fast bis ins obere Ende des Laureiner Tales.
Seit undenklichen Zeiten steht das Kreuz hier oben als Wahrzeichen. Es erzählt von einem, der auszog und mit Gottes Hilfe wiederkam.
Wie nun der Tonio Feuersinger zu dem alten, grauen Wetterholz hinaufblickt, entdeckt er einen kleinen Blumenstrauß, den ein

gläubiges Herz dort niedergelegt hat. Und plötzlich überfliegt ihn, den fünfundzwanzigjährigen Kerl, ein Gefühl unaussprechlicher Freude. Sein braunes, geradliniges Antlitz wird schnell um eine ganze Tonstufe dunkler und feuriger:
Er weiß, wer gestern den Strauß Blumen hier niedergelegt hat, und legt die Edelweißsterne dazu.
Tonios Gedanken steigen aus der Berghöhe hinunter ins Dorf. Sie ist nun gewiß in der Kirche, die Barbara Gudauner: nicht nur weil heute Sonntag ist, sondern weil sie vielleicht Besonderes am Herzen hat, wozu sie den lieben Gott und seine heiligen Helfer braucht. Und gestern, da ist sie wohl bei den Heumähern gewesen und ist hier vorbeigekommen. Ist schon ein rechtes Mädel, die Barbl, denkt der Tonio und schaut wieder zum verwitterten Kreuz hinauf.
Und da hat er plötzlich einen Einfall. Auf das Kreuz gehört eigentlich ein Herrgott hinauf. Ja, ein Herrgott! Und den müßte man schnitzen! Aber im selben Augenblick ruft von drüben, von der Felskuppe, der Sepp her:
»Tonio, Tonio, da komm her, ich hab was gefunden!«
Wie nun der Tonio schnell hinüberklettert, ist der Sepp schon einige Meter in die Wand hinuntergestiegen. Dort hängt, vom Wind und Sturm der Jahrzehnte gedreht und gebogen, eine phantastisch sich reckende Wetterarve in die Luft hinaus, von der man glauben möchte, daß sie jeden Augenblick in die Tiefe stürzen wird. Aber die knorrigen, wie Schiffstaue gedrehten Wurzelknoten klammern sich fest in den harten Fels.
»Was willst denn damit?« fragt Tonio.
»Da könnt man doch etwas ganz Wildes draus schnitzen«, antwortet der Sepp.
Tonio muß lachen, aber dann betrachtet er den merkwürdig starr und schwarz in die Luft ragenden Stamm genauer und sagt: »Vielleicht, Sepp, aber wie willst du denn diesen Riesen ins Tal bringen? Und was willst denn aus einem solchen Holz schnitzen? Mensch, bist wohl nicht ganz bei Trost?«
»Vielleicht«, meint der Sepp, der jetzt langsam zurückklettert. Auch er glaubt, daß der Stamm einfach zu groß und viel zu schwer sei, um ihn ins Tal bringen zu können. »Aber«, meint er dann, »schau dir doch das krumme, wilde Zeug einmal ganz genau an!«

Die Arve ist vom Blitz bis in die Wurzeln zerschlagen und verbrannt. Ihr Stamm mochte seit Jahrzehnten ohne Rinde, ihre Äste ohne Nadeln gewesen sein. Wie mit drohenden Armen und Fingern krümmen sich Stamm und Aststumpen. Es ist, als hätten Leid und Weh viele Menschenalter lang an ihr genagt und sie zermürbt; und dann scheint es wieder, als lebe der ganze Stamm und als recke er wie beschwörend die Arme gegen den Himmel, als banne er alle Wetter und die bösen Geister, als sei er selber verzaubert, verbannt und verwunschen.

Es ist Abend geworden. Die beiden sitzen noch immer droben beim Kreuz. Ihr Entschluß steht fest: Aus diesem Wetterbaum soll ein Herrgott geschnitzt werden, und dieser Herrgott soll hier oben seinen Platz finden. Die Wurzeln und was von dem Holzblock übrigbleibt, wollen sie später in der Werkstatt zu Masken für die Sonnwend und Rauhnacht verarbeiten.

So soll also die alte, treue Wetterarve zu neuem Dasein erwachen. Mit Seil und Beil und Werkzeug wollen die zwei Freunde nun jeden Feierabend in aller Heimlichkeit heraufsteigen auf den Lugaus am Hochwart, um aus dem zerdrehten Stamm einen Gekreuzigten herauszuhauen.

Lange Zeit noch sitzen die beiden im Licht der untergehenden Sonne, und je länger sie den Stamm betrachten, desto deutlicher hebt sich aus ihm die Leidensgestalt. Die ergreifende Bewegung des sterbenden, schmerzgequälten Herrgotts liegt ja schon in der gespenstischen Krümmung des riesigen Wetterbaums vorgezeichnet.

Wahrhaftig, ja, einen Herrgott, einen Gekreuzigten werden sie daraus schlagen und hier oben aufrichten, daß er weit über Berg und Tal blickt, all die Tage.

An jedem Abend kommen nun die zwei den anderthalb Stunden weiten Steilweg herauf und arbeiten so lange, als Mondlicht, Laternenschein, Wetter und Wind es ihnen gestatten. Unter harten, in der Nacht weithin hallenden Schlägen entsteht aus dem blitzeversengten, sturmgebeugten Stamm allmählich der grobe Umriß des gekreuzigten Heilands. Tonio ist der Vorarbeiter, er haut die Figur heraus, er hat die Vision. Seine Augen brennen, nichts lenkt ihn ab. Der Sepp muß springen, helfen, da sein, dort sein, das Licht halten, Werkzeug herbeischaffen.

Sonntags sind sie den ganzen Tag oben. Keinem Menschen im

Tal sagen sie ein Wort. Niemand weiß von ihrem Vorhaben – auch die Barbl nicht. Die Hände, die Füße, das Haar, die drükkende Dornenkrone, alles, alles muß den Schmerz und die Größe des Heilands ausdrücken.
Und eines Nachts hängt die Gestalt des Heilands, überlebensgroß und ergreifend anzuschauen, am Kreuz. Mit schwerer Mühe gelingt es Tonio und Sepp, es aufzurichten. Im unsicheren Licht des Mondes leuchtet der hölzerne Leib des Erlösers, es ist, als ob er zu leben begänne, als ob er atmete. Weit vornübergebeugt, schmerzlich im Sterben noch das Haupt auf die Brust gesenkt, mit geschlossenen Augen liegt das duldende Antlitz. Entringt sich der gequälten Brust nicht ein Stöhnen? War dies nicht ein Schmerzenslaut, der um Erbarmen bittet? Die Burschen horchen – sie wissen nicht, ob nur der Wind um die Felszacken fährt oder ob nicht der sterbende Erlöser jäh aufklagt. Sie stehen da, stumm und beklommen, nehmen ihre Hüte vom Kopf. Dann bekreuzigen sie sich und gehen schweigend durch den Wald bergab, heimwärts.

Die Jungburschen von St. Laurein sind droben im Holz. Sie schlagen das Jahresdeputat im Lärchenwald. Das sind uralte verbriefte Rechte der Berggemeinde, die ihre Häuser aus Holz baut und sich fast das ganze Hausgerät und das Werkzeug aus dem Walde holt. Und wenn die mächtigen Stämme dann in die kunstvolle, steile Gleitrinne geworfen werden, in der sie den Berg hinunterpfeifen und mit mächtigem Satze in das Seewasser springen, daß dieses in haushohen Fontänen aufschäumt, dann lacht ihnen das Herz, und dann hört man sie singen:

»Die allerlustigsten Leut sein d' Holzhackerleut,
driholdrio, schlag nur zu!
Ham in den Armen viel Kraft und das Herz voller Freud,
driholdrio, schlag nur zu!
Wir pack'n die Axt und wir denken dabei:
Wir hack'n dem Teufel die Knochen entzwei!
Die allerlustigsten Leut sein d' Holzhackerleut,
die ham a sakrische Schneid!
Hau hin, hau her!

Die allerlustigsten Leut sein d' Holzhackerleut,
driholdrio, schlag nur zu!
Und was wir tun, hat uns niemals gereut,
driholdrio, schlag nur zu!
Wir ham das Herz auf dem richtigen Fleck,
was im Weg steht, das hau'n wir glei' weg.
Die allerlustigsten Leut sein d' Holzhackerleut,
die ham a sakrische Schneid!
Hau hin, hau her!«

Und dann springt wohl manch einer von ihnen im vollen Übermut auf die gleitenden Riesenscheiter hinauf, schlägt den Zapin, das langschäftige Beil mit der Klinge, die krumm und spitz gebogen ist wie ein Adlerschnabel, in das Holz und reitet so über die Gleitbahn in die Tiefe wie Tod und Teufel. An der letzten Wende heißt es dann abspringen, sonst geht's im unheilvollen Sprung mitsamt dem sausenden Langholz hinunter in den grünen See.

Der Tonio Feuersinger ist gern dabei, wenn Holz geschlagen wird. Wenn sie singen, hört man seine kräftige Stimme aus dem wohlgestimmten Chor heraus; wenn die Äxte ins Holz fahren, so tut seine Axt den kräftigsten Schlag.

Er ist nicht nur im Dorf, sondern auch im Holz der »Capo« der ganzen Gesellschaft, ohne daß ihm eine Wahl oder eine Behörde dieses Amt gegeben hätte. Es versteht sich fast von selbst, daß der lustige Bursche der Anführer ist, sei es im Wald oder auf dem Feld, in der Felswand oder in den Gletscherbergen. Tonio ist halt bloß einer!

In St. Laurein hat man bald bemerkt, daß mit dem Kreuz am Lugaus etwas geschehen ist. Der Tonio hat nicht viel Worte darüber verloren, aber der Sepp hat den Mund nicht halten können, und seit es die Rosina, die Krämerin, erfahren hat, das lebendige Tagblatt von St. Laurein, da wissen es alle.

Ein wenig neugierig sind sie alle geworden, wie denn das Wunderkreuz ausschauen mag, das dort oben auf der grünen Kuppe über Nacht entstanden ist.

Aber die meisten müssen ihren Wunsch, das Kreuz aus der Nähe zu besehn, noch im Zaum halten; denn vom frühen Morgen an bis zum späten Abend hängen sie im Joch der Arbeit: Der Vater Feuersinger zum Beispiel kann den Pflug, der schwer das karge, durchsteinte Feld aufreißt, nicht einfach stehnlassen; und die »Überneugier« von St. Laurein, die Rosina Unverdorben, muß hinter der Ladenbudel ihrer Gemischt- und Spezereiwarenhandlung ihren Kleinkram verkaufen.

Der Rosina hat übrigens der Sepp die Neuigkeit vom Lugauskreuz gleich persönlich beigebracht. Sie hat die Nachricht mit einem Paket Pfeifentabak belohnt und hätte sie noch lieber mit einem Bussel besiegelt, wenn der Sepp mögen tät. Aber der Sepp weiß nicht recht, ob er »mögen« soll oder nicht. »Einstweilen amal nit«, sagt er, denn er weiß sich »was Besseres«. Die Rosina mit ihrer spitzen Nase und ihrem schiefen, verliebten Geschau, die bleibt ihm schon, bleibt ihm mitsamt dem Krämerladen der Tante Zierhut, der doch einmal, wenn hinter dem Namen Zierhut ein »selig« auf das Schild gemalt wird, an Rosina, die Erbin, übergehen wird.

Noch einer kann nicht hinauf auf den Lugaus: der Lehrer David Martiner. Ihm und zwei jungen Hilfslehrern ist die gesamte Jugend Laureins anvertraut. Er kennt nicht nur die Buben und Mädel insgesamt, er kennt auch die Eltern, weiß, wieviel Kühe in jedem Stall stehen und wieviel Knechte an jedem Tisch sitzen. Er ist die Milde und Güte selber, wenn er auch den einen oder anderen Lausbuben, wenn es sein muß, sehr empfindlich bei den Ohren oder Haaren rupfen kann. Sein Gesicht ist stets glatt und sauber rasiert, die dickglasige Brille ist immer blank geputzt, aber die silbergrauen Haare auf seinem Kopf sind immer ein wenig durcheinandergewurlt. Am glücklichsten ist der alte Lehrer, wenn er um die Spätnachmittagsstunden allein im Kirchlein von Sankt Valentin an der Orgel präludieren kann. Da wird und wird er nicht fertig. Da singt sein ganzes Herz mit.

An solchen Abenden stehen dann manchmal fremde Bergsteiger lange vor der kleinen Kirche und hören zu. Mit dem Tonio, den er besonders in sein Herz geschlossen hat, will er später einmal hinaufwandern zum Lugaus, aber so ohne weiteres kann er wirklich nicht fort, nicht einmal sonntags, denn da versieht er den großen Orgeldienst. Da heißt es erst recht, dem Wunderinstrument alle Bläser-, Streicher- und Sängerstimmen zu entlocken! Bei diesen Kirchenfesten haben die Adlerwirtsbuben mit aller

Kraft zu schnaufen, um mit dem Treten der Bälge fertig zu werden. Einen elektrischen Motor? Nein, den lehnte Martiner ganz entschieden ab. Die Buben sollen nur treten, das ist viel schöner und gehört sich so.
Der Martiner kann also wirklich nicht fort. Aber ein anderer. Der geht jeden Morgen seinen Spaziergang durchs Dorf, über die Wiesen oder durch den Wald. Er ist der junge Pfarrer Virgil Gebetsroither. Während der Schnitzer Florian Gudauner an seiner Notburgafigur arbeitet und sich mit seinem Töchterl, der Barbl, die ihm dabei Modell steht, unterhält, wandert der junge Geistliche hinauf zum Lugauskreuz.
Die Berge stehen im leuchtenden Licht über den dunklen Wäldern, und helle Wolken fliegen, fröhlichen Boten gleich, durch den tiefblauen Himmelsraum. Auf Wiesen und Feldern arbeiten die Bauern um ihr tägliches Brot.
Lange ist der Pfarrer oben gestanden auf dem Berg und hat das Bildnis des Erlösers betrachtet. Er weiß, daß die Bauern ihren Glauben hochhalten und daß sie um Gottes Gnade und Hilfe täglich beten. Er weiß auch, daß in manchem Bauernschädel das Querköpfige stärker ist als alles andere, und er weiß auch um ihre aus grauer Vorzeit stammenden Kulte und Bräuche. Er ist ihnen Kamerad und Helfer, er hat die Güte und Liebe im Herzen. –
In der Werkstatt beim Gudauner! Es riecht nach weichem, harzigem Zirbenholz, nach Wald und Berg und Schnitzstube. Das scharfe Stemmeisen gleitet ins Holz, weich formen sich Antlitz und Kleid aus dem einstigen Stamm. Zurücktretend mustert der stille Meister bald seine Arbeit, bald seine Tochter, kritisch dabei die linke Schulter hochziehend und die Augen leise prüfend zukneifend.
Barbl steht mit Sichel, Brot und Ährenbündel auf einem kleinen Sockel. Sie seufzt. Der linke Arm, mit dem sie die Sichel hochhält, tut ihr weh. In der rechten Hand hält sie die Schürze mit Ährenbündel und Brot. Golden liegen die Flechten ihres vollen Haares um ihre reine Stirn. Verstohlen lugt sie zum Fenster. Auch sie möchte wieder einmal auf die Alm, dann könnte sie am Kreuz vorbei, um sich Tonios Arbeit zu besehn. Der Sepp hat zwar so geredet, als hätte er allein alles gemacht, aber sie kennt die beiden viel zu gut und weiß, wie sie dran ist.

»Jetzt wirst mich wohl nimmer brauchen und allein weitermachen können, Vater«, sagt sie. »Mir tut der Arm so weh, und einkaufen muß ich auch noch; und du könntest ja auch einmal Messer und Schnitzeisen weglegen und mit mir auf die Alm hinaufgehen.«
Der Florian Gudauner aber kriegt ein Gesicht, das an die Masken erinnert, die dort an der Werkstattwand hängen: schlau und verkniffen, fröhlich und schalkhaft.
»Ja, Mädel, die Notburga muß schön werden, bleib nur und hab Geduld, die kommt weit fort, über das Meer, in eine Kirche, und das muß dich auch freuen. Tröst dich nur, das Kruzifix vom Hochwart lauft dir nit davon und der Feuersingerbub schon gar nit!«
Bleibt der rot werdenden Barbl nichts übrig, als voller Geduld weiter auf ihrem Sockel auszuharren. Sie seufzt. Und dann wandert ihr Blick zu den Masken hin und bleibt an der großen goldenen Sonnenmaske hängen. Uralt ist die Maske. Von Sagen und Geheimnissen umwoben. Viele goldglänzende Strahlen umsäumen ihr wunderliches Antlitz, heißt es nicht, daß derjenige, der in ihren Bann fällt, sich ihm nicht mehr entringen kann? Woher kommt sie? Niemand weiß es zu sagen. Aber seit Hunderten von Jahren ist sie der teuerste Besitz der Gemeinde, seit Jahren der Obhut Florian Gudauners anvertraut.
Immer noch starrt Barbl in das verstaubte Goldantlitz – das Gesicht des Sonnwendkönigs wandelt sich langsam im spiegelnden Sonnenlicht – es ist nicht mehr drohend, es wird freundlich, und plötzlich beginnen die stumpfen Augen zu leuchten.
Sie erschrickt fast. Es ist, als hätte die Maske sich in die Züge Tonio Feuersingers verwandelt. Sie kann den Blick nicht mehr ertragen, wirft Sichel, Ährenbündel und Brot auf den Holztisch und rennt, des verwunderten Vaters nicht achtend, erschrocken aus der Werkstatt.
Der alte Gudauner ist so in seine Arbeit vertieft, daß er das ganze Spiel zwischen Barbl und Maske gar nicht bemerkt. »So ein Mädel«, brummt er in seinen Bart, »rennt mir grad so davon, als ob sie sich fürchten tät.«

»Jeß' Mariandjosef!« schreit die Rosina, als die Barbl in ihren Laden hereinfegt. »Du reißt mir ja die Glockn ab! Na, bin i derschrocken! Wo brennt's denn?«

»Gar nix brennt. I krieg a kleines Packl mittleren Tabak und drei Packln vom allerbesten!«
»Hat der Vater gar auf seine alten Tag 's Rauchen angfangt und gleich mit'm allerbesten Tabak? I hab ihn doch no nie nit rauchen sehen?«
»Aber Rosl, doch nicht zum Rauchen, nein, nein, in die Gemüsesuppen schneid' i den Tabak für den Vater, weil ihm das gar so gut schmeckt!«
Schmitzig und verschmitzt antwortet die Rosina: »Und den Tabaksbeutel da in dein'm Körbl, heh, den mit dem Herzl drauf, den schneidst wohl auch dem Vater in die Suppn – ha?«
»Du bist aber schlau, alles siehst, was? Gib jetzt die Packln her, und da hast dein Geld, und wenn s' amal irgendwo a Detektivin brauchen, eine ganz gerissene, da werdn s' schon die Rosina Unverdorben holn. Pfüat di!«
Und draußen war die Barbl.
Die nächsten Kundinnen bekommen es zu hören: »Habt ihr s' gsehn, die Barbl, habt ihr's gehört? Drei Packln Tabak! Und einen Beutel mit einem gestickten Herz drauf hat sie im Körbl!«
»Ja, wie geht jetzt das? Ja, i sag a nix, i will ja nix sagn, aber wenn i was sagn tät, dann kunnt i schon was sagn!«
»Drei Packln Tabak! Und heilige Notburga spieln! Und Tabak in die Suppn neinschneiden!«
»Ja, wer das glaubt, wird selig, sag i. Ja, i sag ja nix, man sagt nur so, sag i! Aber wenn i was sag, sag i, die Packln, die kriegt nit der Vater in der Suppn, sag i, und nit in der Pfeif, die kriegen auch nit die Holzerbubn draußen im Wald, die kriegt grad einer, und zwar einer, den i ganz genau kenn – na, i will nix gsagt haben!«

Allein und glücklich stapft Barbl bergauf. Der Wald liegt da wie im Märchen. Von den Fichten hängen lange grüngraue Flechten. Die Sonne schießt mit goldenen Strahlen durchs Geäst und wirft tausend Lichttupfen ins Gras. Irgendwo springt ein Eichkatzl zwischen Himmel und Erde über schwingende Äste, Spechte klopfen ihren Takt dazu.
Barbl trägt einen Korb am Arm. Strickzeug ist drin und Tabak. Leicht und rasch springt das Mädchen bergauf dem Schall zu, der aus dem Hochwald klingt. Dort oben sind die Burschen im Holz.

Die Bauernsägen machen »hrich«, und sie machen »hrach«. Hell klingen die Axtschläge dazwischen, die lauten Rufe der Holzfäller; und nun kommt ein Lied auf. Barbl kennt es. Abends, wenn sie heimkommen und durchs Dorf ziehen, dann singen sie es:

»Die allerlustigsten Leut sein d' Holzhackerleut!«

Sie bleibt stehen und horcht. Vielleicht hört sie eine Stimme aus dem Lied heraus, eine bestimmte Stimme! Da sieht's ja sauber aus auf dem Schlagplatz. Kreuz und quer liegen die gefällten Baumriesen, die meisten noch im braunen Rindenrock, der eine oder andere aber schon so geschält, daß er frisch und feucht im Halbdunkel schillert.

Zu Bergen türmt sich das abgehackte Geäst und Gezweig. Da kann kein Mensch mehr drübersteigen, glaubt man, und doch turnen die Burschen mit den verpechten Hosen und den harzigen Armen hinüber und herüber.

»Ankeilen!« kommandiert Tonio von der Schlagseite her. Drüben fährt mit wuchtigem Trieb ein schwerer Eisenkeil in die Sägeritze. Mit jedem Hieb hebt er ein wenig den Baum. »Ausschlagen!« Noch einmal sausen die Keile in die Kerbe, dann springen die Männer zur Seite: »Aufgepaßt! Der Baum kommt!« Überall stockt für einen Augenblick die Arbeit. Alle Augen schauen auf die erzitternde Baumkrone.

Dem Stamm geht's durch Mark und Bein. Ein paarmal schüttelt er den Wipfel, dann neigt er das Haupt. Schwer sinkt die stolze Krone nieder.

»Gibt sechs Klafter für den Silanerhof.«

Noch stehen die Holzknechte in Deckung, freuen sich, daß der Baum nicht hängenblieb, denn das gibt böse Nacharbeit, und freuen sich, daß er im Wurf nicht zersplittert.

Wie sie alle im steilen Hang stehen und ansetzen mit Beil, Zapin und Zusägen, und während die Rufe der Anfeuernden durch den Schlag hallen, taucht da plötzlich ganz hoch, oberhalb der Lichtung, ein Mädchen auf. Keiner hat sie noch entdeckt, weil sie im dichten Holz bleibt.

Sie kann ihn zuerst nicht finden, es sind zu viele da ... endlich ... ganz unten, dort steht er ja. Er schwingt mit Wucht sein Beil und ist ganz bei der Arbeit. Er schaut nicht rechts und nicht links. Wohl aber hören alle Zugsägen allmählich zu schnarren auf. Die Beilhiebe und das muntere Rufen verstummen. Es wird still im Schlag. Und zwanzig Holzfällerköpfe schauen auf und lachen, und zwanzig Fäuste richten Hüte zurecht, zwirbeln Schnurrbärte auf, und zwanzig Augenpaare zwinkern lustig zur Barbl empor.

Endlich merkt es auch der Tonio, und zwar deshalb, weil der Sepp nicht mehr im Takt sein Beil zum Gegenschlag hebt und senkt.

Barbl möchte am liebsten spurlos verschwinden, so schämt sie sich nun mit einemmal. Aber schon im nächsten Moment steht der Tonio neben ihr.

»Grüß Gott, Barbl, hast uns besucht, das freut uns!« Seine Stimme klingt ruhig und beschützend. Dann geht sie in lachendes Rufen über:

»Ja, Burschn, was schauts denn so verwundert? Habts noch nie die Barbara Gudauner gsehn? Da steht sie, und jetzt könnt ihr ruhig weiterarbeiten!«

Der Sepp kann als Arbeitspartner Tonios allein nichts anfangen, und so stapft er hinauf zu den beiden, die langsam der Holzfällerhütte zugehen.

»Im Körbl, was hast denn mitbracht?«

»Nichts weiter. Ein bißl Speck und ein bißl Tabak. – Ja, für dich auch«, beschwichtigt Barbl den Sepp und gibt ihm ein Packl Knaster.

Und dann hocken sie sich ans Feuer vor der Hütte. Der junge Rizzer-Reto bedient es. Er ist der Koch der kleinen Gruppe.

»Was gibt's heut zum Essen, Reto?« fragt der Sepp.

»Das wirst schon noch erfahren«, fertigt der Rizzer-Reto den Neugierigen ab und rührt im brodelnden Kessel weiter.

Während sich Sepp umständlich seine Pfeife von dem geschenkten Tabak vollstopft, wird der Tonio ganz verlegen. Er kann und kann seinen Tabaksbeutel nicht finden: »Zu dumm ist das, werd 'n wohl verloren haben, wie's halt so geht bei der Arbeit. Schad, wohl schad«, meint er entschuldigend, zur Barbl gewendet, »er war so schön gstrickt, und er war von dir!«

»Macht nichts, schau, hab dir einen neuen gestrickt. Magst ihn?«

Und sie hält ihm einen schönen gestrickten Tabaksbeutel vor die Nase, mit einem brennendroten Herzen darauf.

Das war so schön für den Tonio, und er spürte eine Kraft in den Armen, daß er am liebsten gleich zehn Bäume aus der Erde gerissen hätte, damit er endlich merken würde, wieviel es geschlagen hat.
»Wirst den auch wieder liegenlassen?« fragt ihn die Barbl mit leisem Spott.
»Na, Barbl, den verlier i mein Leben nimmer, kannst dich verlassen drauf – 's Herz ist zu schön drauf, und das möcht i halt schon nit verlieren, gell?«
»Hm«, räuspert sich der Sepp laut und vernehmlich, »es werd bald Essenszeit, läut zur Mittagssuppen, Reto, sonst werd ich noch schwach da heroben!«
Mit einem Holzscheit trommelt jetzt der Reto auf eine aufgehängte Blechpfanne. Den Gongschlag kennen sie alle. Es ist ein Zeichen, das alle anderen Gefühle eines Holzknechts zum Schweigen bringt; denn Essen, sagen sie, hält Leib und Seele zusammen.
Und dann besteht die Barbl darauf, daß der Tonio sie zum Kruzifix auf dem Lugaus führe.
Nun sitzen die beiden glücklichen Menschen schon eine Stunde lang unter dem Bildwerk. Barbl kann nicht genug staunen über die Wucht, die Kraft und die einfache Darstellung des überlebensgroßen Heilands am Kreuz.
»Waren die Blumen damals von dir?«
»Ja, Tonio! Ich war auf unserer Alm.«
»Hast mir nichts gsagt, daß du da heraufgehst!«
»Ich bin gern einmal allein gegangen und hab da heroben gebetet.«
»Für wen denn?«
»Für die selige Mutter und für den Vater und für alle, die ich gern hab«, sagt sie und wird verlegen und still.
Und dann reden sie eine Zeitlang kein Wort mehr.
Leiser Wind rauscht durch die Frühsommerblumen der Bergwiese. Ganz von fern tönt das Geglocke grasender Sennkühe, die ihren ersten Almgang machen. Helle Wolken segeln am Himmel über den Langkofel südwärts. Und Tonio stopft sich seine Tabakspfeife vom Neugeschenkten, bis Barbl ihn am Arm stupft und ihn anlacht.
»Immer möcht ich mit dir so dasitzen, Tonio!«

»Meinst?« sagt er und raucht seine Tabakspfeife weiter, »mir tät's auch ganz gut gefallen, so bei dir.«
Die Axtschläge und Arbeitsrufe klingen aus dem Holzschlag herauf. »Aber ich muß jetzt ins Holz, die Leut warten schon auf mich«, sagt er und hält ihr die Hand zum Abschied hin. »Auf bald, und laß dir Zeit!«
Unter dem dunklen Hochwald beginnen die Mähwiesen und die paar Felder, auf denen Gerste und Hafer und Erdäpfel wachsen. Die Wiesen, frisch angegrünt, hängen zwischen Waldrand und Dorfrand an den Talfluchten, runden sich auch wohl zu einem milden Hügel, einer aufragenden Kuppe, die von ein paar Lärchen gekrönt ist. Die Zweige sind von frischem, mädchenhaftem Grün umwoben, und jeder Tag läßt die feinen, hellen Nadeln ein bißchen wachsen. Rund um die Stämme liegt aber noch, rotgelb leuchtend, der Nadelsegen des Vorjahres.
Auf der anderen Hügelseite aber, zwischen den schlanken Lärchen, da ist die zarte Innigkeit des Bergkirchleins von St. Valentin hingezaubert. Und etwas abseits, abermals zwischen zwei Lärchen, ragt ein Bildstöckl. Und der silberne, helle Wind geht um die Baumkronen.
Bis in die Felder herein stehen die Bäume. Der pflügende Bauer weiß, hier an der alten Lärche ist das eigene Feld zu Ende, da wendet er, wie es Vater und Großvater taten, den Pflug und läßt das Zugvieh ein wenig ausschnaufen im Baumschatten.
»Höh, Öchslein, seids nit faul!« ruft der alte Feuersinger, als gerade die Barbl vom Berg herunterkommt. »Steh, Roter!« sagt er und läßt den Pflug frei und schiebt den Hut aus der Stirn, nicht zum Grüßen, zum Schweißwischen. »Wo aus, Barbl?«
Die lacht und denkt sich: Weißt du's, woher ich komm, ist's gut; weißt du's nit, ist's auch gut. Frag nur! Und wie's so Sitte ist, antwortet sie nicht, sondern fragt wieder:
»Noch nit Feierabend?«
Aber auch sie bekommt keine Antwort, dafür die neue Frage:
»Bist im Holz gewesen?«
»Ja!«
»Hast mein Buben gsehn?«
»Welchen?« tut sie ganz unschuldig.
»Na, i mein nur!«
»Ach, den Tonio? Ja, den auch!«

»Im Holz droben?«
»Ja, im Holz droben!«
»Hüh, Öchslein, hüh, Roter!«
»Grüß Gott, Feuersinger, Zeit lassen! Nit z' fleißig sein!« Aber auch daheim wird die Barbl vom Vater gefragt, wo sie gewesen und warum sie so eilig davongelaufen sei. Er kommt aber mit dem Schimpfen nicht recht weiter.
»So, beim Kreuz oben warst. Wer war denn bei dir?« —
»Ein ganz wer anderer!« —
Im Wald oben sind der Sepp und der Tonio ins Raufen gekommen. Nicht ernst, aber immerhin, sie rangeln auf Ehr und Gewissen. Daß keiner geschmissen werden will, ist klar; und wenn's um ein Mädl geht und zwanzig Holzer sachverständig grinsend, anfeuernd und laut rufend zuschauen, dann gibt halt ein jeder her, was er herzugeben hat.
So ist es gekommen: Als beim Heimweg die Barbl unten am See stehengeblieben ist, um den Wasserbögen der einsausenden Stämme zuzuschauen, da hat der Sepp heimlich den Hut Tonios erwischt und die zwei Spielhahnfedern heruntergenommen. Tonio hat zu eifrig den absausenden Stämmen nachgeschaut, ob sie auch ordentlich zischen, oder jemand anderem! Als er dann nach seinem Hut und seinen Federn fragt, meint einer: »Hol sie dir doch beim Sepp.«
Wenn das kein Anlaß zum Rangeln ist! Und Tonio ist es heute gerade recht. Er spuckt in die Hände und paßt. Jetzt gilt es, den flinken Sepp zu werfen. Der Jörg pfeift, springt von einem Bein auf das andere, klatscht in seine pechklebrigen Pratzen und freut sich. Er ist bei solchen Gelegenheiten stets Schiedsrichter. Gerade will Tonio seinen Herausforderer mit einem kurzen Schwinger aus dem Gleichgewicht reißen, da hat ihn aber der Sepp schon so am Hosengurt zu fassen gekriegt, daß alles Stemmen, Hochreißen, Niederdrücken und Schwingen nichts nützt. Mit den Schädeln liegen sie aneinander, mit derben Fäusten klammern sie sich in die Hosenbünde. Der Jörg pfeift aufgeregt durch die Zähne. Mit plötzlichem Schwunge fliegt da der Tonio im Bogen nach links, aber weil sein linker Fuß doch Stand fassen kann, so befördert er den Sepp im gleichen Schwung nach. Tonio wehrt einen listigen Versuch des Sepp, ihn beim Fuß zu fassen, lächelnd ab. Aber Sepp gibt nicht nach, heute will er seinen Rivalen um

jeden Preis schmeißen. Der aber ist auf der Hut. Früher hat er ihn zweimal glatt und ohne Zweifel auf die Schulter gelegt. Er ist ein ausgezeichneter Raufer. Seither läßt es ihm keine Ruhe mehr, den Tonio, der als einer der besten Rangler im Tale gilt, ein drittes Mal zu legen.

Die Zuschauer wissen das und feuern beide an. Der Jörg stoppt verbotene Griffe sofort ab. Schon zehn Minuten lang dauert der Kampf. Die beiden sind jetzt gerade richtig heißgelaufen. Sepp reißt, daß die Nähte krachen, und ist verdammt flink, aber der Tonio steht wie Gußeisen. Doch jetzt spannen die Zuschauer etwas, und der Jörg pfeift durch die Zähne. Der Tonio federt leicht in den Knien, packt zu, reißt den Sepp plötzlich ganz hoch über seinen Kopf, legt ihn in Sekundenbruchteilen in der Luft zurecht und schleudert ihn mit einer genau berechneten Drehung des ganzen Körpers hinter sich nieder auf den Waldboden, daß es dröhnt. Im gleichen Augenblick schon kniet er über dem sich Windenden und preßt ihm die Schultern ins Moos:

»He, was ist jetzt mit meinen Federn? Wirst sie wieder auf meinen Hut tun, Freund?«

Verstehen tut keiner, was der keuchende Sepp antwortet. Tonio aber zieht ihn beim Hemd lustig hoch, schlägt ihm versöhnlich auf die Schulter und lacht.

Der Verlierer richtet sich Kragen und Joppe zurecht. »Teufel«, meint er, »auf den Schwung übers Kreuz war i nit gfaßt, so muß i halt die Federn wieder aufitun.« Dann noch einmal kopfschüttelnd: »Teufel na!« –

Und nun klingen wieder die Äste und krachen die Bäume, und die Zugsägen schnarchen wieder »hrach« und »hrich«, auch die vom Tonio und vom Sepp. –

Die Sonne steht hinter den Bergen, die tanzenden Ringe auf dem Moosboden sind längst erloschen, und leise schattet der Hochwald ein.

»Feierabend!« schreit droben vor der Hütte der Rizzer-Reto. Da bleiben die Zugsägen stehen, die Äxte verstummen, nur noch ein paar entrindete Stämme werden in die Riese, die Gleitbahn, gehoben. »Loslassen!« ruft der Mittelmann hinauf, und der, dem der Ruf gilt, gibt das Zeichen, den Stamm in die Bahn zu werfen. »Weg drunt!« schreit er hinab. »Schon ghört!« antworten mit dem festgelegten Holzerruf die anderen und springen aus der

Bahn. »Ziach o!« schreit's droben. Und donnernd, schleifend, schlagend saust der Stamm die hölzerne Gleitbahn hinunter und zischt im Flug über den Abwurf hinaus und taucht, Kopf voran, daß das Wasser hoch aufspritzt, in den stillen wald- und bergumrandeten See unter, kommt in glänzender Feuchte vom Seegrund wieder an die Oberfläche geschossen und schwimmt, nun aller Wucht beraubt, schwanensanft und völlig ungefährlich dahin, um sich endlich in die »Schere«, die Ringkette aus Baumstämmen, zu ordnen.

»Aufgehört!« tönt's von oben, und: »Feierabend!« Und »Woll, ghört!« rufen die Bahnwärter zurück.

Still liegt die Riese. Die Burschen steigen zwischen stehenden und gefallenen Bäumen hindurch den Waldhang bergab, schultern das Werkzeug und marschieren nun auf dem breiten Ziehweg:

»Die allerlustigsten Leut sein d' Holzhackerleut, holdiridio, jetzt geht's heim!« –

Der Tonio sieht den Vater drüben auf dem Feld, springt flink die Wiesen hinunter:

»Grüß Gott, Vater! Noch immer bei der Arbeit?«

»Seids fertig im Holz?«

»Heut ist Samstag. Wir haben ein bißl eher Feierabend gemacht. Ihr müßt jetzt auch Schluß machen!«

»Das Stück nur, es ist ja noch Licht!«

»Vater, gebt das Leitseil her, hockt Euch nieder und rastet, das mach ich für Euch fertig.«

Und Tonio nimmt die Zügel, schnalzt den Ochsen mit der Zunge, greift in das Pflugholz und reißt mit der eisernen Schar die Ackererde auf, bis das Tageslicht schwindet und die letzte Furche gezogen ist. Es gibt wahrlich nichts Besseres, um einen Tag zu beschließen, als mit dem Pflug in den Fäusten.

Grad fünfhundert gute Schritt unterm Kirchlein von St. Valentin liegt auf einem Hügel der Feuersingerhof. Das Wohnhaus ist aus gutem Stein gemauert, die kleinen, gutverteilten Fensternischen verraten mit ihren leuchtenden Nelkenstöcken Sauberkeit, Freude am Leben und auch ein wenig Wohlstand. Die Mutter Feuersinger hält das Haus blitzblank, und nicht nur in den Fensternischen sind Blumen, auch im Gemüsegarten vor dem Haus. Ein altes, verwaschenes Fresko an der Vorderfront zeigt den heiligen Isidor, den Schutzpatron der Bauern, wie er pflügend über einen Acker geht.

An das Haus angebaut prunkt der große Stadel. Nach uraltem Brauch ist er mit Stroh gedeckt. Der große Raum, worin Heu und Getreide geborgen werden, öffnet sich breit gegen die Bergstraße. Unten ist der Stall. Fünf Kühe, zwei Ochsen und ein wenig Kleintier bilden den Viehstall des Hofes. Dazu gehören zwei Almen, dazu gehört ein gut Stück Wald – das ist die Heimat, die hält der Vater Florian Feuersinger mit Stolz und Ehrgeiz beisammen, und auch Tonio hängt an ihr mit starker Freude! Fast dreihundert Jahre lang schaut der Herrgott aus seinem Winkel herab auf den festen Ahorntisch, um den in diesem Zeitlauf gut fünf Feuersingergenerationen gesessen sind.

Es war immer so: Eine sorgende Mutter, bald eine jüngere, bald eine ältere, legt ein Stück selbstgesponnenen groben Leinens auf den Tisch, stellt den rußigen hölzernen Pfannknecht in die Mitte, holt vier, sechs Löffel aus der Lade, den Halbwecken schwarzen Roggenbrotes aus dem Kasten und schaut dann zum kleinen Fenster hinaus auf die Himmelsuhr, die mit Helle und Dunkelheit den Tagesablauf anzeigt.

Jetzt müssen sie kommen. Aus dem Wald, vom Feld, von der Alm. Die Magd ist noch im Stall, und der halbwüchsige Ziehbub treibt sich in der Küche herum und wittert, was es an guten Dingen in Pfanne und Topf wohl geben mag.

Endlich klappern die Ochsen über das Steinkopfpflaster. Das ist das Zeichen für die Mutter, in der Küche die letzte Hand anzulegen und anzurichten.

Müd, aber froh poltern die zwei Feuersinger, voran der alte, hinter ihm der junge, in die Stube. Und dann steht die Pfanne dampfend auf dem Tisch, um den sich die fünf vom Feuersingerhof sammeln.

»Gelobt sei Jesus Christus und bedankt für das, was er gibt, und für das, was er nimmt. In Ewigkeit, amen«, spricht der Vater vor. Dann fahren fünf Blechlöffel in die Muspfanne.

Gesprochen wird nicht viel. Einmal wegen der Kuh zur Magd: »Was macht die ›Blaß‹?« – »Frißt schon wieder!« Einmal zum Sohn: »Spät dran sind wir heuer mit dem Pflügen!« Der Sohn:

»Ist das Jahr ja heuer auch später dran, Vater!« Noch ein paar Worte vom Vieh, vom Holz, vom Wetter, spärlich, sachlich. Die Mutter bekommt nicht viel Ansprach, aber so von ungefähr ein paar gute Blicke. »Hosen braucht der Ziehbub«, sagt sie einmal, und dieser ergänzt vorlaut: »Und a Paar Schuh!«
Und mit einem »Vater unser, der Du bist« ist die Mahlzeit aufgehoben.
Der Tonio geht in die Kammer, wäscht sich Gesicht und Hände und geht ins Dorf.
Die alte Wanduhr hat inzwischen zweimal »ganz« geschlagen, bis der Vater, mit einem Blick hinüber zur Mutter, so nebenbei sagt: »Gern seh ich's nit!«
»Geh, Vater, laß ihm die Freud. Schau, er trinkt nit, hockt nit im Wirtshaus, hat's nicht mit den Weibsleuten, ist durch und durch brav – das bißl Plauschen mit dem Lehrer . . .«
»Der verdreht ihm den Kopf. Ich bin auch alt geworden und hab mich nicht um die große Welt gekümmert.«
»Die Zeiten sind anders geworden.«
»Aber hier heroben am Berg sollen sie nicht anders werden! Unser Peter und unser Hans liegen in Rußland unter der Erd, mit denen hab ich mein Teil an die Welt gezahlt. – Da ist der Hof. Das ist die Welt, in die uns Feuersinger der Herrgott gestellt hat. Dem Tonio sein Sport ist grad genug für ihn, da kommt er ja genug hinaus, sieht was, hört was und braucht sich nicht vom Lehrer Martiner Weltflöh in die Ohren setzen lassen . . .«
»Das bißl Plauschen von der großen Welt draußen nimmt uns den Tonio noch lang nit. Und er lernt ja was dabei, das darfst nit vergessen. Der läuft uns nit davon, der weiß, wo er z' Haus ist! – Und dann hat er doch die Gudauner-Barbl, die mag ihn gern.«
»Schürzenbandln halten nit!«
»Mein Schürzenbandl hat dich auch gehalten, meinst nit?«
Aber der Alte schüttelt bloß den Kopf. Gewiß, ihn hat das Schürzenbandl gehalten, aber sein Sohn ist von andrer Art, das wird ihm niemand ausreden. Der Alte hat die Barbl gern, als ob sie sein eigen Fleisch und Blut wäre, und er hat Sorge um sie, recht schwere sogar.
Aber die größere Sorge hat der Vater um den Tonio, seinen Sohn.

Im Augenblick aber werden von Martiner und seinem Reisegefährten, dem jungen Feuersinger, Weltparadiese entdeckt. Dazu dient ein alter Globus, der sich schief um eine metallene Achse dreht, ächzend vor Alter und Staub. Und obgleich er nicht sehr groß ist, so ist er doch imstande, in wenigen Augenblicken die ganze große Welt in die gemütliche Stube zu zaubern.
So hocken sie nun beisammen auf der Bank hinter dem kleinen Tisch, die ums Eck zum großen Stubenofen führt.
In der Stube ist's ruhig und beschaulich. Alte Bücher liegen in angestaubten Fächern, Noten, handgeschriebene und gedruckte, liegen auf dem Harmonium, das neben dem Fenster steht. An den Wänden hängen Glaskästen mit Schmetterlingen. Gesteine und Kristalle liegen umher. Im Käfig schlafen schon friedlich Stieglitz und Gimpel.
Die beiden unterhalten sich halblaut. Wozu sollten sie auch schreien? Und der alte Martiner putzt die Augengläser umständlich, haucht sie an, hält sie zum Licht und wischt sie mit dem Halstuch ab. Er sucht auf dem Globus Feuerland und die Gegend an der Magalhaesstraße ab.
»Ja, das wären halt Reisen! So wie der Gunther Plüschow! Und da hat der noch ein Flugzeug bei sich gehabt, mit dem er die ganze Gegend so quasi vom Himmel her anschauen hat können!«
Tonio aber hat kein rechtes Ohr für die Gegend dort. Sein Wunsch geht nach anderen Zielen. Und während der gute Martiner in der Zeitung nach verschiedenen Namen, Häfen oder Standquartieren Plüschows sucht, hat Tonio den Globus schnell um ein, zwei kleine Fingerbreiten zurückgedreht und ist mit den Augen nordwärts gewandert.
»Nordamerika!« ruft der Tonio. »Das ist das reichste Land der Welt! Jawohl, Lehrerle! Dort gibt's Reichtum und einfach alles. Wälder, die überhaupt nicht mehr aufhören, mit Stämmen, die zehnmal so stark und groß sind wie unsere mageren Bergbäume da! Das hast du mir selber erzählt vor zwei Wochen, und weißt du, ich kann's einfach nicht glauben. Erzähl mir lieber davon etwas. Feuerland mag schon recht sein, aber dort will ich nicht hin, da ist nichts für uns zu finden, aber da oben. Das wär halt ein Landl für unsereinen!«
Etwas erstaunt schaut der ruhige Martiner den Heißsporn an. Dann meint er: »Magst recht haben. Spazieren wir also heute

hinauf nach dem Norden. Siehst du, da wär zum Beispiel ein ganz ideales Land für unsereinen: Kanada!«

Tonio ist Aug und Ohr für das, was der Lehrer erzählt.

»Das wäre so das rechte Einwandererland für einen Älpler, weißt du, Kanada ist fast ebenso groß wie die Vereinigten Staaten und hat nicht einmal so viele Einwohner wie unser Land! Und dort gibt's einen frischen Schneewinter und einen heißen Sommer, fast genau wie bei uns. Es gibt Waldungen, durch die du tagelang mit Schnellzügen fahren kannst! Da gäb's Platz, mein Lieber, und, brauchst keine Sorg haben, Tonio, Berg' gibt's dort auch und Gletscher!«

Da fällt ihm Tonio aufspringend ins Wort:

»Einmal hinaus in die Welt muß i und will i und werd i! Aufs große Schiff und das Meer sehen und die großen Städt', andere Menschen und anderes Leben!«

So kommen die beiden ins Phantasieren.

»Wie hoch sind eigentlich Wolkenkratzer?« fragt er. »Und wie groß ist so ein mittlerer Ozeandampfer? Wieviel Tage sieht man kein Land bei der Überfahrt? Was kostet eine Überfahrt nach New York? Ist es sehr weit von New York nach Kanada?«

So überschlägt eine Frage die andere, so daß der gute Martiner sich fast gar nicht erwehren kann und nur langsam mit den Antworten nachkommt. »Und was kostet so eine Fahrt, nur hinüber natürlich? Drüben verdient man ja Geld genug, um zu leben!«

»Die Fahrt wär nicht teuer. Ja, wenn ich einmal das große Glück gehabt hätte!«

»Martiner, weißt, das sag ich dir, fahr ich ab und zieh los! Du, und wenn ich dann einmal Millionär bin, dann komm ich wieder heim und bau euch eine neue Kirche, du kriegst ein neues, modernes Schulhaus mit Wohnung, und unseren Hof, den lasse ich herrichten, daß die Leut nur so staunen werden. Ja, das werd ich!«

»Jetzt red nit so groß, Tonio, und mach dir nit zu viel Schlösser in die Luft! So mancher ist ausgezogen, sein Glück zu suchen – und hat es dann erst daheim wiedergefunden!«

»Das Glück ist überall.«

»Was wird dann die kleine Gudaunerin sagen, wenn du so redest?«

»Die muß mit, die Barbl!«

Ein Sommer ist über das Bergland dahingegangen, wie er nicht hätte schöner sein können. Im Juni hat es sich genügend ausgeregnet, so daß man auf eine gute Ernte hoffen konnte; seit der zweiten Juliwoche war der Himmel blau und blau, kaum eine Wolke zog auf; aus frischen Morgen wurden glänzende, sonnige Tage; und aus solchen Tagen wurden farbige, glühende Abende und warme Nächte.

Vater Feuersinger hat in diesen Monaten allein bauern müssen, denn Tonio ist als Bergführer so stark beschäftigt, daß man ihn nur alle paar Tage auf kurze Augenblicke oder zur raschen Nachtruhe im Feuersingerhof sieht. Achtzehnmal war er droben am Langkofel gewesen, siebenmal am Himmelschrofen, hat sogar den neuen Pfeilerweg geführt und hat die »Salami«, wie die Kletterer die merkwürdige Zinne im Langkofelkar lustig getauft hatten, erstmals erklettert und hat endlich den schweren Übergang über den Piz Selva ein dutzendmal gemacht. Meist nimmt er den Sepp als Hilfsführer mit.

Und so ist auch der Sepp durchaus mit dem Tonio und mit der »Saison« zufrieden.

So eine »Saison« hilft allen. Dem Sepp und dem Jörg, dem Tonio und dem Martiner, dem Gudauner und der jungen Kramerin Rosina. Geld kommt herein, und Handel und Wandel werden lebendiger. Die Wirte wälzen in ihren Köpfen Baupläne, und die Bauern haben Freude am Vieh und am Heu, weil sie für Butter und Milch mehr lösen können.

Tonio aber legt im Herbst seinem Vater sieben blanke Hunderter auf den Tisch. Die Steuern können gezahlt und ein Stück Acker, auf das es der Alte schon längst abgesehen hat, gekauft werden. Tonio macht kein Geheimnis daraus, daß er noch eine Kleinigkeit extra gespart hat, so für sich, denn man kann nie wissen: Ein paar Kreuzer kann man immer einmal gebrauchen.

Gerade zur rechten Zeit ist die neue Straße fertig geworden, und seitdem bringen überfüllte Autobusse Scharen um Scharen von Fremden hinauf nach Hoch-Laurein.

Es hat sich auch allerlei zugetragen in den kurzen Sommerwochen. Der Gudauner hat für seine hölzerne Notburga eine goldene Medaille bekommen und Aufträge für weitere fünf heilige Notburgeln. Die Magd am Silanerhof hat ein Kind gekriegt, und der Friseur Plattebener ist an einem Hühnerbein elendiglich erstickt. Aus den Eisbrüchen der Marmolata hat man unter eigener Lebensgefahr zwei Schwerverletzte heruntergeholt, und der Tonio, der diese schwere und gefährliche Arbeit geleitet hat, bekommt das »grüne Ehrenkreuz« dafür, die große, selten verliehene Auszeichnung.

Noch ein Abenteuer hat der Feuersinger-Tonio erlebt. Rosina hat es so oft und so ausführlich ihrer Kundschaft erzählen müssen: Es waren rechte, echte, vollblütige Amerikaner mit ihrem Packard nach St. Laurein gekommen. Wahrscheinlich war ihnen ein schöner Prospekt, eine Werbeschrift mit Bildern, in die Hände gekommen, der ihnen gefallen hat.

Dr. Christofanos, der Haupteigentümer des Grandhotels, hat diese ersten Gäste aus den Vereinigten Staaten mit besonderen Ehren empfangen.

Miß Ellen Kid war das entzückendste Mädchen, das man sich denken konnte. Sie war schlank, überschlank sogar, graziös und zerbrechlich, mit einem Teint, der zart wie ein Hauch war, mit einer kleinen, hohen Stimme voll Liebreiz, mit zwei fröhlichen Grübchen in den Wangen. Und wenn man die »Goldfassung« hinzunahm, in der sie sich, mit Packard und sonstigem Zubehör, präsentierte, so war es kein Wunder, daß die Einwohner von Hoch-Laurein sie wie eine strahlende Idealerscheinung anstarrten. Da kam sie mit leichtem, schwebendem Gang die Dorfstraße herspaziert – die Burschen blieben stehen und zogen den Hut. Sie war nicht sparsam mit ihrem Lächeln, sie beglückte gern. Und es gab keinen, der ihr nicht lange nachblickte.

Miß Ellen war gekommen, um in den »Mountains« zu »climben«, weniger auf ihren eigenen Antrieb als auf jenen, den die Mode diktiert. Das eigentliche Ziel der Reise wäre eigentlich Rom gewesen. Ihre Eltern hatten die Reise teils zur Erholung, teils zur Ergänzung ihrer Bildung und ihres Wissens unternommen. In Chikago waren sie daheim. Dort besaß die Familie Kid große Konservenfabriken: Kid, Adams & Co. Wer sein Lebtag lang Fleisch in Dosen verpacken läßt und Heereslieferant in Corned beef war und trotzdem noch in seinen alten Tagen Europa und dessen Kulturstätten sehen will, ist sympathisch. Corned beef ist auch sympathisch, aber allein ist es zuwenig. Wie meist in amerikanischen Großbetrieben hatten die Kinder von Vaters Geschäft wenig oder gar keine Ahnung. Sie beschäftigten sich, weil der

Vater reich war, hauptsächlich mit Sport, Flirt und Geldausgeben. Percy, der Bruder Ellens, war groß, klar und einfach und unkompliziert, wie der Großteil der amerikanischen Jungen. Er hatte ein herzliches Lachen und ein einfaches, selbstverständliches Auftreten. Er ging in eine gotische Kirche, in einen Dom mit derselben Unbefangenheit wie in einen Zirkus. In der Kirche betete er andächtig, denn er war katholisch erzogen, und im Zirkus lachte er, denn er liebte die Clowns über alles. Er war durch und durch sportlich, hatte sogar das Matterhorn erstiegen und bestätigt, daß die Gipfelstunde sein stärkstes bisheriges Erlebnis war.

Miß Ellen war ähnlich, wenn auch viel, viel zarter. Bald kam sie daher wie ein Backfisch von siebzehn Jahren mit freien Knien und Kinderschuhen, bald in tollstem Bergsteigerdreß und dann wieder in großer seidener Abenddekoration. Sie war genau zwanzig und ein halbes Jahr alt. Sie rauchte, wenn sie ganz verrückt war, die Dunhillpfeife ihres Bruders, und wenn Percy seine Touren mit Vorliebe in einem amerikanischen Straßenanzug machte, so legte sie im Gegensatz zu ihm viel Gewicht darauf, möglichst echt auszusehen, »eingeboren«.

Eines Tages erschien sie vor der Führerbank. Sie prüfte einen nach dem andern von den Führern, maß sie von Kopf bis Fuß und schwankte lange zwischen zwei herkulischen Riesen, von denen jeder um drei Köpfe höher war als sie und um drei ausgewachsene Schultern breiter. Ihre Wahl blieb am Ladurner hängen, dem Führer-Senior mit den Amboßschultern.

Ob er sie auf den Langkofel führen wolle? Ob er auch einen Maulesel habe?

»Was, ob i hab?«

»Einen Maulesel?«

»Ah, an Maulesel! A Muli!«

Es dauerte lange Zeit, bis der Ladurner begriffen hatte, was das junge Ding wollte. Es wollte jedenfalls bequem und ohne besondere Anstrengung auf einen Berg kommen. Allerdings Muli und Langkofel, das reimte sich nicht zusammen. Der Ladurner wußte sich zu helfen. Er legte seine Riesenpranke fein und behutsam der zarten Miß unter jene Gegend, die zum Sitzen diente, lupfte sie abwägend in die Höhe und sagte: »Achtundvierzig Kilo« und »dreifache Tax!«.

Dann führte er zwar kein Maultier am Halfter, hatte aber eine jener Holzkraxen über die Schulter gehängt, auf der man Lebensmittel und Weinfässer zu den Schutzhütten hinaufträgt. Darauf könne die Miß, wenn sie nicht mehr gehen wolle, gut und gern Platz nehmen.

So also führte der Ladurner die neugierige Miß Ellen für die dreifache Taxe auf den Hochwart hinauf. Das heißt, nicht ganz hinauf, sondern nur auf einen leichten Vorgipfel. »Der is so gut wie der andere, Gipfel is Gipfel«, meinte der Ladurner nebenhin; und Miß Ellen war es recht.

Worauf Miß Ellen ernsthaft beschloß, Bergsteigerin zu werden und in Zukunft die hohen Gipfel der Reihe nach, ohne »Muli« und Tragkraxenhilfe, zu erobern.

Über »Maultiere« und des Ladurners »Gipfel ist Gipfel« war sie sofort hinausgewachsen. Auch über den Ladurner selbst, der auf die Dauer nicht ihr Fall war, denn er war zu behäbig und mit seinem Vollbart zu erdfest, zu alt.

Und so wurde eines Tages ein Boy nach Alt-Laurein hinuntergeschickt, der am Feuersingerhof die Nachricht hinterließ, der junge Feuersinger könnte ein Engagement haben.

Unser Tonio kam klopfenden Herzens und voll Freude ins Hotel. Amerikaner hätten nach ihm gefragt. Amerikaner! Nun konnte er vielleicht noch viel mehr von Amerika erfahren als von dem alten Martiner! Den Hut in der Hand, in seinem hellen, sonnengebleichten, schnürlsamtenen Bergsteigergewand stand er da, das Bergführerzeichen an der Brust, und wartete.

Da kamen Percy und Miß Ellen über die Treppe:

»Sein Sie der neue Führer?«

»Jawohl, ich bin herbestellt worden!«

»Ich will viele schöne Berge hinaufsteigen. Ich habe sehr viel Freude damit und Percy auch. Percy war schon in Zermatt, er hat dort das Matterhorn bestiegen. Er ist ein Sportsmann. Wir gehen zusammen mit Ihnen. Wollen Sie?«

Der verblüffte Tonio kam fast gar nicht zu Worte.

Praktisch und selbstverständlich, wie die Amerikaner schon einmal sind, war das Programm bald gemacht. Der Führer ist engagiert – well –, soll er die Touren auswählen, die er für gut hält. Toni machte das mit Herz und Verstand. Zuerst eine leichtere Trainingstour, da konnte er beide genau beobachten, feststellen, ob sie schwindelfrei und sicher seien. Dann schwerere Bergfahrten und schließlich, warum auch nicht, die gewaltige Langkofelostwand, jung waren die beiden, und Mut hatten sie gewiß auch.

Bevor es aber zu dieser Tour kam, ging noch so mancher Tag um. Und dann kam ein Sonntag, da wanderten die Einheimischen zur Messe.

Als der Tonio die Kirche betrat, entdeckte er zu seinem Erstaunen die Amerikaner hinten an der Tür. Na, meinetwegen, heute sollten sie ihn nicht kümmern. Er selbst stand auf der Männerseite, vorn am Josephsaltar. Er stand immer dort. So hatte er nicht nur Gelegenheit, den Marienaltar drüben an der Frauenseite zu sehen, sondern auch die Betbank der Gudauner; und dort kniete Barbl.

Und Barbl war sonntags noch viel schöner als an Werktagen, die Schönste von allen. Sie trug die wunderbare Jungmädchentracht mit der glitzernden Krone und den vielen Perlen und Sternen und winzigen Spiegeln auf ihrem sauberen, glattgescheitelten Haar. Ein dunkles Samtband umrahmte ihr ebenmäßiges Mädchengesicht, und in den inbrünstig gefalteten Händen hielt sie den Rosenkranz. Der Tonio sah das alles, und ihm wurde ganz warm ums Herz. Die gehört halt zu mir, dachte er, und ich zu ihr. Und er freute sich auf den kleinen Plausch nach der Messe auf dem Platz. Amerikaner hin, Amerikaner her, da konnte ganz Laurein sehen, daß der Feuersingersohn und die Gudauner-Barbl sich was zu sagen hätten, das nicht heimlich war und das schon sein Rechtes hatte.

Am Nachmittag sollte er zur Hütte aufsteigen, um am folgenden Tage nun doch, und zwar früher als beachsichtigt, die Langkofelostwand zu durchsteigen. Ihm war es recht. Für die kleine Miß Ellen aber bedeutete es eine tüchtige Anstrengung.

Ja, da standen sie nun vor der Kirche, sehr festtäglich beide, und hatten ihren Plausch.

Barbl hütete sich wohl, von der Sonnenmaske, die sie so erschreckt hatte, zu erzählen. Sie fragte aber den Tonio, wer denn wohl beim nächsten großen Wintersonnwendfest Sonnwendkönig sein würde. Tonio war über die Frage nicht wenig erstaunt, denn bis dahin hatte es noch gute Weile.

»Wenn's der Sepp nit wird, dann wird's wohl der reiche Silanersohn werden. Frag dein' Vater, der könnt's eher wissen.«
Barbl nickte nur und meinte ganz still: »Bist ja du auch noch da, und du kennst ja Recht und Brauch.«
»Bist du am End gewählt als Sonnwendbraut?«
»Ja, ich bin unter den zwölfen«, antwortete sie.
»Teufel, da heißt's aufpassen«, knurrte jetzt Tonio zwischen den Zähnen, »da heißt's aufpassen, Madl, sonst gehst mir noch am End verloren.«
Das war alles. Und dann rief ihn die schöne, ungeduldige Miß Ellen von der Barbl weg.
Und während also der alte Feuersinger hemdsärmelig vor seiner Haustür saß und in den Himmel zwinkerte, um das Wetter zu studieren, stiegen die zwei Kids mit Tonio durch die steilen Serpentinen des steilen Kars der Hütte zu.
Mit dem Dunkelwerden gingen sie schlafen. Der Hüttenwirt hatte Auftrag erhalten, um vier Uhr früh zu wecken und Frühstück vorzubereiten.
Es war ein kalter, kühler Bergmorgen. Die Kerzenlaterne Tonios hellte mit ihrem milden Licht jeden Schritt der am Seil nachfolgenden Ellen. Percy war dritter am Seil. Die Pickel klirrten am starren Fels.
Tonio wollte vor zehn Uhr vormittags den Gipfel erreichen, um so der Steinschlaggefahr in den großen Eisrissen auszuweichen. Zu späterer Stunde sausten dort kleine Steine wie grimmige Geschosse in die Tiefe. Es war, als hätte der Langkofel die Absicht, sich gerade gegen seine Bezwingung auf dieser Seite zu wehren.
Nun waren sie am Einstieg. Sie legten das Seil an. Es war sechs Uhr morgens.
»Nachkommen!« — »Warten!« — »Vorsichtig!« — »Warten!« — »Links, links, bitte! — Ja, dort ist ein schöner Griff, so, jetzt den rechten Fuß — bravo — ausgezeichnet!«
So waren sie bis zur mittleren großen Eisrinne gekommen, und nun standen sie alle drei auf einer himmelragenden Kanzel und blickten in das Gewirr von Schluchten, Graten, dunklen Kaminen und glatten roten Wänden. Von der unendlich weit unten liegenden Talstraße herauf klangen helle Posthornsignale.
»Papa fährt heute über den Paß ins Furggental. Ob das unser

Wagen ist?« meinte Percy, während Tonio sich gerade überlegte, wie er die gefährliche Eisrinne umgehen könne. Schon schlug sein Eispickel scharfe Stufen ins harte Grundeis der Rinne. Er wollte sie queren. Irgend etwas gefiel ihm heute nicht. Es war ihm zu still, zu warm, zu föhnig.
Da legte es sich wie eine eiserne Faust um seine Kehle. Er konnte nicht rufen, sich eine Sekunde lang nicht rühren: Eine riesige Felsrippe neigte sich plötzlich nach vorn, knirschender Fels krachte hoch aufstäubend auf den Rastplatz, den er gerade verlassen hatte. Das war kein Steinschlag. Das war ein Felssturz von ungeheuren Ausmaßen.
Dann ging alles unter in Steinhagel und Staub. Das Getöse der stürzenden zermalmenden Steinmassen dröhnte furchtbar in den Ohren.
Noch lange rauschte und polterte es in den Wänden, noch lange stiegen Rauch und Staubwolken in die Höhe. Es roch nach Schwefel und zermalmtem Kalk, und Tonio, den ein Himmelswunder vor dem sicheren Tode gerettet hatte, lief, der nachpolternden Geschosse nicht achtend, hinüber zu seinen Schützlingen auf die Kanzel. Als er dort ankam, war er beruhigt. Ellen lebte und lag an der überhängenden, schützenden Wandnische der Kanzel, Percy daneben.
Percy stöhnte. Ein Stein hatte sein linkes Schienbein glatt durchschlagen. Die Schmerzen brachten ihn bald zum vollen Bewußtsein des Geschehenen. Ellen war nichts passiert, und Tonio merkte erst jetzt, wie sehr seine Hände blutverschmiert waren. Ein Streifschuß über seine Stirn weg hatte ihm einen Riß zugefügt, der aber nicht viel bedeutete.
Er riß sich zusammen und trug Percy auf seinem Rücken von Stufe zu Stufe bergab, bettete ihn unten behutsam, band ihn fest, gab ihm dann und wann einen kräftigen Schluck Schnaps und ein paar gute Worte. Und dann kehrte er um, Ellen zu holen. Bald kamen zwei Führer aus der Hütte zu Hilfe. Leise stöhnend lag Percy abends verarztet in seinem Hotelzimmer, und Ellen und Tonio leisteten ihm Gesellschaft. Das war noch eben gut abgegangen. Glück muß der Mensch haben, dachte Tonio. Aber der Aufenthalt der Amerikaner in St. Laurein hatte damit ein Ende.
Mr. Kid war die Erholung in den Bergen, die beinahe das Leben

seiner beiden Kinder gekostet hätte, verleidet. Er fand die Luft zu stark, die Witterung zu unsicher, das Essen schmeckte ihm nicht mehr – er hatte den einzigen Wunsch, so schnell wie möglich seine Romreise fortzusetzen. In Rom konnte Percys Bein verheilen. Der Bruch war glatt gewesen und einfach, so daß der junge Amerikaner schon nach vierzehn Tagen wieder herumhumpeln konnte.

Aber Miß Ellen!

Sie wollte sich von St. Laurein nicht trennen. Sie führte größere und kleinere Szenen auf, sehr tränenreich, sehr herzbewegend, um ein längeres Bleiben durchzusetzen, und wenn das Register der Verzweiflungsausbrüche nichts nützen wollte, dann versuchte sie es mit Trotz, sogar mit der Drohung, den Eltern bei der erstbesten Gelegenheit auszureißen. Mr. Kid war sehr betrübt, blieb aber fest.

Und so stand eines Morgens die kleine Miß Ellen oben am Feuersingerhof und sagte Tonio good bye, jenem Tonio, der seit diesem Abenteuer ein Held, ein ganz großer Mann für sie war. Sie hatte ihm zum Abschied einen dicken dunkelblauen Pullover gebracht, den sie sich zu diesem Zweck von Percy erbettelt hatte. Sie wollte wiederkommen, sagte sie, und dann die Marmolata mit ihm ersteigen und viele andere Berge.

Tonio hatte eine solche Herzlichkeit weder erwartet noch erhofft. Er dankte gerührt und begleitete die Miß hinunter ins Dorf. Im übrigen aber nahm er den Abschied nicht so ernst wie Ellen, weil er es ja gewohnt war: Touren machen, Leid und Freud redlich teilen, aber die Verantwortung allein tragen, dann Führerbuch: »Habe mit dem Führer Tonio Feuersinger die und die Überschreitungen, Überquerungen und Gipfel gemacht. Ich war mit ihm und seiner Art zu führen zufrieden und kann ihn jedermann auch wegen seines freundlichen Wesens empfehlen. N. N.« Dann folgte das Datum. Die meisten Zeugnisse waren einander ähnlich, ob sie nun in deutscher oder einer anderen Sprache abgefaßt waren. Manche Touristen kamen wieder, von anderen hörte man nie mehr ein Wort, und so scherte man sich nicht viel um Namen und Adresse.

Der Zufall wollte es, daß ihm nach dem Abschied von den Amerikanern der Sepp begegnete. Er hätte eine neue Partie: zwei deutsche Herren, gute Bergsteiger. Ob Tonio mitmachen wolle.

»Gern«, meinte der, »wir sehen uns nachher beim Adlerwirt oben in der Bauernstube. Jetzt muß ich gerade noch auf einen Sprung ins untere Dorf.«
Und der Sepp kniff sein linkes Auge zu: »Nachher sagst an schönen Gruß, gell, von mir. Und Zeit war's, daß deine junge Miß heimgfahren ist. War a blitzsauberes Madl. Solchene Leut auf die Berg führen, das wär halt a Freud! Aber die kleine Gudaunerin wird froh sein, daß deine Kundschaft abgfahren is! Is halt schwer, unser Beruf«, meinte er lachend, »mit alle sollst nett sein, net wahr?«
»Sepp, du bist und bleibst ein Schafskopf! Aber i mag di gern, weil du gar so gscheit bist manches Mal. Aber was mein ist, ist mein, das merk dir!«
»Öha!« meinte der Sepp – er brachte sonst kein Wort mehr hervor und blickte bloß, nicht sehr gescheit, dem Tonio nach, wie er den Steig hinuntersprang.
Aber die Geschichte mit der Amerikanerin ging weiter, allerdings wesentlich anders, als Tonio erwartet hatte.

Im zweiundzwanzigsten Stockwerk des gigantischen Mittelbaues des Rockefeller Centers zwischen der Fünften und Sechsten Avenue saß Auston Douglas Hardenger an seinem einfachen, glatten Schreibtisch. Er hatte zwei ganze Stockwerke des Radio-City-Gebäudes als seine Verwaltungsbüros gemietet und beschäftigte ungefähr achthundert Beamte.
Seinem Schreibtisch gegenüber hing ein Bild. Es stellte seinen Vorfahren dar. Der hieß Josef Anton Hardenger und war vor fast genau hundert Jahren in New York eingewandert.
Josef Anton Hardenger war ein großer Mann geworden, und seine Nachkommen hatten im Laufe dreier Generationen seinen Einfluß bis weit ins Innere des Landes hinein vermehrt und ausgebaut. Heute hatten ihre Besitzungen, ihre Industrieanlagen und Beteiligungen den Wert vieler Millionen Dollar.
Austin Douglas war ein angesehenes Mitglied der Familie, die sich in mehrere Linien gespalten hatte. Hardengers gab es in San Franzisko und in Minnesota, in Saint Louis und in Washington.
Mr. Hardenger sah sehr gepflegt aus, hatte weißes Haar und jene

frische, gesunde, vielen Amerikanern eigene Gesichtsfarbe, die ihn jünger erscheinen ließ, als er tatsächlich war.
Von der Zweiundzwanzigsten Straße und von der Sechsten Avenue brodelte der Lärm wie ein brandendes Meer herauf. Die Sonne schien kalt durch die dünne Nebelschicht und drang kaum durch die Glaswände. Unten wurden die neuesten Zeitungen ausgerufen.
Hardenger nahm Hut und Mantel und ging. Einer der neun Lifte trug ihn geräuschlos in die Tiefe. Dann stieg er in seinen Lincoln und fuhr heim. Er wollte heute nicht arbeiten; im Grunde hatte er schon lange keine rechte Lust mehr dazu, denn die Ereignisse auf dem Finanzmarkt waren in den letzten Jahren wahrhaftig nicht sehr erfreulich gewesen.
Er war ein Arbeitstier, das sein Leben lang geschuftet und gerechnet und Tag und Nacht nur für Busineß gelebt hatte. War es ein Wunder, wenn Mr. Auston Douglas Hardenger in all der Wirrnis sich, nach dreißig Arbeitsjahren, endlich auf sich selber besann?
Er war also heute gar nicht gelaunt, zu arbeiten. Seine Tochter Lilian stellte Whisky und Soda vor ihn hin, viel mehr Soda als Whisky, denn sie war um die Gesundheit ihres vergötterten Dad sehr besorgt. Und da äußerte er ganz unvermittelt den Wunsch, zu rasten, sich auf ein Jahr von den Geschäften zurückzuziehen. Lilian hatte nichts dagegen. Nichts liebte sie so sehr wie die Abwechslung. Das Leben in New York war aufreibend und eintönig zugleich.
»Well, Dad«, sagte Lilian. »Wohin reisen wir?«
Ja, wohin? Mr. Hardenger stierte ein wenig trübe in die Luft, man konnte es auch für Träumerei halten. Ihm war es im Grunde gleichgültig, ob sie in die Rocky Mountains oder in das sonnige Kalifornien reisen würden. Außerdem hatte er in Santa Barbara, unweit von Los Angeles, einen Besitz. Während er überlegte, schaute er seine Tochter zärtlich an: sie war kühl und blond, gemessen in ihren Bewegüngen, eine vollendete Lady, und wenn er es sich überlegte, so war sie eigentlich alles, was ihm vom Leben geblieben war, abgesehen von den recht beträchtlichen materiellen Gütern. »Jedenfalls müssen wir vor der Abreise eine große Abschiedsparty geben, Dad«, sagte Lilian, in den Fauteuil zurückgelehnt, den Rauchkringeln, die sie behutsam zwischen den

zarten Lippen hervorstieß, nachschauend. Mr. Hardenger stöhnte. »Wenn es sein muß . . .«

Miß Lilian Hardenger war sehr glücklich über Papas Zustimmung. Mit erstaunlicher Schnelligkeit hatte sie die Liste der Einzuladenden zusammengestellt. Neben den Hardengers aus den anderen Linien seien auch Mr. und Mrs. Kid samt Kindern und die und jene noch zu bitten. Kids befänden sich auf der Rückreise nach Chikago, und unter keinen Umständen durften der österreichische Geiger Martini sowie zwei deutsche Schriftsteller, deren Namen ihr jetzt nicht einfielen, vergessen werden. Im übrigen kannte Lilian die Liste des »private telephone club«.

Lilian, kühl, blond und klug, wußte also, was sich für Hardengers, Park Avenue 2230 South, schickte; und da sie das Geldausgeben sozusagen als Beruf erlernt hatte, so hatte sie auch einige Erfahrung darin. Irgendwo mußte ja ein Teil der Einkommen untergebracht werden. Wenn der alte Hardenger trotz allem ganz einfach geblieben war, so machte Lilian diesen Fehler nach Kräften gut. Nüchtern, klar und so vernünftig, wie man nur in New York sein konnte, wußte sie um ihren Reichtum und was sie davon für ihr Leben erwarten durfte. –

Der Tag der Sommerschlußparty war gekommen. Eine große Zahl der »Bigs« und »Halfbigs« (man rechnete nach den Bankkonten), die von der See und von Florida, Miami oder aus den kanadischen Felsbergen und auch aus Europa frisch in New York eingetroffen waren, hatte der Einladung Folge geleistet.

Man konnte die Liste der Erschienenen am leichtesten angeben, wenn man das allerdings jeder Öffentlichkeit unzugängliche Mitgliederverzeichnis des »private telephone club«, jener vier- bis fünfhundert New Yorker, die nur für ihresgleichen über eine Geheimnummer zu erreichen sind, angeführt hätte. Der »Klub der Millionäre«, der »Miami Ranch«, der feudale »Bath Club«, ja selbst der »Klub der Hundert« zählen wenig gegen die »Telefonisten«.

Lilian suchte sich mit Kennerblick aus den Gästen jene heraus, die nach irgendeinem interessanten Abenteuer aussahen. Mister Bleadstone und Miß Deasy Cochran waren mit ihrem Vater in Afrika gewesen, hatten Löwen, Tiger und Elefanten geschossen. Lilian kannte diese Jagdexpeditionen und schätzte sie nicht besonders. Mit Repetiergewehren Tiere aus dem sicheren Hinterhalt niederzuschießen, war nicht nach ihrem Geschmack. Ihre Jugendfreundin Dorothy Booth saß in der gleichen Ecke; sie hatte sich im Frühling kurzerhand mit einem Fliegeroffizier verheiratet, hatte Südamerika überfliegen wollen, hatte aber in den Kordilleren notlanden müssen und wäre beinahe erfroren. Das war schon etwas anderes.

Die Sensation des Abends waren aber unstreitig Miß Ellen Kid und ihr Bruder. Man hatte aus den Zeitungen von dem tollen Erlebnis und der wunderbaren, unglaublichen Rettung der beiden erfahren. Lilian gelang es leicht, sich bald vor der Löwentöterin zu drücken und sich mit Ellen zurückzuziehen.

Und nun ging's ans Erzählen. Ellen legte mit strahlenden Augen los. Sie erzählte schnell, packend und spannend.

Ellen erzählte von den herrlichen Autostraßen, die zwar schmal, aber ungemein interessant zu fahren wären, erzählte von den Bergriesen, Bergbauern, von den netten, freundlichen Menschen, von den Wiesen, Blumen und Feldern, vom kleinen Kirchlein und vom komfortablen Grandhotel; und zum Schluß, gleichsam als Trumpf, gab sie eine genaue Schilderung des großen Felssturzes in der Langkofelwand.

Von Ellens europäischem Bericht blieben zwei Superlative in Lilian haften: jener Führer Tonio, der nach Ellens Darstellung der schneidigste und liebenswürdigste Mann der Alten Welt sein mußte, und jener Felsberg, der Langkofel, welcher der schönste, gefährlichste und vornehmste Berg in den Alpen war.

Begeistert lauschte Lilian. Schade, daß immer andere Gäste herankamen, mit denen man sich unterhalten sollte. Da tanzte sie schon lieber ein paar Runden mit Percy – hingegossen in den Slowfox, konnte man einen Plan reifen lassen: Santa Barbara, rechnete sie, kostet uns vier Tage und vier Nächte Eisenbahnfahrt. Im Wagen dauert die Reise mindestens sieben Tage. Wenn wir uns ein Appartement auf der »Europa« nehmen, sind wir in fünf Tagen in Cherbourg. Eine Woche in Paris ist auch schön, dachte sie weiter. Ihr Plan stand fest. Dad mußte mit ihr nach Europa. Großvater war aus Europa in die United States eingewandert; war es da nicht recht und billig, daß Dad sein eigentliches Vaterland einmal besuchte?

Leicht war es nicht, Dad zu gewinnen. Lilian begann damit, an ihres Vaters Gefühl zu rühren. Vor 1916, da hatte Dad es gern betont, daß er eigentlich kein Mr. Hardenger, sondern ein Herr Hardenger von jenseits des großen Wassers wäre, daß er drüben in der Alten Welt eine schöne Heimat hätte und daß sein Vaterhaus noch irgendwo in Deutschland auf roter westfälischer Erde stünde.

Seit jenen Tagen aber wurde es eine Zeitlang nicht gern gesehen, daß man in Amerika solche Erinnerungen pflegte. So war es gekommen, daß nicht nur die zwei Grammophonplatten mit dem schönen Weserlied und »Nach der Heimat möcht ich wieder« in irgendeinem Kasten verschwunden waren, sondern daß auch fast jede Erinnerung an vergangene Dinge und die alte Heimat allmählich verblaßte.

Aber das Rad der Zeit hatte sich gedreht, und es war keine Schande mehr, einen guten deutschen Großvater zu haben. So holte Lilian eines Abends diesen ehrlichen alten Mann wieder aus der Versenkung.

Dad war nicht ganz abgeneigt. Irgendwo bei Höxter, im Gollingwald, stand das Hermannshaus, von dem sein Vater so oft erzählt hatte. Ob es wohl noch stünde? Wie es nur aussehen mochte? Man müßte sich vielleicht doch einmal persönlich davon überzeugen. Das wäre fast Pflicht und sicher interessant. Außerdem könnte man ja – sie habe das von Ellen gehört, sagte Lilian – nach europäischen Holzplastiken Ausschau halten. In St. Laurein in Tirol zum Beispiel gäbe es solche, die schöner und seltener wären als manche Dossenafigur, die Dad in seiner Sammlung habe.

Dad notierte sich in sein Taschenbuch das Wort »Laurein«, das ihm Lilian mit Eifer vorbuchstabierte. –

Drei Tage später, am zwanzigsten Oktober, belegte Lilian zwei Staatskabinen auf der »Europa«.

»Aber wozu Paris und Cherbourg?« sagte Mr. Hardenger. Wenn schon Europa, dann auf kürzestem Weg nach Germany.

Der November ist in Europa meist ein ganz mißratener Monat. Richtig heißt er rein deutsch auch »Nebelung«. Aber Mr. Hardenger ließ sich zunächst durch den Nebel, der überall die Straßen erfüllte und die Autos und Straßenbahnen in gespenstische Kasten und Geisterschiffe verwandelte, nicht beirren und schleifte

Lilian tagelang durch das große Völkerkundemuseum von Berlin, nachdem man in Hamburg mit den einschlägigen Besichtigungen begonnen hatte. Sie waren auch beide in Westfalen gewesen, hatten in Höxter, in Brakel und in Golling nach Verwandten gespürt. Dad hatte zwar das Großvaterhaus nicht gefunden, dafür aber allerlei Neffen und andere neue Verwandtschaft entdeckt und an das millionenschwere Herz gedrückt. Alle hatten sie Onkel Hardengers Adresse notiert, und Dad hatte viele Drinks bezahlt und auch sonst das und jenes, was gerade fällig wurde. Sein Dorf hatte ihn zum Ehrenbürger ernannt, und Dad hatte aus Dankbarkeit dafür den Grundstein für einen Schulhausbau gelegt.

Aber Lilian drängte immer energischer zur Abreise aus dem teuren Mutterland.

Ein Brief des Museumsdirektors aus München, der sich freute, den berühmten Sammler persönlich begrüßen zu können, brachte Dad, der sich mit seiner Heimat und seiner Verwandtschaft schon recht angefreundet hatte, endlich auf die Beine.

Im Hofbräuhaus zu München taute Dad vollends auf. Er stippte Weißwürste, wie er es von sachkundigen Berlinern sah, in das Bier, das man aus Steingefäßen trank, und bestellte sich, ermuntert von Münchner Gästen, bei der Kellnerin »zwoimal Loibltoig« und freute sich, daß ringsum die ganze Gesellschaft aufschrie. Nach der zweiten Maß staunte und lachte er die Kellnerin an, die auf ihrer »Brustfestung« mit unglaublichem Geschick zwanzig volle, schäumende Bierkrüge, fast ohne Zutun der Hände, balancieren konnte.

Dad hatte von sich und von Lilian Silhouetten schneiden lassen, hatte sich vom »Lenbach«, der aber nur so hieß, weil er wie Lenbach eine Brille und einen Spitzbart trug, gegen Bezahlung dreier warmer Mittagessen porträtieren lassen, hatte einen echten Spitzweg gekauft und siebenmal Veilchensträuße für die junge »Frau Gemahlin« und war schließlich, schwankend in seinen Grundfesten, ausgesöhnt mit dem Nebelland, am Arm der »Frau Gemahlin« in sein Taxi und weiter in das Hotelbett geschwankt. Lilian aber zog Erkundigungen ein, wie sie den Papa am raschesten mit den neuen Kulturelementen, die nun Grundlage der nächsten Wochen und Monate sein sollten, vertraut machen könne.

Der Hotelportier riet ihr, doch einmal das »Platzl« zu besuchen. Tatsächlich! Da führten für das Spottgeld von einer Mark, zuzüglich fünfzehn Pfennig Lustbarkeitssteuer, die Eingeborenen der Alpenländer ihre Kriegs- und Liebestänze auf, ließen ahnen, daß man dort in den weltfernen Bergen wohl noch ziemlich wild herumliefe, jedenfalls, wie Miß Ellen behauptet hatte, in der Brust- und Kniegegend. Man sah erstaunt, wie sie sich auf die Schenkel und gar auf die Kehrseiten hauten, daß es knallte, und wie sie dröhnend ihren wilden Schlachtruf »Gsuffa!« ausstießen, drohend die Maßkrüge schwangen und die Hüte herausfordernd in die Luft warfen. Und mit begeistertem Entsetzen sahen Dad und Lilian, wie sich schließlich die fremdartige Völkerschaft auf riesige Tierkeulen stürzte, die man »Kalbshaxn« nannte, in die Pranken nahm, um mit starken Zähnen das Fleisch vom Knochen zu reißen.
Sie waren von dem Erlebten restlos begeistert.

Der Wagen glitt in eine sonnenüberflutete, herrlich verschneite, funkelnde, vom blauesten Himmel überstrahlte Wunderlandschaft hinein, wie weder Dad noch Lilian sie je im Leben gesehen und in keinem Traum erträumt hatten.
Es war ein Anblick, zu dem man, auch wenn man noch so erwachsen und abgebrüht war, nur mit innigstem Herzen »Ah!« sagen konnte.
In funkelndem Weiß standen die Tannen, wie Daunen waren die Schneemassen, machten alle Konturen weich und mild, legten über das Land eine glückliche, schwingende Welle.
»Oh, Dad, schau dort!« rief Lilian und kniff die Augen, um besser sehen zu können, wie die drei jungen Menschen in ihren fröhlich leuchtenden roten Pullovern und fliegenden Zipfelmützen aus dem schweigenden, schneetrunkenen Märchenwald flitzten. Ihre Ski pflügten den weißen Flaum und ließen ihn in glitzernden Säulen aufstäuben. Es schien, als jagten sie einander, ohne einen Laut von sich zu geben, auf Tod und Teufel. So blitzschnell, wie sie aufgetaucht, waren sie auch wieder im weißen Winterwald verschwunden.
Mit offenem Mund und mit großen Augen hatte Lilian die vorbeihuschenden Gestalten auftauchen und verschwinden sehen.

»Unsere Mannschaft«, sagte der Fahrer, als er die begreifliche Neugier auf den Gesichtern seiner vornehmen Gäste sah.
»Sie trainiert für die FIS-Wettläufe, die im Jänner in Hoch-Laurein stattfinden.«
»Oh, indeed«, hauchte Lilian.
Ob jener Bergführer, von dem Ellen Kid geschwärmt hatte, wohl auch so Ski fahren konnte? Oh, es müßte wundervoll sein, so über die verschneiten Hänge zu jagen.
Immer weiter, offener und grandioser öffnete sich der paradiesische Talkessel von St. Laurein. Wie ein Wahrzeichen Gottes grüßte in majestätischer Größe und Ruhe, weit über den Wäldern und Almen thronend, die mächtige Burg des Langkofels. Golden und zart überhaucht vom letzten Licht der sinkenden Sonne lag sein Gipfel. Der Anblick war überwältigend schön, und Lilian gab in einer Anwandlung von herzlicher Dankbarkeit ihrem erstaunten Dad einen herzhaften Kuß auf die väterliche Backe.
Der Concierge, auf dessen Kappe in Goldbuchstaben »Grandhotel Bellavista« zu lesen war, trat grüßend an den Wagenschlag, auf der Treppe grüßten zwei Boys, und ein gutfrisierter Herr im Cut rieb sich auf der obersten Stufe die direktorialen Hände.
Lilian war in Hoch-Laurein.

Das »Grandhotel Bellavista« liegt weit über dem Talboden und höher als das alte Dorf. Es war erst vor zwei Jahren fertig geworden, entsprach jedem Wunsch nach Komfort, besaß zwei moderne Kabinenlifte und konnte dreihundertundsiebzig Gäste beherbergen.
Wenn die Tiroler einen tüchtigen Hoteldirektor brauchen, blinzeln sie in die Schweiz hinüber, und so hatte es anscheinend auch der Besitzer des Grandhotels gemacht, denn der Direktor Rohrer stammt aus Zürich. Seine Beziehungen zu den großen Hoteliers von St. Moritz, der Riviera und andern Zentren des Fremdenverkehrs erleichtern ihm außerordentlich die Arbeit. Über allem aber steht der Geist jenes großzügigen Mannes, dem Laurein letztlich seine große Entwicklung zu verdanken hatte. Er war es, der vor vielen Jahren als einsamer Bergwanderer im Winter und im Sommer jene paradiesische Gegend durchwandert hatte, und

er war es, der das nötige Kapital zum kostspieligen Bau von Hotels, Straßen und Lifte nach Laurein brachte. Seine Weltgewandtheit, seine große Menschenliebe und Erfahrung, seine gewinnende und dabei starke Persönlichkeit stand über allem: Dr. Hermann Christofanos.

Das Haus selbst war nach seinen Ratschlägen errichtet worden. Die Gesellschaftsräume waren mit raffiniertestem Geschmack ausgestattet. Ein Prunkstück bildete die von acht wuchtigen Säulen unterbrochene Halle mit ihren großen, glatten Scheiben, welche Sonnen- und Lichtwellen ungehinderten Zutritt ins Innere gewährten. Die Verwendung von viel Holz gab dem Raum etwas Gemütliches, Wohnliches, und antike Holzfiguren zierten die Wände der Hallen und Treppenhäuser. Entzückt betrachtete Hardenger die alten vergoldeten Figuren, während Lilian sich nicht an den smarten Wintersportkostümen der Gäste satt sehen konnte.

Ihr gefällt alles: das großzügige Hotel, die Gäste, der sonnige Riesenspeisesaal, die Aussicht auf den Rennplatz, die ungeheuren Berge, die Sonne und der verschneite Wald. Auch in die Bar wirft sie schon am ersten Vormittag einen Blick, erkundigt sich rasch und sachgemäß beim Mixer, was es für Drinks bei ihm gäbe, stellt mit Freuden fest, daß es Grapefruits, Orange-Juice, Tomaten-Juice und Toasts zum Frühstück gäbe, trinkt Tee und schaut Dad liebevoll und übermütig an. Der Aufenthalt im Grandhotel ist all right! Sowohl Lilian als auch ihr Vater sind über die Aufnahme, die sie im Hotel gefunden, begeistert. –

Die Sonne steht schon ziemlich hoch, und es herrscht im Hotel ein ewiges Kommen und Gehen.

Lilian erkundigt sich, warum denn die Männer mit den dicken Pullovern, ungeheuer breiten Schultern, Wollschärpen und Sturzhelmen – dort drüben am Eingang – so furchtbare Handschuhe mit eisernen Nieten an der Innenseite hätten.

Ob man die zum Ski laufen brauche?

»No, Miß – das sind Handschuhe, die nur die Bobfahrer verwenden, weil sie gelegentlich während der rasenden Fahrt den Boden berühren müssen.«

»Oh – thank you.« Und sie bewundert diese kampferprobten Helden.

So vergeht der erste Tag und der zweite und der dritte mit immer wieder neuen Eindrücken. Freilich auch mit Einkäufen. Selten noch hat Lilian so viel zu tun gehabt. Was es doch alles an unbedingt Lebensnotwendigem zu besorgen gibt! Skischuhe, rote, blaue, gelbe Pullover, rote, blaue, gelbe Skihosen, Fäustlinge, Stöcke, Schneebrillen, Bretter und Steigfelle werden beschafft. Ein wahres Glück, daß einige hundert Schritte vom Grandhotel der Norweger Harald Sörensen seinen Sportladen hat – nicht auszudenken, was passiert wäre, wenn es einen solchen Laden hier nicht gegeben hätte!

Es sind schon allerhand »Kanonen« in Laurein eingetroffen, teils in geschlossenen Trainingsmannschaften, teils als Skilehrer oder Skiführer mit ihren Touristen. Besonders fällt da Miß Pellington aus New York mit ihrem Führer Otto Furgger auf.

Tonio hatte von Dr. Christofanos, der das ausgeglichene Wesen des jungen Skiführers schätzte, heuer zum erstenmal die Oberleitung der Skikurse erhalten. Sepp, Jörg und sieben andere Lehrer stehen ihm als Kursleiter zur Seite. Die Kurse sind in sieben Gruppen unterteilt. Die ganz Ahnungslosen hat der Sepp unter sich, die Fortgeschrittensten Tonio selber.

Lilian hatte mit dem sicheren Instinkt der weltgewandten, kühlen Großstädterin sofort zwischen den Gigolos, Sportsleuten und Hotelgästen diejenigen herausgefunden, die ihrem Wesen entsprachen. Miß Pellington wird bald ihre Freundin und Ratgeberin. Sie hat mit ihr und dem unentbehrlichen Otto ihre ganze Ausrüstung bei Sörensen ausgesucht. Otto – das darf nicht vergessen werden – hat in den letzten Jahren schon zweimal sämtliche Läufer Laureins und auch anderer Orte haushoch geschlagen. Otto ist zäh, still, ruhig und ehrgeizig. Er fährt einen unnachahmlichen Stil. Er hat es aber auch in monatelangem Training fertiggebracht, um sechs Uhr morgens aufzubrechen und nach zweistündigem Aufstieg in rasender Abfahrt seine Muskeln zu stählen. Um zehn Uhr hat er dann Miß Pellington vom Frühstück abgeholt und eine schöne große Tagestour geführt.

Aber da sind noch viele andere, der Lehner-Hugo aus Zermatt, der Julen-Elias, der Perren, die Matts und Walchs vom Arlberg, die jungen Innsbrucker, dann die Münchener und Schwarzwälder, die Engländer schließlich und die erst noch zu erwartenden Franzosen! Zogg war angekündigt und Natter und die Badrutts. Die Brüder Ruud hatten mit ihren Landsleuten Bergendahl, Andersen und Strömstadt die große neue Schanze schon am ersten Tag mit Rekordsprüngen eingeweiht. Es herrschte Feststimmung. Alles war aufs höchste gespannt.

Im kleinen, altgetäfelten Führerstübchen unten im alten Dorf beim Adlerwirt sitzen Tonio und Otto Furgger bei einem Viertel Roten. Hier ist man abseits vom großen Betrieb, von all den aufgeregten Fremden – man ist ungestört und hat es gemütlich.
Da tritt die Pellington mit Lilian ein, natürlich höchst zufällig, ganz und gar zufällig.
Die Pellington stellt vor; und es ist merkwürdig, wie die so sichere und kühle Lilian Hardenger verlegen und unsicher wird, als sie sich plötzlich dem lang bekannten Führer gegenübersieht. Dann aber setzt sie sich neben ihn auf die Holzbank. Es ist behaglich geheizt in der braunen Stube; draußen vor den niedrigen und quadratischen Fenstern wirbeln die Schneeflocken.
Tonio kann wenig Englisch, ein paar Brocken nur, Lilians Deutsch ist nicht viel besser.
»Lieber Herr Feuersinger – ich kenne Sie schon lange . . .«
»Ah – wieso denn?«
»Yes, sehr lange sogar. Und ich bringe Ihnen viele Grüße.«
Vielleicht hat Miß Hardenger erwartet, daß Tonio einigermaßen neugierig sein würde – aber wenn man hundertfünfzig Schüler zu betreuen und auch in den Sommermonaten Fremde zu führen hat, betrachtet man diese Bekanntschaften als zur Saison gehörig, aber nur selten als eine Beziehung, die darüber hinaus währt. Und so hebt Tonio bloß ein wenig den Kopf und sieht ein wenig belustigt aus.
»Ich bringe viele Grüße von Miß Kid. Hat Miß Pellington schon davon erzählt?«
Tonio lacht, und seine warmen braunen Augen blicken sie voll an. »Jaja, freilich! Jetzt erinnere ich mich. Freilich hat sie mir's erzählt, schon vor drei Wochen.«
»Miß Kid läßt Sie herzlichst grüßen und läßt Ihnen sagen, daß sie noch oft an Sie denkt, Herr Feuersinger.«
»Hoffentlich ist Percys Fuß gut ausgeheilt«, sagt Tonio, ohne auf die Bemerkung Lilians näher einzugehn. »Glauben Sie, daß er noch einmal zu uns herüberkommt?«
Lilian antwortet, daß Ellen sicherlich wieder einmal kommen

würde. Percys Fuß sei gut ausgeheilt, setzt sie hinzu. Mit »sweet Ellen« sei sie sehr befreundet. Sie hätten auch beschlossen, einmal gemeinsam eine Weltreise anzutreten – natürlich würde dann Station in Hoch-Laurein gemacht. Und sie freue sich, daß sie Ellen das Skilaufen voraushabe.

»Soll ich Ihnen verraten, was Lilian vorhat?« lacht die Pellington dazwischen. »Sie ist ein bißchen verrückt – sie will jetzt da hinauf, wo Percy und Ellen im Sommer waren!«

»Im Winter ist nicht daran zu denken, Miß Hardenger. Wenn Sie Freude an den Bergen und am Skilaufen haben wollen, dann schlagen Sie sich diesen Plan aus dem Kopf. Das hat keinen Wert.«

Zur selben Stunde sitzt Mr. Hardenger in der Schnitzerwerkstatt beim Gudauner. Aber er kommt nicht recht vom Fleck. Der alte Schnitzer ist zäh wie ein Hackstock und will nichts verkaufen, vielleicht weil Hardenger so gut wie alles kaufen will. Auch die verlockende Aussicht auf gute amerikanische Dollars reizt ihn nicht. »Was soll ich mit dem Geld anfangen?« erklärt er immer wieder. »Ich kann's nur ausgeben, denn vom Anschauen habe ich nichts. Meine Heiligen, sehen Sie sich zum Beispiel diesen alten Sankt Sebastian oder gar die Muttergottes selbdritt, die kann ich stundenlang betrachten und jahrelang – sie bleibt immer gleich schön, sie wird immer vornehmer und heiliger! Schauen Sie nur, Herr Hardenger, schauen Sie dieses Gesichtl an, diese guten Augen, die Hände – ist das nicht schön?«

»O yes, I like it!«

»Was? Verstehen Sie, was ich meine?«

»Natürlich! Ich kaufe Ihnen alles ab!«

Dieses hartnäckige Alles-abkaufen-Wollen macht den alten Meister mißtrauisch. Spekulant, denkt er, Aufkäufer.

Mit raschem Blick hat inzwischen Mr. Hardenger die goldene Sonnenmaske an der Wand entdeckt. Aus großen, dunklen Augen starrt das goldglänzende, verstaubte Sonnenantlitz fragend und offenen Mundes in den Raum. Hundert goldene Strahlen umsäumen das fremde Gesicht. Ein unheimliches Schweigen und Wissen strömt aus diesem Glanz, und sogar dem geschäftsklugen Hardenger verschlägt es für Sekunden die Rede. Im selben Moment weiß er: Diese Maske kaufe ich – auf alles andere verzichte ich.

Dieses rätselhafte Antlitz ist einzig in seiner Art, nirgends, in keinem Museum und in keiner Sammlung hat er etwas Ähnliches gesehen, und beinahe zögernd fragt er: »Was ist das – da oben?«
»Das ist die große goldene Sonnenmaske!«
»Alt?«
»Ja, uralt!«
»Echt?«
»Natürlich!«
»Von woher?«
»Ist schon seit Menschengedenken in unserer Gemeinde.«
»Verkäuflich?«
»Aber wo denken Sie hin? Die gehört hierher und sonst nirgends.«
»Ja«, nickt nun Hardenger, »da werden Sie wohl recht haben. Aber trotzdem, wir werden noch einmal darüber reden. It's all right?«
»Mir mag es recht sein!« lacht Meister Gudauner.

Die Zeit der großen Rennen ist nun da. In härtestem Training haben sich alle Startenden darauf vorbereitet. Tonio, Sepp und Jörg sind von Dr. Christofanos als erste Mannschaft, die zugleich Tirol und auch den Winterkurort vertreten soll, genannt worden. Tagtäglich sind sie morgens fix und fertig unten am Dorfbrunnen zum Training, und kein Mensch vom Grandhotel hat eine Ahnung davon, daß die drei Burschen, wenn sie um zehn die Skischüler abholen, schon zwei Stunden härtestes Training hinter sich haben. Alle vier Läufe, Slalom, Abfahrt, Langlauf und Sprunglauf zu belegen, ist ihnen gar nicht in den Sinn gekommen. Sie sind bloß für den großen Lang- und Dauerlauf genannt.
Martiner, Christofanos, Rohrer und die Vertreter der einzelnen Mannschaften und Länder haben in diesen Tagen alle Hände voll zu tun. Starterlisten, Telefonanlagen, Presseberichte, Empfänge, Einladungen, Auskünfte, Radioberichte nehmen sie von früh bis spät in Anspruch.
Laurein, das für die diesjährige Skimeisterschaft in aller Welt geworben hat, ist über Nacht ein Schlagwort geworden. An der breiten Höhenstraße, die von Alt-Laurein zur Hotelkolonie von

Hoch-Laurein emporführt und die von Omnibussen, Skijöringfahrern, von Rodlern, Skiläufern und Spaziergängern wimmelt, zieht sich eine Reihe eleganter Geschäfte hin: Friseurläden mit Wachspuppen, ein Juwelenladen, Obststände mit Ananas und Artischocken, Pelzläden, Sportgeschäfte und Fotoläden. Modehäuser haben ihre Phantasiegebilde für Sport und große Abende nach den allerletzten Modellen aus Paris und Mailand ausgelegt. Und an den Ladentüren steht: »English spoken«, »On parle français« und »Si parla italiano«.

Das Grandhotel hat seit diesem Winter eine große gedeckte Anfahrt, die von Neonröhren umrandet ist. Ein blau uniformierter Boy, mit einem Käppi schief auf dem Knabenkopf, hält die große gläserne Drehtür in Bewegung. Aus den Hallen dringt gedämpftes Spiel der Konzert- und Barkapellen. Der Eisring ist von hellem Licht überflutet, in dem die großen Kanonen Pirouetten drehen und die kleinen Walzer tanzen. Mitunter flitzt ein Kellner in wehendem Frack, ein volles Silbertablett auf den gespreizten Fingern tragend, im Flug über das Eis, als wäre er Rastelli in Zivil. Und in der Halle sitzt im Büro der Empfangschef und meldet der Pelz- und Schmuckversicherung an neu angegebenen Werten eine fünfstellige Zahl. Ja, das ist Hoch-Laurein, das »weiß-blau-goldene« Laurein, mit dem »ewigen Pulverschnee« und den modernsten Pisten.

Und kaum einen Büchsenschuß davon entfernt schlummert unter silbernen Schindeldächern, die jetzt halbmeterdick mit weichen Schneepolstern belegt sind, das alte St. Laurein. Für seine Bewohner sind vielfach noch Kerzen und Petroleumlampen »letzte Mode«. Diesem Zwiegesicht entspricht auch eine gewisse Zwiespältigkeit der Laureiner, die sich nicht nur in »alte« und »neue«, sondern, wie in allen emporstrebenden Alpenplätzen, auch in »Dasige« und »Zugereiste« scheiden und nicht nur im Gemeinderat und auch am Stammtisch gelegentlich hart auf hart aneinanderstoßen. Durch die kluge Führung einiger, zu denen neben Dr. Christofanos vor allem der Lehrer Martiner gehört, kommen sie aber doch immer zum Wohle des gesamten Gemeindewesens glücklich unter einen Hut, namentlich, wenn es, wie jetzt bei den großen Skikonkurrenzen, um eine ganz besondere Sache geht.

Konkurrenz in dem Sinne, wie man sie aus dem Geschäftsleben kennt, wäre hier ein ganz falsch angewandtes Wort, denn was sich bei solchen Gelegenheiten trifft, ist eine einheitliche, vom gleichen Trieb und Geist durchdrungene Gemeinde. Kameradschaft und sportliche Fairneß sind die Grundlagen, welche die bunte Gesellschaft zusammenhalten, die sich aus Städtern und Bauern, Herren und Arbeitern, Fremden und Einheimischen zusammensetzt.

Tonio Feuersinger gerät, ohne zu wissen, wie, in den Mittelpunkt des ganzen Wirbels. Tonio hin – Tonio her, er weiß oft gar nicht, wo er zuerst sein soll, so geht es um ihn zu.

Es ist merkwürdig und beunruhigend: Zum erstenmal in seinem Leben spürt der junge Führer, daß er eigentlich gar nicht mehr zum Feuersingerhof gehört. Sein Weg ist frei, sein Name beginnt Klang und Farbe zu bekommen. Und er schaut in den Spiegel, und wenn ihm seine eigenen Augen daraus entgegenfunkeln, dann lacht er siegesgewiß sein Spiegelbild an und meint: »Ausschaugn tust guet, Tonio, da fehlt absolut gar nix nit«, spannt seine Muskeln, und es ist ihm, als müßte er an die Zimmerdecke springen vor Lebenslust und Freude.

Er wohnt jetzt in einer Dachkammer im Grandhotel.

Zum Hofe hinauf kommt er nur mehr selten, vielleicht einmal die Woche auf kurzen Besuch zum alten Vater und zur Mutter. Diese hat mit dem Buben ihre helle Freude. »Wird einmal ein großer Herr, der Tonio«, meint sie in ihrer Gutgläubigkeit, »braucht sich einmal nicht mehr mit Küh und Öchselen herumplagen.«

Der Vater aber erwidert nichts. Er ist Bauer und schweigt. Ja, wenn die anderen beiden Buben nicht im Kriege gefallen wären! Dann würde ihm manches leichter sein. Aber so . . .!

Und die Furchen in seinem Bauernantlitz werden schärfer. Er denkt an den Hof. Der Hof ist mehr als der Mensch, der Hof muß bleiben, die Menschen kommen und gehen.

Slalom. Bruchteile von Sekunden entscheiden. Und doch ist von allem Anfang an kein Zweifel darüber, wer den Slalom gewinnen würde: derselbe, der gestern mit dem unglaublich scheinenden Vorsprung von dreieinviertel Sekunden den großen Abfahrtslauf gegen eine auserlesene Gegnerschaft gewonnen hat, Otto Furgger aus Zermatt. Es ist ein Genuß, ihn fahren zu sehen. Vogelgleich kommt er über den großen Hang angeflogen, jagt die Schlußschneise hinunter, fegt an ein Slalomtor heran, verwindet den Körper blitzschnell und verläßt, schon mit vollendetem Schwung, die Fahnen! Dann wieder liegt er schräg wie ein Segelboot unterm Wind auf den Brettern, taucht federnd durch die Bodenwelle, gewinnt, knapp an der roten Flagge vorbei, in einer langhingefegten Kurve die neue Richtung, wischt mit parallelen Skiern über vertrackt abgesteckte Wellen. Und nun schießt er wie ein Vogel über die harte Schlußzeile hinunter ins Ziel. Die Zeitnehmermaschine registriert: drei Fünftelsekunden Vorsprung vor Tonio Feuersinger, dem guten Laureiner, »ohne Strafpunkt«! Einwandfrei.

Im zweiten Gang, der ohne Toränderung über die gleiche Strecke geht, sieht es einen Augenblick lang bedrohlich aus: als ob die Wucht des Schusses den Tonio gegen eine Außenflagge allzuweit hinaustragen wolle. Aber im letzten Moment reißt er sich förmlich in die Luft, vollendet den angesetzten Schwung und bleibt innerhalb der Flaggen. Furgger, den sie wegen seiner Standfestigkeit das »Matterhorn« nennen, knöpft diesmal dem Tonio zwei volle Sekunden, aber auch einige Strafpunkte ab, und so bleibt der Laureiner unter den siebenundachtzig Läufern, die beide Gänge bestreiten, Zweiter. Der Sepp, der Huderer, nimmt es nicht so genau mit den Fahnen und hat so viel Strafpunkte im Sack, daß er von der fünftbesten Zeit im ersten Lauf ganz hinten hinunterrutscht in die Kategorie der »Ferner liefen«.

»Du mußt dich besser beherrschen, sonst ist's aus mit dem Europapokal!« stampert Tonio den Kameraden zusammen.

Im Slalom sind sie also hinter den Schweizern und Franzosen auf dem dritten Platz gelandet, aber sie haben die Norweger, die freilich nicht offiziell gestartet sind, geschlagen!

Jetzt kommt alles darauf an, was sie im großen Dauerlauf, der über dreißig Kilometer geht, aufstecken. Das ist kein Lauf fürs große Publikum. Alles liegt noch in den Federn, als die einundzwanzig Mannschaften auf die weite Reise in die Berge geschickt werden. Der Morgen steht im Rauhreif, den die Sonne erst um die zehnte Tagesstunde wegräumt. Zu dieser Zeit sind dreiundvierzig Kämpfer den Richtern schon gestellt.

Das ist der Start zum Dreißig-Kilometer-Langlauf. Sie stehen alle unruhig und voll Nervosität um die Startrichter. Tonio hat

Nummer fünfzehn gezogen. Mit freudigem Johlen haben Sepp und Jörg die glückliche Hand ihres Partners gepriesen. Die dreißig Kilometer werden als Einzel- und als Mannschaftslauf gewertet: »Also zsammhalten, Buabm!« ermahnt Tonio immer wieder seine zwei Rivalen und Mitkämpfer. »Habts guet gwachst?« Die beiden nicken.

»I ha 's chli Brattly mit e chli Mix gnommen«, ruft Daniel Zogger zum Furgger, »aber der Lehner-Hugo, das Chaib, hat mit Skigliß unterlegt, sein Ski kann nüd stüge«, unterhalten sich die Schweizer inzwischen.

»Siebenundfünfzig, achtundfünfzig, neunundfünfzig – los!« Die rote Starterflagge geht nieder, die erste Mannschaft macht sich auf die Reise. Dann folgt eine ungarische, dann eine japanische Mannschaft, immer nach dreißig Sekunden werden drei Läufer auf die Reise geschickt. Die Franzosen fehlen. Der Lauf ist großzügig ausgelegt, er führt in langen Serpentinen bis hinauf ins Wasserbergtal, geht dort im schattigen Kessel unter dem Langkofel in die Höhe, führt dann in leichtem Gelände weiter bis übers Dorf und endlich in einer steilen, großen Abfahrt mit zweihundertundfünfzig Metern Höhendifferenz ins Tal, zum Ziel.

Das Warten ist ermüdend, macht nervös. Mit Nummer vierzehn starten die Schweizer: Lehner, Furgger und Zogger. Gleichmäßig ziehen sie ab. Tonio sieht es, er kennt sie alle drei nur allzu gut. Lehner, der Draufgänger, will sofort auf das Tempo drücken, aber die andern beiden bremsen ... Dreißig Kilometer!

»Achtundfünfzig, neunundfünfzig – los!«

Jörg, Tonio und Sepp tauchen an – »Heil!« – »Heil!« geht es hin und zurück.

Jetzt ist alle Nervosität plötzlich fort, kühl und klar ist der Kopf Tonios – langsam läuft er sich ein. Die Luft ist heute wie Brot. Hier ist seine Heimat, hier kann er schon laufen ...

Ihnen folgen die Norweger, die Bayern und dann die Schweden. Der Schnee ist weich, die Spur ausgezeichnet, Herz und Lungen arbeiten mit Volldampf. In rhythmischen Schlägen sausen die Stöcke in den Schnee.

Der Vordermann bestimmt die Geschwindigkeit – und die ist nicht klein. Sie geben her, was da ist: alles! Es glühen die Schläfen, die Augen brennen, das Blut pocht in den Adern, gerade noch kann die Lunge nachkommen. Regelmäßig, wie Schritte und

Stockschläge, sind die Atemzüge. Manchmal schaut einer zurück, ob Gefahr im Anzug ist. Die bayrische Mannschaft soll ganz ausgezeichnet sein. »Bahn frei!« Sie holen schon die vierte Mannschaft ein, fressen die Spur in sich hinein — weiter, weiter, keinen Gedanken an Müdigkeit aufkommen lassen — weiter, weiter! Tonio beißt auf die Zähne, sein Atem geht stoßweise, seine Augen blicken verbissen die Spur entlang. Bewundernswert hält sich der Jörg; er ist lang, mager, rothaarig, sommersprossig, starkknochig. Man sieht es ihm an, daß er am liebsten mehr zulegen, schneller hasten möchte; aber Tonio weiß: nur nicht zu schnell werden. Wir haben erst neun Kilometer hinter uns! Sepp hat einen schlechten Ski, sein »Bratli« eist an. Kurzer, knapper Halt, abkratzen! — schnell — kostbare Sekunden gehen verloren, weiter, weiter!

Weiter geht die Jagd. Das Feld ist groß, einzelne Mannschaften sind zerrissen. Die Laureiner halten wie Pech und Schwefel zusammen. Sie geben nicht nach — Jörg, Tonio, Sepp. Dort winkt eine Fahne. Die Labestation ist da! Nun haben sie fünfzehn Kilometer, die schwerste Hälfte, mit dem ewigen Aufstieg, hinter sich. Die Norweger, das jagende Gespenst hinter ihnen, sind noch nicht in Sicht.

»Wollt ihr rasten?«

»Nein«, keucht der Jörg.

Eine Handvoll Würfelzucker steckt jeder in die Tasche, eine Schale warmer Milch ist in fünf, sechs Sekunden getrunken — auf, auf, die Zeiten liegen ausgezeichnet. Einige Gäste vom Grandhotel sind da und sonst eigentlich nur Leute, die hier etwas zu tun haben. Kameraleute fehlen nie und nirgends, sie drehen fast alle und jeden. Mann kann nie wissen, wer Sieger wird.

Schon sind die drei wieder auf dem Weg. Die Spur ist nun strekkenweise fast eben. Sepp führt jetzt, er läuft einen sauberen Schritt: eins, zwei, drei, vier — eins, zwei, drei, vier — seine Stockarbeit ist gut. Tonio läuft als Mittelmann. Jörg, die sommersprossige Rennmaschine, drückt aufs Tempo: »Los, zieh an, Sepp!« Bald sind sie wieder so im Zuge, daß ihre Köpfe rauchen; die Arme, die Hüften, die Beine schwingen in kraftvollem Rhythmus mit. — Vorwärts, vorwärts! Die Norweger sind hinter uns, die Bayern und die Schweden!

In gleichmäßig ruhiger, großer Form ziehen die Norweger daher.

An der Station halten auch sie einige Sekunden. Ruhiger als die anderen Mannschaften nehmen sie einen Schluck warme Milch; und schon verschwinden sie wieder weit draußen, während die Bayern daherkommen ... Mund zu! denkt Tonio. Er hat dies oft gelesen. Ach was, Quatsch! muß er denken. Mund zu – ja – zum Lachen! Alle keuchen sie und holen sich Luft, soviel sie können. Der Sepp keucht vorneweg. Sein Ski vereist links hinten schon wieder. Er leidet Höllenqualen. Die Arme schmerzen und die Oberschenkel, er wird langsamer.

»Ziach los, Sepp!« ruft Tonio den Erlahmenden an.

Sepp reißt sich hoch, und weiter geht's. Schon viele Fähnchen sind vorüber. Da zieht jetzt der Jörg an die Spitze. So war es ausgemacht: den ersten Teil der Tonio, den zweiten der Sepp, und den dritten hat der Jörg zu führen ...

Miß Pellington steht draußen am Ziel, der Martiner und unweit von ihm Barbl und ihr Vater. Lilian hat neben Dr. Christofanos Platz genommen. Ganz Laurein ist auf den Beinen, alles wartet. Sörensen steht am Zielband, Direktor Rohrer gibt den Presseleuten Erklärungen, nur Papa Hardenger ist nicht hier. Er hockt beim alten Gudauner. Handelt um die Sonnenmaske, kriegt sie aber nicht ...

Tatsächlich ist eine Mannschaft schon durchs Ziel. Die siebente ist als erste angekommen. Es sind die Schweden. Sie haben eine ausgezeichnete Zeit hinter sich.

Hoch über dem Tal aber liegen die anderen Mannschaften in schärfstem Kampf. Die Strecke ist eben – hurtig holen die Norweger im Lauf nun nach, was sich die Bayern und Tiroler im Aufstieg nicht haben nehmen lassen.

»Die Norske sein da!« keucht Sepp jetzt nach vorne. Jörg führt. Himmelherrgott, wenn nur schon endlich das Lahnereck käme, von dort geht's den Berg hinunter – das ist die große Chance. Wenn sie bis dort gleich auf gleich mit den Bayern, Schweizern und Norwegern halten, dann ist den Laureinern der Sieg nicht mehr zu nehmen.

Endlich, endlich passieren sie die letzten Kontrollstellen. Die zähen Schweizer sind gerade weit, weit unten im Eck verschwunden.

Gerade und mitten durch den Wald legt nun Tonio ein irrsinniges Tempo ein: Die Bäume flitzen an ihnen vorbei wie Telegrafenstangen am Schnellzug. Halb wischt er mit knatternden Brettern über den harten Schneeboden, halb fliegt er durch die Luft. Blitzschnell schießt er durch die Steilen, daß den beiden andern fast die Luft ausgeht.

Die Schweizer gehen gerade durchs Ziel, als Tonio, an einer scharfen Wende vor einem Felsabsatz abstoppend, zurückblickt. Jörg hat mit mehr Glück als Verstand unter äußerster Willensanstrengung das Siebzigkilometertempo volle drei Minuten lang durchgestanden; aber Sepp fehlt noch. Die Knie Tonios zittern. In seinen Schläfen pocht das Blut. Er überlegt, ob er auf Sepp warten soll oder nicht. Sekunden gehen verloren.

»Fahr weiter, Tonio – schnell – los – Tonio, schnell!« ruft der aus allen Fugen geratene Jörg. Und die tolle Jagd geht weiter. – Keiner ahnt, daß der Sepp den gewaltigen Schuß nicht durchgestanden hat. In dem rasenden Tempo ist er an einen Baumstamm geschleudert worden. Stöhnend vor Schmerz liegt er nun mit gebrochenem Oberschenkel neben der Strecke.

Die Norweger sind schon vorbei, die Bayern, die sich wie Löwen schlagen, dicht dahinter – es ist ein tolles Stück, diese Abfahrt vom Lahnereck ins Tal hinunter ...

Im Ziel stoppt Tonio ab und stützt sich schwer atmend auf die Stöcke.

»Zwei Stunden, 39,4 ... bisher die zweitbeste Zeit«, sagt einer der Zielrichter, während ein Arzt Atmung und Pulsschlag des Läufers untersucht.

Tonio schlürft hastig ein Glas Tee.

»Sepp muß sich weh getan haben ... Schickt sofort eine Rettungspatrouille.«

Ein Zielrichter beruhigt Tonio, die Rettungspatrouille sei schon auf dem Wege.

Der Reihe nach treffen die Bayern, die Italiener und die Ungarn ein, am schönsten, geschlossensten und ruhigsten die Norweger. Daniel Zogger, Lehner und Furgger, die von der ausgezeichneten Zeit der Laureiner nur Bruchteile von Sekunden Abstand halten, sind schon in ihr Quartier gegangen. Sie sind hier nicht so daheim wie in der Parsenner, St. Moritzer und Zermatter Gegend, wo sie nicht zu schlagen gewesen wären.

Um den Fans, Presseleuten und Fotografen aus dem Wege zu gehen, drückt sich Tonio mit seinem Kameraden so rasch wie möglich vom Ziel, verfolgt von einem Schwarm von Leuten, die wissen wollen, wie die Strecke war, wie das Malheur mit dem Sepp passiert sei, wie er die Chancen der anderen Mannschaften beurteile. Lilian hat es sich nicht nehmen lassen, ihn unterzuhaken und sich mit ihm fotografieren zu lassen. Die Barbl aber blieb mit klopfendem Herzen abseits stehen und schwieg.

Etwas außerhalb von St. Laurein liegt, knapp unter dem großen Bachgraben, die uralte Kaserhütte. Dort wirtschaftet ein kleines Männchen mit kohlschwarzen Augen. Man nennt ihn allgemein das Kasermandl, weil er früher jahrelang auf den Almen als Senner gelebt und gearbeitet hat. Dieses Kasermandl weiß alle alten Sprüche, weiß Gesetz und Brauch und ist beliebt bei alt und jung.

In seiner dunklen Hütte gibt es selbstgebrannten Schnaps, sauren Wein, Brot und geräucherten Speck.

Heute ist beim Kasermandl geheimer Bauernrat. Der alte Gudauner führt den Vorsitz. Die »Rauhnacht« tagt. Dreißig angesehene Bauern wählen hier den Rauhnachtskönig und die zwölf Rauhnachtsmädchen. Die Wahl ist geheim und gilt für den nächsten Winter. Wer eine Wahl annimmt und sich den ungeschriebenen, aber von Mund zu Mund seit Jahrhunderten überlieferten Gesetzen unterwirft, darf sein Leben lang auf die Hilfe aller Gemeindebauern rechnen, in jeglicher Lage und Zeit. Wer aber eine Wahl ablehnt, dem wird kein Vieh abgekauft, und im Falle eines Unglücks an Haus, Hof oder Menschen ist ihm keinerlei Hilfe durch seine Nachbarn sicher.

Rauhnachtskönig kann nur ein unbescholtener, lediger, ortsansässiger Bauer werden, der Aussicht hat, in kurzer Zeit einen Hof zu übernehmen. Die zwölf Rauhnachtsmädchen müssen im heiratsfähigen Alter stehen. Eines dieser zwölf Mädchen, die aber alle während des Festes gleiche Jungmädchenmasken vor dem Gesicht tragen müssen, wird von dem König erwählt. Nimmt er sie zur Frau, so sind ihm alle Mitglieder der Rauhnacht zu Freunden verpflichtet bis zu seinem letzten Atemzug.

Es ist eine späte, kalte Winternacht, und der Schnee knirscht unter den Füßen, als die Bauern ihr nächtliches Thing verlassen und sich auf den Weg zu ihren Gehöften machen. Das Kasermandl springt in die rußige Küche und malt das heidnische Zeichen des Albfußes auf die Bodenschwelle seiner Tür: Das Jahr ist gebannt. Nun kann geschehen, was geschehen muß.

Die große Sprungschanze ist in denkbar bestem Zustand. Sie liegt am Nordrand im Schatten. Die Musik setzt ein.

»Achtung! Achtung!« tönt es hallend aus dem Lautsprecher. »Verbandstrainer Jens Sörensen eröffnet außer Konkurrenz den Sprunglauf!«

Der Mann auf der Schanze senkt ein Fähnchen, und gleich darauf steht hoch in der Luft ein Mensch. In einer herrlichen Parabel durchmißt er Weite und Tiefe, hebt sich dann plötzlich in den Angeln, die ihn auf den Brettern festhalten, federt bodennahe zusammen, klatscht auf und saust nun, klein und kleiner werdend, in die weite Mulde des Auslaufs hinunter.

Nur ein Rauschen dringt hinauf zu den Springern, als Sörensen bei sechzig Meter gut gelandet ist. Da stehen sie alle, die Kämpfer, die Burschen, die Mut haben und Freude am Abenteuer, am Kampf und am Sieg. Da stehen sie und warten auf ihren Abruf.

Für den Sepp ist Reto eingesprungen. Sepp wäre der bessere, zuverlässigere Springer gewesen. Rosina sitzt an seinem Krankenbett und läßt seine Schimpfkanonaden mit der Geduld einer guten Seele stundenlang über sich ergehen. Aber die Barbl, die steht an der Siebzigmetermarke und hält beide Daumen für ihre Laureiner, ja, eigentlich für Tonio. Der alte Gudauner steht neben ihr, und sogar Vater Feuersinger ist da! Er will doch einmal sehen, was eigentlich sein Bub kann.

Unten auf den teuren Tribünenplätzen sind Miß Pellington, Otto Furgger, Lilian, Hardenger, Rohrer, der alte Martiner und alles, was Beine hat, erschienen.

Nummer neunzehn – Reto Rizzer, Laurein. Alles horcht gespannt, starrt zum Schanzentisch hinauf. Die Musik setzt einen neuen Marsch an. Der jüngste Laureiner, ein toller Draufgänger, Inhaber des Schanzenrekords, Reto Rizzer. Tonio kneift die Augen zusammen: »Reto, nicht zu scharf abgehen ... früh genug Vorlage nehmen ... auf sicher springen!«

Aber der Reto weiß es besser. Er geht aufs Ganze. Schon fliegen seine Bretter hart und glatt wie zwei Pfeile hinunter. Im Flug wuchtig, weit, Vorlage ... vorbei rauschen Menschen ... sausen Bäume ... tief unten der Auslauf!

Der Springer spürt's unter seinen Füßen, weit hinten liegen die sechzig Meter. Die Luft haut knatternd durch Bluse und Bretter. Er will gerade aufsetzen, aber es reißt ihn mit unwiderstehlicher Gewalt nach vorn. Entsetzt kreischen ein paar Frauenstimmen — und mit schwerster Wucht schlagen Schulter und Kopf auf den Boden. Blitzschnell überschlägt sich der Körper, drei-, viermal, der linke Ski geht zu Bruch, die Bindung bleibt am Fuß hängen. — Erschreckt und gebannt starren Publikum, Kameraden und Bahnrichter.

Reto versucht den Kopf zu heben — und schwerer noch fällt sein Gesicht vornüber in den Schnee. Es ist alles dunkel um ihn, Reto weiß nichts mehr von sich, als sie ihn forttragen. —

»Gestürzt! Zweiundachtzig Meter!« melden die Weitenrichter. Achtundsiebzig war der bisherige, von Reto Rizzer gehaltene Schanzenrekord.

Dem Tonio hat der so unglücklich ausgegangene Sprung einen Stich gegeben — das ist Pech — gestern der Sepp, heute der Reto! Tonio ist ein wenig blaß, als nach einem schwachen Fünfundvierziger des Japaners Soto Foujita seine Nummer aufgerufen wird. Wieder geht zugleich ein Raunen durch die Menge, wieder rufen einige: »Heil, Tonio!« Wieder sagt jemand: »Verhalten abspringen!« ... Aber Tonio hört nichts mehr: Schanzenkante ... Kante ... Schanzenkante ... Die Hände vor den Knien, der Leibriemen sitzt fest, die Kappe auch. Gleichmäßig, wie auf den Schienen angewachsen, fliegt jetzt ein Körper hoch — unten öffnet sich eine gewaltige Weite und Tiefe, links wischt die Schiedsrichtertribüne vorbei. Hoch ist der Flug — lang — die Bretter stehen wie Schienen, Füße und Oberkörper sind fast bewegungslos — weit abgeknickt. Die Luft drückt — die Luft trägt. Ein fliegender Falke braust dahin — gut! gut! — alle Muskeln sind gestrafft — alles ist Kraft — alles ist Wille zum Sieg. Merklich geht der Oberkörper zurück. Sicher klatschen die Bretter auf. Brausender Jubel gellt auf und begrüßt den im Auslauf abschwingenden Laureiner!

»Achtzig Meter!« meldet die Weitentafel.

Und da steht Barbl. Und sie weiß gar nicht, daß ihr das Herz bis zum Hals schlägt. Und daß sie den Atem zurückpreßt, als wollte sie ersticken.

Es ist ihr ganz schwach plötzlich – jetzt erst begreift sie, was für eine Angst sie ausgestanden hat.
Während Tonio niedergesaust ist, hat sie wegschauen müssen; aber Lilian hat nicht weggeschaut, sie hat ihren Vater nur fest in den Arm gekniffen.
»Tonio!« haucht jetzt Barbl.
Aber niemand hört es. Das Jubeln ringsum verschluckt den einsamen Ruf, der gequält und dennoch erlöst klingt.
Die Musik setzt mit einem Tusch ein.
Der Springer erkundigt sich rasch nach Retos Schicksal: Gehirnerschütterung, linke Schulter geprellt, nicht gefährlich, er kann sich bald erholen, aber mit dem Springen wird es für diese Saison vorbei sein. Dann dreht sich Tonio, die Mütze abnehmend, um und grüßt lachend und strahlend zu Lilian.
Und Lilian winkt von ihrem Tribünensitz fröhlich zurück.
Wenn jemand geglaubt hätte, der Sprung Tonios sei für heute Rekord geblieben, so hat er sich schwer getäuscht. Die Norweger stehen noch oben. Der Ruud, der Sörensen, der Högvold. Tonio wartet. Er weiß, ihre Nummern sind zweiunddreißig, dreiunddreißig und vierunddreißig. Ruud kommt beherrscht und glatt auf achtundsiebzig, Sörensen auf siebenundsiebzig, Högvold bombensicher auf fünfundsiebzig.
Tonio überlegt schon sein weiteres Verhalten beim kommenden zweiten Gang.
Im Aufstieg grüßt er den Vater. Aber dieser nickt bloß stumm. Viel Freude scheint er an der »narrischen Springerei« nicht zu haben. Am Pflug wäre ihm der Tonio lieber. Freilich, da klatscht niemand Beifall.
Die zweite Runde soll gleich beginnen. Dr. Christofanos unterhält sich mit dem Führer der Schweizer, Oberst Bonner, der zugleich Ehrenpräsident der Winterspiele ist. Von der Schiedsrichtertribüne aus überblicken sie das ganze Feld vom Start bis hinunter zum Abschwung. Harald Smith, Hans Sailer und Pietro Venzi stehen daneben. Sie alle haben Sprunglisten in der Hand und vergleichen Sprungzeiten und Haltungsnoten der einzelnen Springer, besonders die ihrer eigenen Schützlinge und Gefährten. Oberst Bonner gibt den Bahnrichtern mit der Hand das Zeichen zum Freigeben – eine Glocke schlägt – die hochgehaltene Flagge geht am Schanzentisch nieder.

Von unten aus sieht man einen winzigen Mann wie einen schwarzen Punkt niedergleiten – verschwinden – auftauchen – sekundenlang durch die Luft fliegen – plaach – rrr – und im großen Tribünenkreis abstoppen. – Der nächste kommt und der übernächste. Jörg ist bei siebenundsechzig Meter gelandet – in ganz vorbildlicher Haltung kommt er durch die Luft und steht mit absoluter Sicherheit. Kaindl hat, vom Beispiel Tonios mitgerissen, einen schönen Fünfundsechziger gelandet. Der Japaner ist diesmal auf sechzig gekommen. Wer wird den Schanzenrekord schlagen? Der Berchtesgadener? Vielleicht. Nach seinem Achtundsiebzig-Meter-Satz ist alles wie elektrisiert. Heute gibt es sicher noch Überraschungen.

Lilian hält sich am Arm ihres Vaters fest, als sie die Nummer einundzwanzig hört. Oben an der Aufsprungbahn steht Barbl. Sie legt die Hand an den Mund – oben war einer weg. Heil – zweimal geht er scharf in die Knie, um die Fahrt zu beschleunigen ...

Kante – Kante! Weit vorn liegt der Kopf – zwei Augen sehen eine Schneelinie auf sich zusausen – zwei Beine straffen sich und werfen den von eisernen Muskeln beherrschten Körper in weitem Bogen vor – zwei Bretter stehen regungslos an die Füße gebannt – zwei Fäuste rudern langsam den fast waagrecht liegenden Körper zurück – ein Aufschreien geht durch die Menge. Der Springer spürt den Sieg – der Aufsprung sieht für Bruchteile von Sekunden nach schauerlichem Kopfsturz aus – aber der dunkle, schlanke Männerkörper geht wie ein Vogel sicher zurück.

Alles ruft, atmet auf. Und unten lacht Tonio hinauf zur Tribüne, und dann, als oben die Weitentafel einundachtzig erscheint, winkt er mit der Mütze in die Gegend hinauf, wo Barbl und der Vater stehen.

Da muß auch der alte Feuersinger kapitulieren: »Herrgottsaxn, der Bua ist schon a ganz a vertuifelter Kerl!«

Tonios Kopf ist heiß, die Adern in den Schläfen schlagen hoch, und in den Beinen spürt er noch die Zusammenraffung aller Kraft. Mit diesem Sprung hat er aber den Berchtesgadener übertroffen. Es kommt nun ganz darauf an, welche Weiten und Noten diesmal die Bayern erreichen werden.

Alles ruft, jubelt, klatscht: achtundsiebzig, einundachtzig, siebenundsiebzig Meter!

So vergeht die zweite Runde, in der die Norweger im Gesamtklassement führen, während Bayern, Österreicher und Schweizer einander nicht viel vor- und nachzugeben haben. Die Entscheidung liegt nun beim letzten Gang.

Der Anlauf wird verlängert, die Spannung steigt.

Wer ist der Beste unter den Besten? Man sieht es den Kampfrichtern an, wie schwer es ihnen wird zu entscheiden; das Publikum, ja, das hat seine Lieblinge, das ist unbekümmert, sie aber müssen objektiv urteilen.

Die Springer aber, und besonders die Anwärter auf den Sieg, haben nun ihr Herzklopfen verloren, sie wollen jetzt alles herausholen — springen — siegen — gewinnen! Sie wollen, sie müssen springen, und ungeduldig wie Rennpferde vor dem Startschuß stehen sie oben am Anlaufturm — warten, bis endlich die Trampelkolonne, die, am langen Seil sich haltend, die Aufsprungbahn mit klappernden Brettern ausgleicht und festtritt, fertig sein würde.

Endlich kommt das Signal. Endlich schießt der erste hinunter, der zweite, der fünfte. Die entscheidende Minute kommt. Tonio hat den ganzen Anlauf genommen.

Eine rote Flagge geht nieder. Ein Mann steht oben, aber er startet nicht.

Noch einmal geht die Flagge nieder — Tonio startet nicht. Was ist los? Warum kommt er nicht? Hundert Hälse recken sich.

»Musik möcht i habn, an Marsch! Die Musik soll spieln!« kommt ein Ruf aus der Höhe. »Musik — Musik!« geht's durch die Leute, und der Kapellmeister klopft auf sein Pult. Sie spielen den »Doppeladler«, den kennen sie auswendig. Und oben spuckt einer in die Hände, rafft sich zusammen, zieht auf die Schanzenkante, wippt leicht mit dem Körper ... fliegt in die Luft ... Den Musikanten bleibt der Atem weg, den Schiedsrichtern auch ... Man hört nur mehr das flatternde Knarren von Tuch und das Rauschen der Bretter. Noch — noch schwebt der Springer scheinbar regungslos — jetzt legt er sich langsam zurück und setzt bei achtundachtzig Metern sicher auf! Ein unbeschreiblicher Jubel folgt dem Sprung.

Tonio schnallt die Bretter ab, und schwer stößt seine Brust den Atem aus und ein. Seine Augen tränen vom harten Luftdruck der Fahrt. Er wischt sich den Schweiß von der Stirn.

Papa Hardenger hat drei schallende Küsse von Lilian bekommen, und nun ruft sie und klatscht und trampelt wie verrückt: »Tonio – Tonio – you are wonderful!« Im allgemeinen Lärm geht alles unter.
Die Weite Tonios wird vom Berchtesgadener knapp erreicht, vom Norweger Ruud aber mit neunzig Metern übersprungen, von den anderen beiden aber weder überboten noch erreicht. Zogger ist bei neunundsiebzig gestürzt, so daß also die Chancen für den Sieg Norwegen, Österreich, Bayern stehen.
Und wie Tonio jetzt mit seinen Sprunglatten auf der Schulter heiter und vergnügt hinaufsteigt, von Hunderten angelacht, angerufen, geknipst und gegrüßt, da kann man ihn wirklich beneiden.
Die Schanze wird gesperrt, die Tribünen leeren sich. Vergeblich wartet Lilian auf das Vorbeikommen Tonios. Die Pferdeschlitten klingeln vorüber, immer einer und noch einer. Alles plappert, ruft, grüßt und springt durcheinander. Das große Fest geht zu Ende. –
Der alte Feuersinger ist mit dem Gudauner schon auf dem Wege zum Adlerwirt, um ein Viertel zu trinken.
Tonio hat sich aus der Menge losgelöst und geht den tiefverschneiten Waldweg, auf dem ihm nur selten ein Heimkehrender begegnet, dem Feuersingerhof hoch oben am Talhang zu.
Wo der Steig den Wald verläßt und der Blick aufs Dorf frei wird, bleibt er stehen. Jetzt, nach all der Aufregung, nach all dem Trubel, nach all dem Draufgängertum des Springens kommt eine große Ruhe über ihn. Da sieht er sie: die Barbl!
Er springt zurück, erwischt sie noch auf dem Heimweg ins Dorf. »Barbl!«
Sie wendet sich, sieht ihn mit großen Augen an.
»Willst mir nicht gratulieren, Barbl?«
»Gratulieren?« schüttelt sie den Kopf. »Das ist zuwenig. Gratulieren, das tun die Leut, die fremden, ich . . .«
»Du? Was tust nachher du?« fragt er und legt den Arm um ihre Schulter.
»Weißt es wohl, Tonio, gern haben tu ich dich halt, das ist alles.«
Er hört den heimlichen, bangen Ton in ihrer Stimme. Aber voll Übermut und Freude, wie er ist, zieht er sie an sich und küßt sie stürmisch, wieder und wieder.

Und die Barbl vergißt im Sturm der Herzen, was sie ihn eigentlich fragen wollte.
Nein, sie weiß es wirklich nicht mehr.
Ach, die Liebe! Die Liebe ist ohne Frage!

Den Abschluß der schönen Skitage bildet die große Preisverteilung im fahnengeschmückten Saal des Adlerhotels. Der festliche Raum bietet mit seinen wuchtigen Säulen und einer mit dunklen Holzbalken gezierten Decke einen geradezu pompösen Anblick. An der Seite hängen von oben je sieben große Flaggen herunter — das Kampfgericht hat auf einem erhöhten Podium Platz genommen. Der Saal ist zum Bersten voll, und irgendwo spielt die Musik fröhliche Märsche. Alles schreit, lacht, redet, raucht, ruft und wettet durcheinander. Einige sind in hoher Fahrt — besonders der Jörg und der Kaindl-Matthias. Der hat einen roten Riesenombrell mit, ein Tüchel voller Krapfen zum Essen, die er andauernd den Preisrichtern und anderen Leuten zuwirft, außerdem einen Buckelkorb.
Wozu er den mitgebracht hätte? Zum Unterbringen der Preise, antwortet er.
Tonio haut vor Freude mit der Faust auf den Tisch, daß er schier in Fetzen geht; und weiter drüben ist der Jörg damit beschäftigt, einem Gast, der still und vergnügt dasitzt, die Glatze mit Chianti einzureiben, damit die Haare besser wachsen mögen. Leider fehlt den Laureinern der Sepp, sonst ist alles da. Die Skandinavier sind voller Übermut und Frische und Helligkeit, wie immer. Es sind schon rechte Kerle, und immer wieder hebt Tonio sein Glas zu ihnen hinüber: »Skool!« — »Din skool, min skool — aller wackeren Leute skool!«
Oh, es ist eine wahre Seligkeit, nach all den Anspannungen ein Glas mehr als sonst trinken zu dürfen. Manche trinken zwar nur Skiwasser und Limonaden und Himbeer-Soda. Aber die meisten, und nicht die Schlechtesten, haben ein Glas Wein vor sich stehen, gar aber der Zogger, Furgger und Lehner — die haben schon den zweiten Doppelliter Roten vor sich. Und die Norske wiederum trinken Kaffee mit Schnaps, heute abend nimmt man's nicht so genau. Heute ist es schön, heute fragen die Burschen: Was kostet das ganze Adlerhotel, was kostet die Welt?

Fast alle Tische sind standartengeschmückt. An der großen Preisverteilungstafel stehen goldene, silberne, bronzene und blecherne Preise aufgebaut.
Im Nebenzimmer sitzen die Kampfrichter und multiplizieren mit Rechenschiebern und Logarithmentafeln, daß ihnen die Köpfe rauchen. Die Musik spielt nun schon zum vierten Male den Eröffnungsmarsch. Endlich erscheinen die Herren mit ihren Tabellen und Aktentaschen, von vielen Hochs und Skiheils begrüßt, im Saal.
Oberst Bonner, der elegante Engadiner Riese mit dem weißgrauen Scheitelhaar, präsidiert. Unweit vom Präsidiumstisch sitzt, von Komiteemitgliedern eingerahmt, der Deutschamerikaner Hardenger mit seiner Tochter Lilian.
Lärm, Musik und Gelächter ebben plötzlich ab, als einer der Funktionäre, nach einem Blickwechsel mit dem Obersten, eine Kuhglocke ergreift und sie ruhegebietend schwingt.
Der Oberst erhebt sich, wird in seiner Riesengröße noch länger, als man ihn in Erinnerung hat, und beginnt, eine lange, auf einem Zettel aufgeschriebene Liste prominenter Namen zu einer klingenden Begrüßungsansprache zusammenzureimen, von der auch Mr. Hardenger, »der hilfsbereite Förderer des Sportes«, seinen Honig abbekommt. Und das charmante Fräulein Tochter nicht minder, die »nicht gezögert hat, mit ihrem Liebreiz den heutigen Abend zu verschönen«. Und Lilian lächelt pflichtgemäß ihr Girllächeln, und außerdem guckt sie zu dem Tisch hinüber, an dem Tonio sitzt. Und last, but not least, wird neben Dr. Christofanos auch der bescheidene Lehrer Martiner gepriesen, dem das Hauptverdienst um das Gelingen dieser schönen, erfolgreichen, einzigartigen, unvergeßlichen, völkerversöhnlichen Tage zukäme.
»Bravo! Bravo!«
Ein Radau, daß die Wände wackeln. Dazwischen die Kuhglocke. Und immer noch gewaltigerer Radau.
Bis der sich sträubende Martiner in die Höhe gequetscht wird. Erst als der Beifall allmählich verebbt, läßt man ihn wieder in seine Bankecke zurücksinken.
Telegramme kommen zur Verlesung.
Und dann hält der Vertreter der Regierung jene Ansprache, die sich immer schon bei Turnfesten, Feuerwehrjubiläen, landwirtschaftlichen Tagungen und Fahnenweihen bewährt hat.

Und endlich erfährt man, daß Ruud der Preis für die Zweierkombination und der Preis im Großen Sprunglauf zugesprochen worden ist, daß die Schweizer den und jenen ersten Titel davontragen, man erfährt, daß die Schweden den Preis des Staatssekretärs gewonnen haben und wer im Langlauf Zehnter oder im Abfahrtsrennen Vierzehnter geworden ist.
Die brave Musik bläst immer und immer wieder den gleichen Tusch, Oberst Bonner streckt in gleicher Freundlichkeit und Neutralität – auch wenn es seine Schweizer Landsleute sind – seine Linke mit dem Preise und seine Rechte mit dem Glückwunsch den Siegern hin. Die einzelnen defilieren im Siegerrang am Ehrentisch vorbei.
Der Saal hat sich in einen aufgeregten Bienenstock verwandelt. Es macht den Eindruck, als ob alle Anwesenden einen Preis bekommen hätten und sich nun gegenseitig die Medaillen, Diplome, Becher zeigten.
Die Laureiner sitzen wie auf Kohlen. Sie verstehen nicht, wieso noch immer keiner der Ihren an den prächtigen Gabentisch gerufen wird.
Aber der Lehrer Martiner zwinkert ihnen wissend und beruhigend zu, als wollte er sagen: »Nur Geduld, wer zuletzt lacht, lacht am besten.«
Und damit hat er recht.
Denn plötzlich, nach einer Atem- und Kunstpause, erklingt der Name Tonio Feuersinger. Mit irgendeinem Rangzusatz, der im Jubel und Trubel vollständig untergeht. Vielerlei Belohnungen werden nun den strahlenden Laureinern in die Hände gedrückt. Ein Jammer, daß der Sepp im Bett liegen muß. Der Rosina drückt es die Tränen in die Augen.
Gerollte Diplome, Plaketten, Pokale, silberne Ski und schließlich für den Besten des Landes, von Mr. Hardenger gestiftet, einen kunstvoll gearbeiteten goldenen Arvenzweig.
Herzlich hat ihnen Bonner die Hand gedrückt: »Bleibt, wie ihr seid, und verteidigt den Wanderpreis mit Erfolg, und merkt euch, solche Siege sind die schönsten.« Und der Jörg hat dem Tonio dabei eins in die Rippen geboxt. Tonio hat den Preis für die beste Landesleistung erhalten; und Jörg, ja, der Georg Kranebitter, vulgo Jörgele, ist Zweiter geworden. Zweitbester des Landes! Der Jörg hält mit Mühe einen hellen Jodler zurück.

Tonio geht jetzt auf Mr. Hardenger zu, um ihm zu danken. Aber Hardenger lächelt bloß, schüttelt den Kopf und deutet auf Lilian. Einen kurzen Augenblick steht er vor ihr.
»Ich tät halt recht schön danken.«
»Freuen Sie sich? Sie sind so fabelhaft gelaufen und gesprungen!«
»Ja, es ist ganz gut gegangen, wenn nur der Sepp nicht so dumm gestürzt wär . . .«
Otto Furgger sitzt am Tisch von Miß Pellington. Er ist mit ihr aufgestanden und an den Tisch Hardengers gekommen.
»Gratuliere, Tonio!« sagt er nur. »Bist mir hart auf den Fersen gewesen.«
Lilian sieht im ganzen Saal nur ihn, Tonio, ihren Führer und Lehrer, ihren Meister. Sie sieht heute gar nicht kühl und gemessen aus. Ihre Augen glühen.
Bald ist der Tisch Hardengers derart umringt, daß man Mühe hat, einzelne noch zu erkennen. Unten am Laureiner Tisch wartet die Barbl.
Lilian meint unvermittelt, daß sie mit Tonio tanzen wolle, aber nicht hier, wo es so voll, rauchend und lärmend sei . . . nein, im Grandhotel. »Einverstanden, Dad?«
Dad fühlt sich zwar in diesem Sportrummel recht wohl, aber gehorsam nickt er.
Tonio hat sich mit Furgger gerade den Arvenzweig von allen Seiten beguckt, da hört er, daß er mitkommen solle ins Grandhotel. Er hört noch gar nicht recht, denn er ist noch immer in einem Glückstaumel, hört bloß mit halbem Ohr . . .
Dad läßt also alle und alles einladen. Miß Pellington sagt sofort zu, der ganze lustige Schweizer Tisch sagt zu, die blonden, hellen Skandinavier auch, und da bleibt Tonio nichts anderes übrig, als mitzumachen.
Er packt also, in treuer Gemeinschaft mit Jörg und Kaindl, seine Becher, Diplome und Nadeln ein und zieht, halb willig, halb unsicher, nach Hoch-Laurein ins »Grand«. Da sieht er die Barbl sitzen und ruft ihr übermütig zu, sie solle nachkommen. Aber im Vorbeigehen an einer Tischnische bleibt ihm fast die Luft weg. Wer sitzt da und verschlingt ein Rindsgulasch mit Knödln, daß ihm der Saft aus den Mundwinkeln rinnt? Wer hat ein Viertel Wein dastehen und trinkt auf das Wohl der Springer, Läufer und

lustigen Leut? Wer hat nur den rechten Arm frei und hat den linken eingefascht im dunklen Dreiecktuch hängen? Wer springt auf den Tisch und ruft so schnell, daß sich die eigenen Worte überschlagen: »Unseren lieben Schwyzerchaiben ein dreifaches Skiheil, Skiheil, Skiheil!« Wer ist ein Mordskerl und ein tapferes Haus?

Der Rizzer-Reto ist's.

Und er wird samt Armbinde und angeprellter Schulter gleich mitgenommen ins Hotel hinauf. Zum Tanzen braucht man ja nur die Füß!

Unterwegs hat man allerdings jemanden verloren. Die Barbl Gudauner ist stillschweigend davongegangen. Tonio merkt es erst, als er neben Lilian im lichterhellten Saal sitzt. Aber es mag verzeihlich sein, denn der heutige Tag billigt ihm mildernde Umstände zu. Und der Jörg tröstet ihn über den Tisch herüber: »Wenn die Madln verliebt sein, spinnen sie, und wenn sie spinnen, sein sie verrückt. Und wenn sie verrückt sein, nachher sein sie verliebt!« Der Jörg hat einen Halbzylinder auf dem Kopf und drei Kuckucksfedern drauf und einen dicken Feuerwehrschlauch um die Brust und vom Langlauf her noch einen Skistock in der Hand.

»Sei so gut, Jörg«, bittet der Tonio, »geh einmal schnell zum ›Adler‹ und such die Barbl. Sag ihr, daß ich jetzt grad nicht weg kann von hier, und bring sie her, aber schnell!«

Da pfeift der Rotschopf verständnisvoll zwischen den Zähnen. Jawohl, er will sie gleich holen.

Und man gießt dem Tonio Sekt in einen großen Preisbecher und stößt mit ihm an und lacht und trinkt auf die Zukunft. »Sollst leben, Tonio! Alle sollen leben, die ganze Welt soll leben und alle Himmel dazu!«

Während die Musik nun einsetzt, spricht Lilian den verdutzten Tonio an: »Tanzen Sie?« Und sie legt ihre Hand auf seine Schulter und gleitet sich drehend mit ihm in den Saal.

Man läßt dem Paar ein paar Takte Vorsprung, dann schließt sich Alt- und Hoch-Laurein an und tanzt übers Parkett. Und es stellt sich heraus, daß Tonio in seinen Skistiefeln auf diesem glatten Boden nicht schlechter steht als in der Luft über der Schanze; und manche schauen den beiden jungen Menschen in ehrlicher Freude zu. Dem Tonio macht es Spaß, das schlanke, prächtig tan-

zende Mädel durch den Saal zu drehen, er lacht sie an, schwingt sie sicher im Takt und freut sich.
Und sie merken nicht, daß sich an eines der großen, in den dunklen Park hinauszeigenden Saalfenster eine einsame Gestalt schüchtern schmiegt und keinen Blick von Tonio und seiner Partnerin läßt . . .
Durch den Parkschnee stapft die Barbl vom Saalfenster weg. Ihr ist weh ums Herz. Sie ist ein tapferes Mädel, sonst wären ihr die Tränen über die Wangen geronnen.
Und während man im Grandhotel feiert und tanzt, steigt sie langsam, Schritt für Schritt, im stillen, dunklen Haus die Treppe hinauf, kriecht in ihr Bett und preßt das aufschluchzende Gesicht in die Kissen.
Sie will ja nicht weinen – nein! Aber sie hat keine Gewalt mehr über sich.
Alles wird ihr nun lebendig und erschreckend klar: alles, was sich in den letzten Tagen ereignet hat.
Sie hat ihn am Tisch des amerikanischen Fräuleins gesehen, hat noch gewartet, ob er sie mitnehmen würde. Aber er hat sie vollständig vergessen. Und der Reto hat sie gefragt, ob sie bleibe oder mitgehe, und die Rosina hat noch vieldeutiger und scheinheiliger sich erkundigt, ob denn der Tonio sie einfach hätte sitzenlassen und daß so etwas schon nicht recht sei. Und dann hat er ihr den Jörgl nachgeschickt, als ob da noch etwas gutzumachen wäre.
Ja, sitzenlassen – hat die Rosina laut und deutlich gesagt. So ist es.
Aber plötzlich versiegen die Tränen. Kurz entschlossen steigt sie aus dem Bett. Im Haus ist es ganz still, es ist nach Mitternacht. Mit einer Kerze in der Hand kommt Barbl bloßfüßig die Treppe herunter, horcht stehenbleibend und verschwindet, als alles ruhig bleibt, in der Werkstatt. Das flackernde Licht fällt auf ihr vollendetes Ebenbild, die Notburga, und geistert an den Wänden empor, an denen ein Christus, ein pfeildurchbohrter Sebastian und allerlei Ornamente und sonderbare Masken hängen, die im unruhigen Kerzenschein seltsame Fratzen schneiden.
Barbl setzt sich vor die Figur der heiligen Notburga, als sähe sie sie zum erstenmal. Lange betrachtet sie ihr eigenes Bildnis, als wolle sie sich von der Heiligen Rat holen. Sie schaut wie in einen

Spiegel. Sie sieht den hölzernen Körper und spürt das wallende Blut im eigenen. Ihr ist, als hielte ihr Ebenbild das klopfende Herz in offenen Händen, und es dünkt sie, als senke die Heilige den Kopf in schmerzender Liebe, die nicht himmelwärts gerichtet, sondern erdgebunden ist.

Barbl steht auf. Das Kerzenlicht bleibt über der Tür an der goldenen Maske hängen, die, schattenverzerrt und unheimlich, auf sie herunterstarrt. Aber als sie die Kerze hebt, da glättet sich der halbgeöffnete Maskenmund, da entfinstern sich die schwarzen Augenhöhlen, und ein goldenes Lächeln löst metallen blinkende Kälte. Barbl schiebt das kleine Podium an die Tür und holt die flirrende, strahlenumrandete Maske von der Wand herunter. Und so sitzt sie nun und bläst der Sonnenmaske den Staub vom Gesicht und versucht mit gehobener Kerze lebendigen Zauber aus ihren Zügen zu locken.

Lange hält sie das goldene Bildnis in den Armen. Sie träumt vom Sonnwendkönig. Nach uraltem Brauch soll er in der letzten Rauhnacht Hof- und Brautschau halten und die Untertanen seiner Welt empfangen: die Wiese und den Acker, den Wald, das Feuer und den Regen. Und zu guter Letzt wählt er unter dem Staat der ihn umtanzenden zwölf Rauhnachtsmädchen die Königin des neuen Jahres.

Sie erinnert sich an Erzählungen über den Ablauf jener sonderbaren Feste, deren Gestalten unter dem Schein lodernder Fackeln und dem Lärm klirrender Schellen und unförmiger Glocken von Haus zu Haus ziehen. Der Krieg und die nachfolgenden Zeiten haben den alten Kult einschlummern lassen, und der letzte Rauhnachtskönig, Thomas Püchberger, liegt tot irgendwo in fremder Erde. Seitdem hängt die Strahlenmaske unbenutzt und halb vergessen in der väterlichen Werkstatt.

Im nächsten Winter aber soll der große Rauhnachtstanz zur Sonnenwende wieder stattfinden. Und einer würde König werden. Der geheime Bauernrat war schon zusammengetreten.

Und die Barbl träumt ruhiger und nicht mehr unter Tränen, wie große Perchten mit gewaltigen Hüten und wunderbaren Stäben erscheinen und einem läutenden, glockenden, lärmenden Zug von Masken aller Art voraustanzen, Feuer glühen und an allen Ecken und Enden anschwellende Schreie und Juchzer durch die Nacht gellen. Mädchen in goldenen Masken, mit seidenen, von tausend

Sternen besäten Kleidern und mit glitzernden Kronen auf dem Haar laufen einher, sogar die Rosina ist darunter, ihr Gang verrät sie; und zu Pferde kommen phantastisch geschmückte Reiter und wilde Dämonen, Hexen reiten auf Besen durch die Luft, und wilde Urwaldmenschen humpeln in Fellen daher. Es sind gute Geister, Barbl hat keine Angst vor ihnen, sie fühlt sich mit ihnen wie mit den Tieren, Blumen und Wolken verbunden. Am schönsten ist der Tanz der zwölf auserwählten Rauhnachtsmädchen. In ruhigen und knappen Gesten umtanzen sie den Sonnwendkönig; die große goldene Sonnenmaske vor dem Antlitz, angetan mit einem riesigen braunen Mantel aus grobem Zeug, sitzt er auf dem Thron.
Alle neigen sich vor ihm. Die andern, der Acker, die Wiese, der Wald, das Feuer und der Wind, sind schon dagewesen und haben ihm ihre Gaben zu Füßen gelegt und ihre Sprüchlein aufgesagt. Merkwürdig, es sind aber alles vertraute Bekannte: Tonios Vater ist der Acker und der Reto Rizzer der Wind und Jörg das Feuer. Aber der dort oben auf dem Thron, der mit der Sonnenmaske, der Strahlende, das ist wohl der Tonio. Sicherlich ist er es, jaja. Alle Mädchen tanzen und neigen sich tief vor dem König. Da schwillt die Musik zu wildem Taumel an, der König steht auf und soll sich ein Mädchen fürs Leben wählen. Alle zwölf tragen die gleichen Kleider und Masken – welche würde er nehmen? Barbl befindet sich plötzlich selbst als Rauhnachtsbraut im Reigen der übrigen. Ihr Herz klopft so laut, daß der König es hören müßte. Eine nach der andern tanzt an ihm vorbei. Noch zögert er ... Jetzt kommt ihre Nachbarin an die Reihe ... Der König hebt die Hand – da schreit sie auf und sinkt nieder ... Im selben Augenblick erwacht die Barbl – und blickt verworren im Raum umher.
Die Kerze ist niedergebrannt, Masken, Heiligenstatuen und freundliche Werkstücke ihres Vaters starren sie in nächtlicher Stille an ... Noch immer hält Barbl die goldene Maske in ihren Händen.
Ach, wenn sie doch Tonio mit diesem Zauber bannen könnte! Aber der ist heute von anderem gebannt: Pokale, Becher – fremdes Zeug, ein Arvenzweig – wohin ist Tonio geraten? Wer, ach, wer hat ihn in seinem Bann?
Fröstelnd verläßt sie die Zauberstube. Bald liegt sie wieder in

ihrem Bett, wo sie wieder Ruhe und traumlosen Schlaf findet. – Im Grandhotel verlassen zur selben frühen Morgenstunde die letzten Bummler den Tanzsaal. Bloß in der Bar sitzen sie noch enggedrängt in ihren Abend- und Sportanzügen. Der Jörg, der unzertrennliche Freund, sitzt natürlich am Tisch Tonios, das heißt: am Tisch Hardengers. Er hat Barbl nicht mitgebracht. »Ist heimgegangen, war gewiß müde!« hat er gemeint; und: »Ist a guate Seel, die Barbl.« Dann haben sie weitergetanzt und sind immer übermütiger geworden und so ausgelassen, daß die Wände wackelten. Nun will er vom Bartisch hinunterspringen und in jeder Hand ein volles Glas Wein halten, ohne einen Tropfen zu verschütten. Tonio aber herrscht ihn an, er solle doch endlich den Mund halten und zuhorchen. Lilian, die liebe, süße Miß Lilian erzählt von New York, der größten Stadt der Welt, und von all den fabelhaften Wundern Amerikas. Da gehört sie wohl selbst auch dazu.

Am nächsten Morgen besucht Barbl die Mutter Tonios.

»Habts wohl lang getanzt?« fragt sie.

Die Barbl schüttelt den Kopf.

»Habts euch nicht gut vertragen?«

Die Barbl schweigt.

»Mag er am End eine andere ...?«

Die Barbl kann nichts sagen.

»Die Amerikanerin etwa?«

Da treten zwei große Tränen in ihre Augen.

»So, die«, sagt die Mutter. »Schau, Barbl, die Amerikanische wird nicht ewig in Laurein bleiben. Einmal ist sie wieder weg und vergessen. Da mach dir keine Sorgen! Der Tonio scherzt halt mit ihr. Das bringt sein Beruf so mit sich. Sei nur ruhig ...«

Mit einem Aufschluchzen kommt es unter strömenden Tränen heraus:

»Er will mit ihr in die Schweiz.«

»Jetzt?«

»Ja!«

»Kümmer dich nicht viel um seine Gedanken. Das sind so Wünsch, weißt, Madl, er will halt immer hoch hinaus.«

»Aber wenn er geht?«

»Wird er wiederkommen.«

»Es kann so viel geschehen!«

»Sorg dich nicht! Er ist noch nit gegangen. Und warum soll denn etwas geschehen? Er kennt sich aus in den Bergen wie kein anderer. Da hab ich schon gutes Vertrauen zu ihm.«
Der Barbl ist mit Trost und Worten nicht beizukommen.
»Und wenn ihm etwas passiert?« Sie fragt es immer wieder, sie sorgt sich immer wieder. –
Sie muß ihn sprechen. Nicht wegen des gestrigen Abends. Nicht wegen der vornehmen Amerikanerin.
Sie sucht ihn im Grandhotel, findet ihn nicht. Geht hinaus zur Skiwiese. Sie sieht ihn auch dort nicht. Als sie beim »Mondschein« um die Ecke biegt, sieht sie ihn. Mit Jörg zusammen steht er beim Schmied unter dem weitausladenden Vordach, wo Pferde beschlagen werden. Sie weiß sofort, was ihn hierhergeführt hat. Der Schmied hält zwei Paar Steigeisen in der Hand.
»Übermorgen habts ihr eure Eisen wieder. Was habts denn vor?« fragt der Schmied den Tonio.
»Nit viel. Ein bißl in die Höh. Vielleicht zum Lugauskreuz!«
»Da brauchts keine Steigeisen nit!«
Die Barbl weiß es jetzt ganz genau. Aber sie wagt es nicht, in Gegenwart des Jörg und des Schmieds etwas zu sagen. Sie wartet geduldig, bis sie den Tonio ganz für sich hat.
Endlich geht er. Der Schmied tritt in die Werkstatt. Der Jörgl verabschiedet sich.
Da steht die Barbl vor ihm: »Tonio?«
»Du bist's, Barbl?« sagt er freundlich.
»Steigeisen?« meint die Barbl. »Willst etwa gar auf die Marmolata?«
»Erraten!« sagt der Tonio lachend.
»Etwa mit der Amerikanischen?«
»Erraten!«
»Und an mich denkst gar nicht?«
»Willst etwa auch auf die Marmolata?« lacht er, aber das Lachen gelingt ihm nicht recht.
Da hängt sich Barbl dem Tonio an den Arm. Beschwörend blickt sie zu ihm auf: »Tonio ...«
Er hat es eilig, der Tonio.
»... bei unsrer Lieb, Tonio, ich bitt dich ...«
Er sieht, wie ihr die Augen naß werden. Da überfällt ihn doch die Rührung.

Er schließt sie fest in seinen Arm und sucht sie zu trösten: »Schau, das ist einmal mein Beruf, und das kann man nicht ändern. Durch eine Miß Hardenger verdien ich mehr als durch zwanzig andere Kursteilnehmer. Außerdem sind's nette Leut, und ich komm vorwärts im Leben. Barbl, schau... Es kommt das Frühjahr, und dann hab ich Zeit genug. Die Lilian will noch als Abschluß des Winters einige große Eistouren mit mir machen. In ein bis zwei Wochen, denk ich, werden die Verhältnisse soweit sein. Dann gehen wir vielleicht noch in die Schweiz, Bernina oder Wallis, das weiß ich noch nicht, es ist ja übrigens alles noch ganz unsicher... Na, na, Barbl, sei nur ruhig und hab Vertrauen zu mir.«
Er faßt ihre kleine, ängstliche Hand und streichelt und liebkost ihr Gesicht. Aber es ist nicht mehr so wie früher. Das merkt er wohl selbst.

Einige Tage nach diesem Gespräch stehen Lilian, Tonio und Jörg auf dem Gipfel der Marmolata. Das Wetter ist paradiesisch, bis zur Adria reicht die Sicht, und Lilian bildet sich fest ein, Venedig zu sehen, worüber Tonio lacht, weil nun auch Jörg meint, die Lagunenstadt unter den fernen blauen Schleiern des Tieflandes zu erspähen. Unbeschreiblich aber ist der Ausblick auf die märchenhaft aus den verschneiten Almen ragenden Dolomitengipfel. Vom Rosengarten über die massige Burg des Sellastockes reicht der Blick bis zu den Fanestürmen, den wuchtigen Tofanagebirgen, ja bis zum sagenhaften Monte Pelmo und der düsteren Civetta. Lilian kann sich nicht satt sehen an all der grandiosen Pracht. Die Sonne scheint, es ist gar nicht kalt, der Schnee ist hervorragend. Und da das Gros der Skiläufer sich nur bis zur oberen Liftstation ziehen läßt, um gleich über die Piste nach Fedaja hinunterzuflitzen, ist es auf dem einsamen, alle Höhen überragenden Gipfel doppelt angenehm und gemütlich. In den vergangenen fünf Wochen ist Lilian eine gute, sichere Skiläuferin und zugleich äußerst charmante, anregende Tourenbegleiterin geworden, vom guten Honorar, das Dad diskret für die beiden Führer auf die Sparkasse von St. Laurein überweist, ganz zu schweigen. Im Dorfe aber wird mancherlei geredet. Als sicher gilt ganz allgemein, daß die Amerikanerin ganz und gar in den Tonio Feuersinger verschossen ist. Von ihm weiß man's noch nicht so genau. Wird er am Ende die Amerikanerin heiraten? Von der Barbara Gudauner hört man nichts, es ist sehr still um das bescheidene Mädchen geworden.

Direktor Rohrer hat eine glänzende Saison, er reibt sich die Hände und macht sich so seine Gedanken:

»New Yorkerin, Millionärstochter, heiratet Laureiner Skichampion . . .«

Oder besser:

»Laureins bester Führer und Skimeister heiratet amerikanische Dollarprinzessin . . .«

Sogar Dr. Christofanos schmunzelt, sooft er die beiden beisammen sieht. Er übersieht zwar den Fall nicht recht, aber immerhin: dem Feuersinger wäre zu gratulieren. Solche Heiraten liegen keineswegs im Bereich des Unmöglichen. – »Schauen Sie«, sagt er zum Martiner einmal, »in Cortina d'Ampezzo kenne ich einen Bergführer, der hat eine millionenschwere Heirat gemacht und sitzt jetzt als Generaldirektor in London!«

Der Martiner aber sprach dagegen: »Hören S' auf, Sie Hotelaktionär, verdammt noch einmal, das war sicherlich kein so junges, bildschönes Mädchen wie die Hardenger, die hat in drei Monaten andere Launen. Und die Barbl? An die denkt niemand! Weil sie keine Millionen hat, was? Ah, hören S' mir auf, dem Tonio werd ich schon noch einmal die Meinung sagen.«

Und Martiner muß an den Bauernrat in der Kaserhütte denken, an die Rauhnacht und an den alten Feuersinger, der sich so gefreut hat, als zwei Abgesandte die Sonnenmaske zum Hof hinaufgetragen und nach altem Recht und Brauch gefragt haben, ob er die Maske kenne und ob er für seinen Sohn Tonio das Wort geben könne zur Annahme der Wahl als Rauhnachtskönig im kommenden Jahr. »Wohl, das kann ich!« hat der alte Feuersinger geschworen, als Vater für den Sohn.

Der Alte hat ihnen Trunk und Zehrung angeboten und hat dann die Maske in der großen Diele des Hofes über der Mitteltür aufgehängt. Dort soll sie nun als Symbol und Mahnung bis zur Rauhnacht bleiben.

Am selben Tage trifft Martiner den Tonio. Er zielt recht unverblümt auf eine Aussprache hin, aber der Tonio weicht allen ernsteren Fragen des Lehrers aus. Es sei doch alles in der Ordnung, und es werde schon alles gehen, wie es eben kommen müsse, und ja, die Amerikanerin sei schon wirklich recht nett, aber daß er deswegen die Barbl vergessen habe, das sei Unsinn. Natürlich hätte er jetzt weniger Zeit für sie. Er hätte halt viel zu tun, und sobald er von der großen Berninatour zurück sei, werde sich alles klären.

»Bernina? Mit Miß Hardenger?«

»Ja, sie hat mich für die ganze Saison fest engagiert, das weißt du doch. Wir gehen von der Bovalhütte aus auf den Piz Palü, Piz Morteratsch und die Bernina, das soll unsere Abschlußtour sein, dann reist Miß Lilian über Rom nach New York zurück.«

Der Aufbruch zur winterlichen Besteigung des Piz Palü war eine kleine Sensation. Der eine oder andere hatte sogar abgeraten. Und am dringendsten hatte der alte Martiner gewarnt: Es sei noch zu früh im Jahr, die Spalten nicht mehr ganz verschneit, der Tag noch zu kurz, die Wächten locker.

»Umkehren kann man immer«, sagt Tonio. –

Lockend und groß, in kalter Majestät steht der Eisberg über dem Tal. Sein silberner Scheitel, der berühmte Wächtengrad, der über der Eismasse ansetzt, blitzt mit seinen gefrorenen Firnschilden herunter. Manchem läuft es gruselig über den Rücken, wenn er sich vorstellt, daß er dort droben über die messerscharf erscheinende, steile eisige Schneide gehen soll, von der es links und rechts Hunderte von Metern in die Tiefe geht.

Der Südost bläst den Schnee in langen, wehenden Fahnen vom Grat. Vom Tal aus sieht das sehr schön aus, und wenn ein sorglos blauer Himmel darüber hängt, besonders schön. Wer aber schon einmal im Winter auf solchen Graten gestanden hat, der weiß, daß diese Schneefahnen ein Anzeichen sind: Dort droben weht ein Sturm über die Grate, und der reißt nicht nur Schnee und Eis im Wirbel hoch, sondern bläst auch Menschen fort. Ohne Bedenken ist nur Lilian ...

Sie schnallen die Bretter an, Tonio und Jörg schultern die Rucksäcke, und alle drei marschieren vom Tale aus dem Morteratschgletscher zu. Im Takt klirren die Steigeisen an die kurzen Eispickel, die mitsamt den Seilen auf die dicken Rucksäcke geschnürt sind.

Noch bei hoher Sonne trifft man droben vor der Bovalhütte ein. Das Schutzhaus muß eigentlich erst etwas wohnlich gemacht werden. Jörg beginnt damit, den tiefverschneiten Eingang freizuschaufeln. Dann stößt er die Fensterläden auf, kehrt den durch Tür und Fensterfugen angewehten Schnee aus und legt ein Feuer in den Ofen, das nach einigen schweren Raucheruptionen endlich wärmend und knisternd brennt. Und dann kommt das Tee- und Suppenwasser nach und nach zum Brodeln. Das ist das Behaglichste.

Durch das Küchenfenster sieht man tief aus dem mächtigen Tal die vielen Lichter heraufschimmern. Ihr funkelnder, unruhiger Glanz gefällt Tonio nicht. Aber morgen, so glaubt er, hält das Wetter noch.

Man ist müde und legt sich bald schlafen.

Die kaltfeuchten Decken sind Miß Lilian ein recht ungewohntes Lager. Sie kann nicht umhin, ein paarmal an ihr vornehmes Hotelbett zu denken. Aber wie auch immer: eine Sensation ist es jedenfalls. Die Kids aus Chikago haben das nicht erlebt. Ganz New York würde sooo große Augen machen ...

Vom erwärmten Dach der Hütte tropft das Schmelzwasser auf irgendein Blech und macht, wie eine tickende Uhr, die schlaflosen Stunden zur Ewigkeit. Der Nachtwind geistert mit leisem Aufheulen um das einsame Haus oder rüttelt plötzlich, wie einlaßbegehrend, an den Holzläden. Dann verstummt auch für Augenblicke das Knarren der Läden.

Lilian dreht sich um und nochmals um. Wenn sie nur einschlafen könnte!

Links von Miß Lilian liegen auf den Pritschen, unter einem Berg von Decken, die beiden Männer. Tonios gleichmäßige Atemzüge wirken beruhigend auf Lilian; wenn sie auch nicht schlafen kann, ängstlich braucht sie nicht zu sein. Sie fühlt sich wohl behütet. Ein paarmal richtet sich Lilian auf und sieht zu Tonio hinüber. Was für einen guten Schlaf diese Menschen haben, denkt sie, dieser Tonio! Er spürt wohl gar nicht, daß ein Mensch neben ihm schläft, der ihn liebt?

Tropf, tropf ... macht das Schmelzwasser auf dem Blech. Und wenn der Wind heftig gegen die Wände stößt, hält sie erschrokken den Atem an, greift nach seiner Hand: »Tonio!«

Sie muß an ihre abendlichen New Yorker Autopartien mit den vielen Barbesuchen denken. Ach, das ist lächerlich gegen dieses Erlebnis. Rundum die Eisriesen, die gewaltige Stille plötzlich und morgen das große Abenteuer.

Dann kündet eine fahle Helle im Osten den Tag an.
Zähneklappernd, ein wenig übernächtig, wird das reichliche Frühstück eingenommen. Warm mummt sich Lilian ein. Von der Laterne, die der vorangehende Jörg trägt, beleuchtet, verlassen die drei die Bergherberge.
Der Schnee ist pulverig, und es ist angenehm, der sauberen Spur Tonios zu folgen. Das Seil verbindet die drei kleinen, unter den gewaltigen Schattensilhouetten der Gipfel leise bergansteigenden Touristen. An Tonios Gürtel baumelt die Laterne, deren flackerndes Licht zitternd einen kleinen, wankenden Kreis auf den Schnee wirft.
Als die Sonne in majestätischem Glanze über den Grat steigt, wird das Tempo Tonios rascher.
Bald liegt der Felskopf, auf dem die Bovalhütte steht, schon tief unter ihnen.
Es wird nicht viel gesprochen. Scht — scht — schürfen die Skibretter durch den Schnee, in dessen kalten Kristallen sich die Sonnenstrahlen fangen. Über ein paar Geländewellen geht es in großem Zickzack hinauf. Lilian beherrscht das Gelände gut. Geschickt wirft sie auch am steilen Hang das Brett herum und schwingt das Ende nach. So zügig sind die Tempi, daß der Aufstiegsrhythmus kaum unterbrochen wird.
Jetzt geht es hinauf auf den ungeheuren Moränenwall, den das fließende Eis aus den Höhen mit sich bringt und in langen Wällen ablagert. Blöcke, groß wie Hütten, liegen auf dem Schutt. Es macht manchmal Mühe, ihnen auszuweichen.
Quer über den Gletscher legen sie, durchs Seil verbunden, jetzt die feine Spur.
Sorgsam sondiert Tonio jedesmal, wenn hellere Schneefärbung oder leichte Muldenbildung eine dieser Klüfte verraten.
Lilian weiß genau, was sie zu tun hat. Sie tappst nicht etwa gedankenlos hinterdrein. Wenn Tonio stoppt und mit dem Pickel spurend durch die Schneedecke stößt, dann stoppt auch sie, spießt die Stöcke in den Schnee und nimmt das Seil, das sie mit Tonio verbindet, fest in ihre Hände und sichert. Halten könnte sie den Tonio freilich trotzdem nicht. Aber er macht sich und ihr den Spaß, ganz ernst zurückzurufen: »Spaltengefahr, gut sichern, Lilian!«
Tonio ist eben ein Kavalier. Nur gut, daß der Jörg zehn Schritte

hinter Lilian fest ins Seil greift und die Schlinge um den eingerammten Pickel wirft.
Da und dort ist eine Spalte offen, und es gähnt blaugrün und schwarz herauf. Lilian streckt die Nase vor, um die Tiefe zu ergründen. Dann sagt sie: »Wie ein großes Loch im tiefen Meer!«
Irgendwo spannt sich das Eis in elegantem Schwung wie ein Schwibbogen über eine tiefe Spalte. Genau im Ausschnitt, wie in einem Bilderrahmen, steht der Gipfel der Bernina. Lilian ist entzückt, und Jörg erzählt, den Bogen hätte der Alpenverein gebaut für die Fremden und er selbst hätte daran mitgearbeitet, vierzehn Tage und vierzehn Nächte lang.
Klug zieht Tonio seine Spur weiter durch das Eislabyrinth. Manchmal gehen sie ganz unten auf dem Grat einer Querspalte wie in einer Schlucht, dann wieder klimmen sie auf einer stufengläsernen Wand empor und freuen sich über die Sonne, die um alle Séracs, Eisbrocken und Schneewellen eine leuchtende Gloriolenkontur legt.
Auf der »verlorenen Insel« rasten sie. Lilian behauptet zwar, sie sei noch nicht müde. Aber ihre Privatmeinung zählt nicht. Tonio hält es für richtig, nun, nach drei Stunden Anstieg, zu verschnaufen. Lilian erklärt weiter, als die Rucksäcke geöffnet werden, sie hätte keinen Hunger, läßt sich aber bald überzeugen, daß sie doch einen hätte, und ißt dann auch entsprechend.
Der Bissen bleibt ihr aber fast in der Kehle stecken, als plötzlich ein knallender Krach die Stille zerreißt und, wie Donner nach einem Einschlag, verrollt. Die drei reißen die Köpfe hoch: Oben aus der steilen, von Felsen und Hängeeis durchsetzten Nordostwand bricht wie eine Explosion eine riesige, geballte schneeweiße Wolke; größer und größer werdend, sinkt sie, wolkig zerflatternd, langsam in die Tiefe.
»Ein Erdbeben!« schreit Lilian.
Tatsächlich: Unter der Wucht der losbrechenden Lawine erbebt die ganze Bergflanke. Und gleich nachher schießen Schnee und Eis, einem stiebenden Wasserfall gleich, über die Felswand. Es hildert und tschildert, raucht und weht, es bildet sich auf dem Steilhang ein gewaltiger Strom, der wird breiter und breiter, bis er auf dem ebenen Gletscher in einer anschwellenden Masse ausläuft. Stumm sehen die drei dem phantastischen Schauspiel zu, dann sagt Tonio: »Jetzt haben Sie eine Eislawine gesehen!«

»So«, meint ganz andächtig Lilian. »Ist das sehr gefährlich?«
»Zum Anschaun grad nicht«, meint Jörg. »Aber: bist drin, bist hin!«
»Gletscher sind immer gefährlich«, ergänzt Tonio, »Spalten, Lawinen und Wächten ist nie zu trauen.«
»Wächten? Was ist das?« fragt Lilian.
»Die schaun wir uns an, dort, wo sie wachsen, droben, auf dem Grat, dann braucht's nicht viel Erklären«, meint Tonio. Gut anderthalb Stunden später ist dieser Anschauungsunterricht droben auf dem Grat in vollem Gange. Sie haben in der Bergflanke mit den Skiern ansteigen können und sind um Wächten herum und durch brockenerfüllte Eisbrüche nach den rundlichen Gratausläufern hinaufgequert, dem »Skiblanc« zu, der seinen Namen der Tatsache verdankt, daß man bis hierher auf den Brettern kommen kann.
Warm scheint die Sonne. Tonio ist dabei, Lilian die Steigeisen unter die Schuhsohlen zu schnallen. Sie ist so eifrig und so ungeduldig, sie zu erproben, daß sie ihm mit den langen, scharfgefeilten Zacken beinahe die Hand verletzt.
»Oh!« ruft sie mit kindlichem Entsetzen. Aber er lacht bloß über die Schramme, die er abbekommen hat und auf der nun ein paar Blutstropfen sitzen. Lilian aber hat schon ihr Seidentüchlein aus der Tasche geholt und tupft die Blutstropfen weg und legt es fein säuberlich, fast mit einer gewissen Andacht zusammen. »Ein Andenken an meinen Führer!«
Sie erreichen den Scheitel eines Gratstückes.
»Da hätten wir jetzt Wächten!« ruft Tonio zurück, als sich der verschneite Grat zusammenzuschnüren beginnt. Von der Kammlinie hängen an vielen Stellen balkonartige Ausladungen über dem jähen Abgrund. Der verwehte Schnee hat sich in diesen weit hinaushängenden Gebilden angesetzt. Tonio stößt den Pickel durch den Schnee hart neben dem Gratfirst: Was fest und massiv scheint, erweist sich als trügerisch, als unterhöhlt. Durch das blau schimmernde Loch, das der Pickel gestoßen hat, kann man wie durch ein Fernrohr in die maßlose Tiefe blicken. Es ist schaurig und schön zugleich. Nun wird es Ernst. Tonio nimmt Lilian knapp ans Seil und läßt sie auf das trügerische Schneegesimse hinauskriechen. Sie legt das Auge über das Loch, starrt erschauernd in die Tiefe und sagt gar nichts.

»Oh, es ist furchtbar schön«, flüstert sie endlich und blickt, nicht wenig ängstlich, zu Tonio zurück. »In New York ist ein Haus — Empire State Building — you know — so hoch wie ein Berg. Hoch oben ist eine Terrasse. Wenn man von dort hinuntersieht, das ist so wie hier. Da sieht man unten die vielen Menschen — wie Ameisen — das ist die Fifth Avenue.«

»Ja«, meint Tonio, »das muß interessant sein, schön!«

»Wollen wir tauschen?« scherzt sie. »Ich bleibe in Sankt Laurein, und Sie nehmen mein Ticket und fahren nach New York?«

»Sie haben leicht scherzen, Miß Lilian. Sie bleiben nicht hier — und ich komme nicht dorthin.«

»Und wenn Dad Sie mitnimmt?«

»Als Bergführer und Skilehrer nach New York?«

»Oh, wir haben in USA auch Berge, sehr hohe, und Schnee überall. Man kann spazierengehen und Ski laufen und tanzen und vergnügt sein. Ich werde es Dad sagen. Er ist so stolz, daß seine Tochter auf den Piz Palü steigt.«

»Erst muß sie aber oben sein!«

»A Seil is koa Krawatten«, belehrt sie von hinten Jörg im Weitergehen, als Lilian die Seilschlingen, die man ihr in die Hand gegeben hat, nun aus Bequemlichkeit um Brust und Hals legen will.

»Gut in den Händen halten, Miß, und nachgeben, wenn sich vorn das Seil spannt. So! Schaun S'!«

»Und immer brav in der Spur bleiben, Miß«, tönt es eine Weile später.

Prächtig steht Tonio mit federnden Beinen an der scharfen, sich steil aufschwingenden Eiskante, läßt seinen Pickel zügig ins Eis sausen, daß die Splitter durch den Sonnenglanz schwirren. Mit geschicktem, quer geführtem Drehhieb bricht er das Eis in Schollen aus, um mit ein paar kurzen, senkrechten Schlägen eine gute, feste Stufe zu formen, in der, quergestellt, der ganze Fuß Platz hat.

»Wanns d' den ganzen Grat hinauf solchene Badwannl schlagst«, brummelt Jörg zum Tonio hinauf, »wird's Nacht, bis wir ihn hinter uns haben!«

»Und an den Abstieg denkst nit?« gibt Tonio zurück. »Eine gute Stufe ist einen Taler wert, merken Sie sich das, gell, Miß Lilian?«

Wie auf einer Leiter geht's in die Höhe. Tief sind die Täler zu-

rückgesunken. Einzelheiten sind drunten kaum noch zu erkennen, nur der bläuliche Rauch, der in ovalen Inseln über der Erde schwebt, verrät die Siedlungen.
In St. Laurein könnte man jetzt allerlei sehen: den Vater Feuersinger, der im Holz arbeitet und dann und wann stehenbleibt und schaut, ob Schneefahnen droben auf dem Grat wehen, er weiß, das Wetter ist da nicht anders als drüben in der Südschweiz. Und er freut sich, daß er keine sieht, denn sonst hätte der Bub gewiß harte und kalte Arbeit. Aber das Wetter gefällt ihm nicht ganz. Die Föhnmauer aus hartgeballten Wolken, die sich im Westen über die Bergkette hinaufschiebt, bringt nichts Gutes.
Und oberhalb der Pontresina ist auch einer, der nach oben schaut: das ist Papa Hardenger. Er hat ein wunderbares Fernglas aufgetrieben. Er sucht und sucht die Stelle, die er sehen will, er läßt das Glas gar nicht mehr von den Augen, er ist recht aufgeregt und stolz zugleich, er schnauft vor Anspannung.
Und da hat er endlich gefunden, was er gesucht hat. Er gerät ganz aus dem Häuschen:
»Aber warum stehen sie? Warum gehen sie nicht?« Sein Chauffeur späht durch das Glas: »Sie gehen ja, das schaut nur so aus, als ob sie stünden.«
»O indeed, so langsam! Lassen Sie den Lunch hierherbringen, ich will den Triumph meiner Tochter sehen.«
»Vor zwei bis drei Stunden sind sie nicht auf dem Gipfel!«
»Aber ich will es nicht versäumen. Ich lunche hier!«
Dagegen gibt es keinen Einspruch mehr.
Noch jemand schaut immer wieder hinauf nach dem Gipfel. Das ist die Barbl. Sie ist in Sorge und wird das schlimme Gefühl, daß dem Tonio weit drüben in den Berninabergen Unheil droht, nicht los. Lieber wäre sie selbst an seinem Seil, dann wüßte sie doch, was jeder Schritt bringt.
Aber es ist nicht der Berg, den sie fürchtet.
Der Tonio ist klug und erfahren. Mit dem Berg wird er schon fertig werden.
Es ist ein viel ärgeres Unheil, das ihm droht; denn was die Frauenzimmer angeht, da ist der Tonio weder klug noch erfahren, sondern einfältig und dumm.
Auch wenn ihn der märchenhafte Reichtum nicht verwirrt, dieses zarte, süße Geschöpf, diese Miß Lilian, betört ihn.

»Ach«, seufzt die Barbl, »was ist doch die Liebe für eine Qual!« Trotzdem, so arg sie all dies schmerzt, gerade in dieser Stunde fühlt sie um so stärker, daß sie ganz und für ihr Leben nur dem Tonio gehört.
Wie immer es auch kommen mag, sie wird ihn nie und nimmer vergessen.
Ach, könnte sie ihn doch mit der Kraft ihres Herzens an sich binden, könnte sie den ganzen Zauber der Heimat beschwören, damit er spüren könnte, wohin er gehört und wo das Herz ist, das für ihn lebt.
»Gott im Himmel«, betet sie inbrünstig, »führe ihn wieder zurück, führe ihn heim, den Tonio, heim zu mir . . .«

»Rast! Ausschnaufen! Dort drüben taucht jetzt der Berninagipfel auf.«
»Sind Sie nicht müde, Lilian?«
»Oh, nein!« sagt sie stolz. »Nur ein wenig kalte Füße!«
Tonio erschrickt: »Arg?«
»Nein, ein wenig!«
»Tut's weh?«
»Ja, ein wenig«, lacht sie, »es macht so wie Sekt!«
»Das ist gar nicht zum Lachen, Miß. Eine Erfrierung ist schnell da. Wie Sekt geht's an, und mit amputierten Zehen hört es auf. Setzen Sie sich, damit ich mir Ihre Füße ansehen kann.«
»Tonio«, wirft Jörg dazwischen, »wir verlieren Zeit, wir kommen in die Nacht.«
»Sei still! Zieh der Miß Lilian den andern Schuh aus. Vorwärts!«
Die zwei knien vor ihr. Sie streckt nun, da Steigeisen, grobe Schuhe und dicke Strümpfe herunter sind, den beiden die in glatter Seide steckenden Beine entgegen.
Behutsam schält er die eiskalten Strümpfe von den Beinen. Dann packt er ihre kleinen Zehen in Schnee und reibt und knetet an den Knöcheln und Sohlen, damit das Blut wieder zu kreisen beginne. Jörg aber blickt sorgenvoll in die Sonne, die längst über den Zenit hinaus ist.
Eine Zehe nach der anderen nimmt Tonio sorglich zwischen die Finger, biegt und beugt sie und freut sich, wie das Weiß langsam der Farbe des erwärmenden Lebens weicht. Dafür schwindet aber

plötzlich das Rot aus Lilians Gesicht, sie sagt ganz leise »Oh« und sinkt dann sachte zurück und sagt gar nichts mehr.
»Arme Miß«, meint Jörg und kratzt sich hinter den Ohren, und Tonio legt ihr einen Eiszapfen an die Schläfen und einen hinter den Haarknoten an den Nacken.
Die Füße sind trocken und stecken nun in groben Männersocken. Mit der Wärme kehrt rasch auch das Bewußtsein wieder zurück. Sehr erstaunt blickt Lilian um sich. Sie flößen ihr einen Schluck heißen Tee mit Rum aus der Thermosflasche ein. Sie lächelt und sagt: »Thank you.« Und eine neue aufpulvernde Frische bringt sie wieder hoch.
Und die Sonne wandert.
Tonio blickt auf und kontrolliert mit der Armbanduhr. Eine gute Stunde verloren! Aber Lilian wird sowieso umkehren wollen.
Tonio und Jörg wechseln verstohlen einen Blick. Jörg winkt mit dem Kopf energisch gegen den Gipfel hin. Er will weiter. Für ihn, den jungen Führer, wäre es ein großer Gewinn, mit Tonio bei der winterlichen Begehung dabeigewesen zu sein. Ehrgeiz, Humor und Bergfreudigkeit blitzen in seinen blauen Augen. Für Gletscherfahrten fehlt ihm die Erfahrung Tonios. Nun ist es an Tonio, den Kopf zu schütteln. Er hat hier zu befehlen.
»So, jetzt stärken wir uns ein bißchen, und dann steigen wir zur Hütte hinunter und versuchen es ein anderes Mal.«
»Wohin? Zurück zur Hütte? O nein, niemals! Ich bin sehr gesund! Wir gehen auf den Gipfel. Ich gehe, ich will gehen . . .«
Über die eindeutige Rede schüttelt Tonio den Kopf, sagt aber kein Wort. Jörg greift ein. »Herrgottsakra!« sagt er. »Das heißt Schneid! Recht haben S', Miß Lilian, wer sich bis daher durchgeschlagen hat und das Schwerste hinter sich hat, soll nicht nachgeben. Traurig, daß ein Frauenzimmer, ein amerikanisches, mehr Schneid hat als ein Mannsbild, ein unsriges!«
»Unsinn, Jörg.« Tonio wendet sich zur Miß: »Wir kehren um und versuchen es ein andermal. Der Gipfel läuft uns nit davon!«
Geringschätzig, ein wenig von oben fast, schaut jetzt Lilian zu Tonio hin: »Was glauben Sie? Denken Sie, ich bin ein dummes Kind? Nein, ich habe Sie als Führer für den Piz Palü engagiert, und nun gehen wir weiter!«
Lachend sagt der Jörg, der am Ende seiner Überlegung ist: »Da kannst halt nix machen.«

»Du hast hier gar nichts zu befehlen, Jörg«, sagt Tonio.
»Polizei!« schreit da Jörg in den Abgrund hinaus.
In aller Sachlichkeit wiederholt Lilian, freilich um einiges freundlicher, sie beständе auf dem vorgebrachten Wunsch. Ihre Füße wären jetzt all right und sie selbst vollständig in Form.
»Kannst nix machen«, sagt mit innerlichem Triumph Jörg wieder und knotet das Seil fester um Lilian.
Tonio meint schließlich: »Bereuen werden wir's alle drei, daß ich nachgegeben habe!« –
Eineinhalb Stunden Zeitverlust! Vorwärts!
Lustig pfeift der Jörg durch die Zähne. »Jetzt wird's richtig, der Piz Palü muß nachgeben!«
Die Sonne steht schief, und über einen Eiswulst hinauf kerbt Tonio in Eile kleine Stufen.
Lilian ist zufrieden und tapfer. Einmal kommt ein verspäteter Seufzer aus ihrem Herzen. Argwöhnisch schaut Tonio sie an: »Was machen die Füße?«
»Oh, die sind very fine und ganz warm!«
»Und sonst?«
»All right!«
Bald kommt das heikle Gratstück mit den gefürchteten beiderseitigen Wächten. Manche von ihnen kleben wie hüttengroße Nester an der Gratkante und hängen weit hinaus frei in die Luft, manche sind mit Eiszapfen behängt und mit Eiszähnen besetzt, sie schauen aus wie klaffende Oberkiefer gewaltiger Ungeheuer.
Tonio hält sich hart jenseits des Gratfirstes, obwohl es auch da ebenso jäh und steil in die haltlose Tiefe geht. Vorsichtig setzt er Fuß bei Fuß, mahnt immer wieder zurück. »Diesseits der Kante bleiben, genau in meinen Stufen gehen.«
Es gehören Nerven dazu.
Und ein Spaß ist es ganz und gar nicht. Rechts zweigt eine Riesenwächte ungefähr zehn Meter hinaus; und links ist der Hang ein stirnsteiles und stirnglattes, unter der Tageswärme brüchig gewordenes Eis, in dem wohl keine einzige Stufe halten würde.
Tonio ist mit sich selbst ganz und gar nicht im reinen. Er hätte nicht nachgeben sollen. Irgend etwas gefällt ihm nicht. Ist's der Schnee, die Luft, der Föhn, die sonst so gewohnte Stille in den

Höhen? Er weiß es selbst nicht. Noch einmal will er umkehren, den Grat zum Gipfel meiden.

»Jetzt«, meint Jörg, »was hast du denn? Zwanzig Minuten unter dem Gipfel?«

Jörg muß lachen, und Lilian versteht überhaupt nicht, was der sonst so draufgängerische Tonio heute haben mag.

Also weiter.

Ein Glück, daß Lilian naiv wie ein Kind ist. Ihr macht das Unternehmen Spaß, weil sie den Ernst nur ahnt, nicht kennt.

Tonio will die Wächten umgehen. Wenn man so wenig Zeit hat, dann spannt man ein Seilgeländer unter der Wächte durch: Eishaken aus dem Rucksack, das zweite Seil heraus – und schon frißt sich der zwei Spannen lange Dorn aus Leichtmetall ins Eis. Fein! Er hält, das Eis splittert nicht! Der Haken sitzt. Glück muß man haben!

Nun schnappt ein Karabiner im Ring, dann wird das Seil durchgezogen, und Tonio tritt gesichert den Gang an.

Es wird eine richtige Seiltraverse. Zwischen den Füßen hindurch blickt man auf den fast tausend Meter tieferen Gletscher hinunter. Seine Riesenspalten sehen von hier wie feine Adern aus. Die verschneiten Moränen legen sich als Verbrämung um das weiße kalte Schneetuch des Eisstromes weit, weit unten.

Lilian ist sehr still geworden.

Und nachdem sie hinübergependelt ist, fragt sie: »Ellen würde aber hier nicht gehen?«

»Wer?« ruft Tonio zurück.

»Ellen Kid, meine Freundin von drüben!«

Tonio zuckt die Achsel.

»Herrlich! Sie wird neidisch werden, wenn sie hört, daß ich hier gegangen bin!«

Glücklich überwältigt sie die luftige Passage. Jörg tastet sich soso – lala hinüber, schwindelt sich von einer brechenden Stufenkerbe zur anderen und entdeckt dabei, daß die Geländerhaken locker geworden sind. Kein Kind dürfte sich mehr daran klammern. Das kann ein Abenteuer geben, wenn sie zurückgehn! Aber jetzt nur nicht unken. Und so hält er Tonio gegenüber mit seinen Bedenken zurück. Dieser ist sich über die Sache schon längst klar: »Wenn's hier nicht geht, dann müssen wir den Rückweg halt auf dem Grat nehmen!«

Die Schatten werden blauer und das Schneeweiße matter, gelber, ja unter der tiefstehenden Sonne rötet es sich schon. Aber nun ist's auch nicht mehr weit zum Gipfel: Dort winkt schon der Steinmann, der wie ein Kapuzinereremit einsam auf hoher Weltwarte siedelt. Das Terrain ist jetzt leicht. Die drei wittern den Sieg. Sie beschleunigen nochmals das Tempo.
Und jetzt gehört der Piz Palü ihnen!
Lilian steht ganz still und schaut mit strahlenden Augen um sich. Schaut das endlose Gipfelmeer ringsum in sich hinein und starrt verhalten in die Tiefe. Sie ist nicht imstande, auch nur ein Wort zu sprechen. Dann geht sie auf Tonio zu, faßt seine beiden Hände und schüttelt sie lange. Dann die des Jörg. Sie hat begriffen, was Kameradschaft ist.
Und der Rotschopfete pfeift durch die Zähne, ihn freut's ganz himmlisch heute, ihn freut's ganz himmlisch!
Sie seilen sich nicht aus, denn viel Zeit ist nicht gegeben.
Und sie holen das warme Getränk aus der Thermosflasche; und Tonio langt sich die Stummelpfeife aus dem Sack; und sie hocken sich auf die Seile hin, eng aneinander; und alles ist feierlich und einmalig und groß.
Schon sind die Täler nur mehr dunkle Tiefen, schon golden sich die ferneren Hochgipfel. Tonio betrachtet mit Sorge die Partnerin. Er will nicht drängen, obwohl ihm die Minuten unter den Füßen brennen. Er muß ihr ein knappes Ausschnaufen gönnen, damit sie auf dem schwierigen Rückweg durchhält.
Lilian hat das Gipfelbuch auf den Knien und malt nun mit steifen Fingern in großer Schrift stolz mitten in die Seite: »Lilian Hardenger, New York.« Und darunter schreibt sie die Namen Tonio Feuersinger und Georg Kranebitter und dazu den Tag. Sie klappt das Buch zu.
»Lilian, sind Sie noch müde?«
»Das nicht, aber ein bißchen länger wäre ich ganz gern geblieben«, sagt sie, während ihr Jörg den Seilknoten straffer zieht.
»Wir müssen unter allen Umständen noch vor Einbruch der Dunkelheit bei den Skiern unten sein. Von dort geht's auch bei Laternenlicht gut bis zur Hütte.«
Jörg und Lilian merken die Unruhe in Tonios Wesen. Dieser ahnt eine Gefahr. Ohne ein Wort davon zu sagen, überlegt er: Wenn er den heiklen Quergang unter der Wächte vermeiden könnte,

brächte das eine Stunde Zeitersparnis ein. Auch aus anderen Gründen wäre es gut, die steile Eisflanke am Rückweg zu meiden. So läßt er Jörg den Abstieg über die Gipfelgratwächte antreten. Sorgsam sichernd und spurend ist dieser bereits auf dem Wege. Der Wind bläst leichte Schneebrisen über die Kanten, tief unten im Schatten liegt das Tal von Pontresina, Morteratsch und Isola pers. Einer hinter dem anderen steigen sie behutsam im tiefen Schnee weiter. Der Schnee trägt nicht, Tonio sichert das Seil, ruft Jörg zu, er solle warten. Aber da kommt Antwort von Jörg, daß der Schnee wieder gut trage. Lilian steht mit den beiden am Seil verbunden etwa fünfzehn Schritt hinter Jörg und gleichweit vor Tonio. Sie steht bis zum Bauch im Schnee und rudert mit den Armen wie eine ins Wasser steigende Badende. Tonio hat sich noch immer nicht vom Fleck gerührt. Dieser unsichere Grund taugt nicht viel. Aber da kommt von Jörg die Nachricht, daß der Schnee besser werde, also wird es schon gut enden, überdies drängt die Zeit.

»Weitergehen!« ruft Tonio, und nach einigen Minuten kommt Jörgs Ruf: »Nachkommen!«

Lilian hält sich ausgezeichnet. Mit ein paar Schritten ist nun auch Tonio nachgekommen. Den Pickel bis zum Schaft in den Schnee stoßend, beobachtet er schweigend den Grat. Geist und Körper sind von dem drohenden Unheil vollkommen in Anspruch genommen. Jörg ruft in guter Laune zurück, es ginge besser, als sie gedacht hätten, tastet sich vorsichtig etwa sieben Meter vom Wächtenrand entfernt Schritt für Schritt weiter, während Tonio aufmerksam sichert und Lilian wartet. Sie haben nun, Gott sei Dank, bald die Hälfte des unsicheren Wächtenteiles hinter sich.

»Nachkommen!«

Der Ruf gilt eigentlich Lilian, aber Tonio, der sichernd zurückgeblieben war, bezieht ihn auf sich. Er beeilt sich, denn es geht um Minuten. Das Halblicht ist trügerisch, und die Nacht ist schnell.

Lilian ist noch im Aufrücken. »Nicht gleichzeitig gehen!« will Tonio rufen – da ringelt sich gegen seine Füße eine rasend vorschießende schwarze Schlange, ein Riß, der rapid länger wird und zugleich aufplatzt und plötzlich die über der Luft schwebende Wächtenhälfte mit einem Knall, als würde ein schwerer Baum geschlagen, in die Tiefe sinken läßt.

Gleichzeitig ein furchtbarer Schrei, und vor ihm sackt Jörg ins grauenvolle Nichts.
Lilian, vom plötzlichen Seilruck umgerissen, bricht in die Knie, fällt nach vorn, spreizt verzweifelt die Arme und gleitet Jörg nach ...
Nur eine Rettung gibt es, nur eine!
Ein Satz ins Nichts hinaus!
Tonio springt, ohne zu überlegen, mit tollkühnem Schwung über die entgegengesetzte Gratkante hinaus, hinunter ins Leere. Er übersieht jeden Meter, jede Phase seines tollen Sturzes.
Hart schlägt er mit der Schulter, die den Schädel schützt, in die Eisflanke. Es dröhnt in ihm, um ihn. Gut, daß die Rippen federn. Zweimal, dreimal schleift er pendelnd über die Eiswand, hinüber, herüber ... Ist alles vorbei? ... Ist das das Ende?
Er fällt, fällt, fällt ... endlos ... alles um ihn ist plötzlich ruhig, sanft, ausgelöscht ...

Im Tale von St. Laurein sieht man den Sonnenball nicht mehr, Föhnwolken sind aufgezogen, es wird Abend. Sepp läßt sich alles erzählen. Rosina ist auf einen kurzen Sprung ins Spital zu ihm gekommen.
»Ausgerechnet – muß i alleweil das Pech habn, schau – jetzt geht der Feuersinger auf den Piz Palü ... stell dir vor – und den Jörg, ausgerechnet den Jörg hat er mit, wo er do an handfesten Bergführer brauchet. Ist ja viel zu jung, der Rotschopfete – und i, i kann da im Bett liegen und deine Geschichten anhören ...« – solche und ähnliche Reden hat Rosina bei jedem ihrer Besuche über sich ergehen lassen müssen. Und heute ist seine Stimmung auf dem Tiefpunkt angelangt. Er schimpft und flucht und spuckt und ist nicht zu besänftigen. »Und ganz gewiß hat sich der Tonio schon einen Batzen Geld verdient mit der Amerikanischen?«
»Ja, aber die Barbl ist damit weniger zufrieden«, sagt die Rosina. »Gar nit zufrieden ist sie. Die Miß nämlich ...«
»Laß die Barbl aus dem Spiel ... und daß du's weißt, der tut der Spiegel schöner als dir. Sie kriegt jeden andern, wenn sie mag. Aber die sieht ja nur den Tonio ...«
»Wenn i dir nicht schön genug bin, kann i ja wieder gehn – dann kurierst dich allein. Alle Tag besuch i diesen holzklotzigen Menschen und bring ihm weiß Gott was und plag mi wie sei

leibhaftige Mutter – Gott hab sie selig – und dann anmaulen lassen, daß der Barbl der Spiegl schöner tut als mir. Als ob nicht die Seele, die geistige Seel, die in unserer Brust wohnt, viel wichtiger wäre als das Gesicht, das sich jede herrichten kann, wie sie will. Möchtest wohl am liebsten auch noch der schöngesichtigen Amerikanerin den Hof machen?«

Und dabei ist sie sehr am Weinen, merkt aber gerade rechtzeitig, wie kleinlaut der Sepp geworden ist. Und da rafft sie sich, um ihre stolze Haltung nicht zu verlieren, zusammen und geht.

»Jetzt hab ich's falsch erwischt«, schaut der Sepp nach der Tür. »Heut ist sie rechtschaffen zornig geworden – und ist sonst, meiner Seel, wirklich eine gute Haut, die Rosl.«

Wie lange hängt er wohl schon am Seil? Der Kopf ist schwer und dumpf, das Seil, das um die Rippen zerrt, läßt die Glieder absterben. Hilflos baumelt er über dem Abgrund. Die Tiefe ist blutdunkel. Am Gelenk hängt noch der Pickel in der Schlaufe. Nur nicht noch einmal das Bewußtsein verlieren! Warum hängt er denn hier? Was ist geschehen?

Wie ein heißer Blutsturz schießt es ihm durchs Hirn, durchs Herz, durch den schmerzenden Körper: die Wächte! Mein Gott, die Wächte war gebrochen. Er hing hier an der Eiswand des Piz Palü auf der Gletscherseite ...

»Jörg!« gellt es durch das eisige Schweigen.

Keine Antwort.

»Jörg!« Ohne Echo verhallt der Schrei. Jetzt weiß er plötzlich, weiß mit klarster Klarheit: die Wächte ist unter dem Gewicht der beiden Vorangehenden gebrochen. Er erinnert sich der unheimlichen Rißlinie, die wie eine schwarze Natter auf ihn zugeschossen ist. Mit immer größer werdendem Erschrecken erwacht er nun. Sein Hirn gibt jede Einzelheit wieder: der versinkende Jörg, die sich wehrende, hilflose Lilian ...

Himmel! Sie müssen ja am Seil hängen, am selben Seil ... drüben, jenseits des Grates ... sonst hinge er ja nicht mehr hier ...

»Jörg!«

Sie müssen ja leben! Er hat sie doch durch seinen Sprung retten wollen.

»Jörg! Antworte doch!«
Es kommt aber keine Antwort. Er muß ihn doch hören. Nun bäumt sich alle Kraft, alles Wollen in ihm auf.
Wie ein Fisch an der Angel beginnt er sich hochzuschnellen. Er sieht unter sich die wahnwitzige Tiefe, das blanke, mauersteile Eis, das Nichts ...
Noch einmal reckt er sich, spannt die Glieder, die Muskeln, die Nerven. Fest in der Faust hält er den Pickel, seine einzige Waffe gegen den Tod.
Jetzt, wie er seinen Körper in die halbe Schwebelage emporgerissen hat, haut er das Beil mit Wucht in das Eis. Es hält, der Körper schwebt. Himmel, da bricht die Scholle aus! Er fällt abermals, Kopf nach unten, in jene entsetzliche Lage.
Nicht aufgeben! Nur nicht aufgeben! Es geht ums Leben! Ums nackte Leben!
Wieder pendelt Tonio, von äußerstem Willen getrieben, an die Wand; krümmt sich, wirft sich, schnellt sich hoch. Der Pickel saust mit übermenschlicher Kraft ins Eis.
Gott sei Dank! Der Pickel hält!
Nur jetzt den Griff nicht lockern, nicht aus der Verankerung heben!
Vorsichtig zieht sich Tonio am Pickelstiele hoch. Jetzt kann er mit der anderen Hand ins Seil greifen, das tief ins Hüftfleisch schneidet. Jetzt löst kein Teufel mehr diese Faust!
Nun kann er den Pickel losmachen, kann ihn wieder an sich nehmen. Er faßt nun auch mit der anderen Faust ins Seil, zieht sich mit beiden Armen hoch, stemmt die knirschenden Steigeisen in die morsche Eiswand und hängt und steht zugleich, endlich wieder kopfoben!
Seine Fäuste, seine Füße zittern!
»Jörg!« schreit er, so laut er kann, und horcht.
»Jörg!«
War das nicht ein Ruf, eine Antwort, ein Stöhnen? Er lauscht und beißt sich auf die Lippen.
»Help!« stöhnt es wie aus einer weiten, weiten Ferne.
»Ich komme!« brüllt er. Und mit einer schier übermenschlichen Gewalt stemmt er die Eisen ins Eis, krallt die Hände ums Seil und hangelt sich, den Pickel immer wieder ins Eis schlagend, höher, dem Grat zu. Schon ist er hart an der Gratkante, sieht

drüben die blaue jenseitige Welt, das Licht ... das Licht, das er um ein Haar nie mehr gesehen hätte.
Tief hat sich das Seil in den Gratfirn eingeschnitten. Es ist durch Druck und Zug sofort eingeeist, das war die Rettung. Er wälzt den Oberleib auf die Gratkante, liegt mit keuchender Brust, immer noch ins Seil gekrallt, auf dem Gratfirst. –
Drüben läuft das Seil jäh in die furchtbare Tiefe. Tonios Blick kann den gespannten Hanf nicht weiter verfolgen ... Wo sind die anderen?
Er ruft: »Lilian!«
Nun hört er nahe die Antwort: »Oh, help!«
»Wo ist Jörg?«
»Hier, unter mir!«
»Jörg!«
»Er kann nicht antworten ... sein Kopf ... oh, Tonio, help ...«
Dieser stößt den Pickel bis zur Haue in den Firn, schlingt das Seil herum, verankert es und versucht, das Ende, das seinen Körper umgürtet, zu lösen. Die Knoten sind vereist. Das Messer hilft. Schnitt! Zum Rufen ist jetzt keine Zeit mehr – jetzt heißt es anpacken. Wenn nur irgendwo Platz wäre! Die Abreißkante der Wächte kann nachgeben ... Im Sitzen hat er keine Kraft.
Jetzt greift er mit unmenschlicher Kraft ins Seil ... Nicht einen Zoll hoch kann er das Gewicht der beiden Menschen heben.
Tief unten stöhnt das Mädchen.
Und Jörg?
Was ist mit ihm?
Nun ruft er, mit aller Anstrengung, mit einer jäh aufschießenden, schrecklichen Verzweiflung:
»Jörg, hast du deinen Pickel noch?«
Keine Antwort.
»Könnt ihr stehen, Lilian?«
»Nein! Ich hänge ... O Dad!«
»Mut, Lilian!«
»Tonio, ich sterbe ...!«
Notsignal? überlegt er. Sechs bis sieben Stunden dauert es bestenfalls, bis Hilfe kommt. Das ist zu spät! Er zwingt sich, klar und hart zu überlegen. Hält das Seil die beiden? Ja, denn es ist tief eingeschnitten, in den Firn eingefroren und überdies noch am Pickel und im Eishaken verankert. Es muß halten! Es

muß, muß . . .! Dann ein Gedanke: Das zweite Seil! Dort drüben, kaum zwei Seillängen weiter, hängt es ja, das Seilgeländer!
Ein tiefer Atemzug: Das ist die Rettung!
»Lilian, Mut! Ich komme!«
Das Mädel gibt keinen Laut mehr von sich.
Auf dem Bauch kriecht er über die nächste Wächte, gräbt die Arme und Hände tief in den Schnee . . . Nun sieht er, unter der überhängenden Schneehaube durch, in die Wand hinunter: Großer Gott, dort drunten hängen sie. Mit einer Hand am Seil schwebt das Mädel; und drunter, im Dunkeln kaum noch erkennbar, der Jörg.
Nun reißt Tonio mit verzweifelter Gewalt das Eisgeländer aus, kehrt um, schleift das Seil hinter sich her und kriecht zurück zu seinem Eispickel. Er legt sich auf den Bauch und ruft in die Wand zu den beiden hinunter. Ungefähr fünfzehn Meter unter ihm baumelt die halb bewußtlose Lilian. Weitere zehn Meter tiefer, mit dem Kopf nach unten, Jörg. Daß Jörg gar keine Antwort gibt, macht Tonio fast verrückt. Mit ungeduldigen, zerrenden Händen hat er ein Lasso zurechtgemacht. Aus Leibeskräften ruft er: »Lilian, Lilian! Aufwachen! Mut! Kriechen Sie mit den Armen durch die Seilschlingen, halten Sie fest, fest! Ich ziehe Sie herauf!«
Er zieht, daß ihm fast die Adern platzen, er zieht um das Leben zweier Menschen — und fördert die Last nicht einmal um eine Armlänge.
Lilian sackt vor Schmerz halb ohnmächtig zusammen. Der an ihrem Seil hängende Jörg schnürt ihr alle Luft ab. Tonio sieht es und erschrickt: Lilian muß ersticken, wenn sie nicht von dem Gewicht Jörgs befreit wird.
Der letzte Weg!
Drei Eishaken in die jenseitige Wand.
Das Seil gut verankern. Es muß halten, sonst ist alles zu Ende!
Hinunter gleitet Tonio über den schauerlichen Wächtenabbruch.
Lilian spürt in halber Ohnmacht, daß ein Wunder geschieht . . .
Jetzt glitzert ein Pickel, schlägt ins Eis, jetzt wird sie von zwei Fäusten gehoben — nun ist alles gut!
Tonio hat furchtbare Arbeit. Er kann Jörgs Seil nicht abschneiden; wenn er es aber nicht abschneidet, ist es unmöglich, Lilian auf den Grat zu bringen. Der Kamerad hängt zu schwer. Er

scheint verletzt zu sein – er gibt noch immer kein Lebenszeichen von sich.
»Jörg! Jörg!«
Schwer, entsetzlich schwer ist es, Lilian aus dem gefrorenen Seilring zu lösen. Erst das Messer hilft. Nach einigen Minuten ist für Lilian ein Standplatz aus dem Eis gehauen. Von Jörgs Seil hat er sie endlich losgemacht und hat sie wieder an sein Seil gebunden. Nun hat er zwei getrennte Lasten. Lilian ist nach einem Schluck Schnaps wieder zu sich gekommen. Der irrsinnige Schmerz um Rippen und Brust ist fort; alles ist nun schon erträglicher. Lilian ist ein tapferer Kerl. Am steifen, gefrorenen Seil zieht Tonio das Mädchen empor und bringt es zwischen einigen windschützenden Eisblöcken in Sicherheit.
»Noch einen Augenblick!« Er streichelt mit seinen blutverklebten und zerrissenen Händen über ihre Wangen, streicht ihr die von Rauhreif und Schnee angegrauten Haarsträhnen aus der Stirn. »Bleib nur ruhig, Kind – ich komme gleich wieder – der Jörg ist noch unten.«
Er bindet sie fest, kriecht zurück und hißt nun seinen Freund herauf. Tonio ahnt es: Der ist nicht nur bewußtlos! So hält kein Bewußtloser den Arm steif, so baumelt kein Lebender am Seil. Wie die Arme eines hölzernen Christus starren Jörgs Hände in die Tiefe. Der Kopf ist eingezogen. Immer höher gleitet die fürchterliche, schwere Last.
Nun liegt der Freund neben ihm auf dem Grat. Weit offen klafft das Hinterhaupt. Armer Jörg! Da ist kein Leben mehr! Armer Jörg ... tot!
Tonio, noch erfüllt von einem letzten Fünkchen Hoffnung, zündet Streichhölzer an und leuchtet mit der Flamme dem Gefallenen ins Gesicht. Das Hölzchen prasselt auf, aber kein Leben rührt sich: Die toten Augensterne, in deren Starre kaum das flackernde Feuer schimmert, bestätigen das unabänderliche Schicksal seines Kameraden ... Kein Hauch, kein Atem, kein Herzschlag.
Ob Lilian es ahnt? Soll er es ihr verheimlichen? Aber sie wird ihn ja fragen. Er will nur dann etwas sagen, wenn sie fragt.
Im Schnee vor ihm liegt Jörg, still und stumm. Und rührt sich nicht und wird sich nie mehr rühren. Tonio ist nicht imstande, sich von dem Bergkameraden zu trennen. Was ist das für eine Welt!

Es ist mittlerweile Nacht geworden, ohne daß er es richtig bemerkt hat. Keine drei Meter weiter liegt der Rucksack, noch brennt die Kerzenlaterne. Heute früh waren es drei zuversichtliche junge Menschen, denen sie leuchtete . . .
Ein böser Nachtwind stößt von der Gletscherseite herauf und rüttelt Tonio wieder wach: »Wir müssen weiter! Hier erfrieren wir!«
Warum zögert er?
Lilian klagt über Brustschmerzen. Sie hat ein paar Rippen gebrochen. Er gibt ihr zu essen, aber sie kann nichts zu sich nehmen, möchte schlafen. Das Grauen und Fürchten, das in ihr aufgeht, ruft nach der tröstenden Nähe eines Menschen. Tonio birgt sie warm und fest in seinen Armen.

Vom Lehrerhaus in St. Laurein klingt es leise über die abendlichen Dächer. Der Martiner hat sich ans Harmonium gesetzt. Aus der getragenen Feierlichkeit einer Kantate fließen die Töne in eine Fuge über und klingen in einem einfachen, alten Volkslied aus.
Beim Gudauner hat sich Barbl mit ihrem Strickzeug ans Fenster gesetzt. Immer wieder sieht sie von der Arbeit auf, und dann ruht die Arbeit eine Weile in ihren Händen.
So sitzt sie da, die Nadeln in den Händen und das Garn noch um den gestreckten Finger gewickelt, und hört auf die leisen Klänge des Harmoniums.
Die Welt nachtet allmählich ein; die Nähe wird ungewiß. Der Himmel verliert sein Blau und seine Helle und wird zu dunklem Samt, auf dem golden die ersten Sterne glitzern.
Im Posthotel von Pontresina ist Mr. Hardenger so unruhig geworden, daß er nicht aufhört, den Portier kreuz und quer auszufragen. Der kann nichts anderes antworten, als daß Tonio Feuersinger gewiß ein zuverlässiger Bergführer sei. Mr. Hardenger dürfe also durchaus beruhigt sein.
Aber was nützen diese tröstenden Worte? »Dad« wird von Minute zu Minute nervöser. Er läuft auf die Straße hinaus und wieder zurück in die Halle und trinkt einen Kognak nach dem andern und holt sich beim Portier stets aufs neue eine Auskunft. Endlich aber wird zum Bergrettungsdienst geschickt.

Ja, meinen die, wenn der Herr in Sorg ist, dann gehn drei Mann halt geschwind hinauf auf die Hütte. Da ist nix dabei. Vielleicht geht der Gertsch mit und vielleicht noch einer oder auch zwei. Wenn halt vielleicht doch am End irgendwie was zu helfen wär – mit Signalen könnte man sich verständigen. Für jeden Fall nehmen sie Decken mit und Verbandszeug und eine Tragbahre. Nix Gewisses weiß man nicht.

Da gerät Mr. Hardenger ganz außer Fassung. Wie? Was wollen sie?

Ja, heißt es, er habe schon recht gehört: Tragbahre! Aber das sei lediglich Vorsichtsmaßregel und immer in solchen Fällen üblich. Es könnte sich ja jemand den Fuß verstaucht haben. Man brauche doch nicht gleich das Schlimmste zu befürchten. –

Aber Mr. Hardenger befürchtet das Schlimmste.

Und er bringt das Hotel in hellen Aufruhr. Weiß selber nicht, was er tut, was er soll, was er will. Rennt umher und macht die Verwirrung noch größer. Dann verlangt er eine Telefonverbindung mit St. Laurein.

Er will selber mitgehen, er, der mit Müh und Not einen kleinen Winterspaziergang zuwege bringt.

Ganz Pontresina wird alarmiert.

»Ich zahle!« ruft Mr. Hardenger.

Die Männer treten zusammen, überlegen, beraten.

»Ich zahle!« ruft Mr. Hardenger.

Tragbahren, Decken, Seile, Laternen, Fackeln werden herangebracht.

»Ich zahle, ich zahle!«

Niemand beachtet den Amerikaner. Bloß der alte Führer Grass tritt auf ihn zu. Wie einen Freund faßt er den Amerikaner an der Schulter.

»Zahlen?« sagt er mit zweifelndem Blick. »Da hilft jetzt kein Zahlen!«

Mr. Hardenger, der zeit seines Lebens der Macht des Geldes gehuldigt hat, dem alles auf Erden möglich und erreichbar schien, weil er Geld besaß, es zu bezahlen, fühlte in diesem Augenblick unvermittelt die Grenzen dieser Macht. Nicht ganz versteht er, was der Alte will. Doch er schweigt.

»Nicht zahlen«, sagt Grass, »beten ist besser!« –

Das Gerücht läuft wie Wasser aus einem geplatzten Rohr durch das Dorf. Von Haus zu Haus steigert es sich: Drei Tote liegen unter der Eiswand des Piz Palü, heißt es. Man hat sie schon gefunden. Man zweifelt, man fragt.

Die Barbl ist hinaufgegangen zu Tonios Mutter. Die ist so ruhig, gütig und mild wie immer. Nur etwas blasser scheint sie heute: »Sie werden schon gut vorbeigehen, diese Tage!« Ihre Stimme zittert. Sie denkt an zwei, die einst – ach, es ist schon so lange her! – als Kaiserjäger nach Galizien gezogen sind, lachend und blutjung – »Grüß Gott, Mutter, bleib gesund und wohlauf«, haben sie gerufen, »in zwei Monat sein wir wieder bei dir!« Aber nie mehr sind sie heimgekehrt. – Der alte Feuersinger ist im Stall. Er hat keine Ruhe im Leib, muß immer wirken und schaffen, damit die dummen Gedanken nicht aufkommen und ihn plagen. Schon dreimal hat er heute das Drudenzeichen an der Stalltür ausgelöscht und neu gemalt, aber noch immer gefällt es ihm nicht. Dann geht er zum Herrgott hinüber in die Stube und betet.

Die Mutter sitzt mit der Barbl beisammen. Die beiden Frauen sind still und arbeiten. Sie hätten einander wohl viel zu sagen, aber sie verstehen sich auch, ohne zu reden. Sie warten.

Und drüben im Westen steht die große Nacht über den Gletschern der Bernina.

Und hier drinnen tickt die Uhr, tickt und tickt.

Unterdes sind sie vom Dorf Pontresina aus aufgebrochen.

Im langen Marsch steigen sie bergan. Alle auf Skiern. Der letzte trägt den Rettungsschlitten.

»Beten?« fragt Mr. Hardenger.

Tonio nimmt Abschied von seinem Freund Jörg. Still und wächsern liegt er im Schnee. Der Sturm fährt in seine Feuerhaare, und die Strähnen zittern im Wind. In seiner Linken hängt noch der Eispickel, die Schlinge ist gefroren. Steif und starr, den Kopf tief auf die Brust gesenkt, liegt der Kamerad vor ihm.

Tonio kann nichts tun, als sich mit seinen gefrorenen Fäustlingen die Tränen aus den Augen wischen. Er hat diesen guten, ehrlichen, rothaarigen Burschen so gern gemocht wie wenige in Laurein.

»Armer Jörg, leb wohl – armer Jörg«, spricht er leise vor sich hin. Dann legt er ihn unter eine Schneeverwehung und bindet ihn fest. Den Rucksack legt er ihm unter das Haupt, und den Eispickel steckt er aufrecht daneben in den harten Schnee.

In diesem Augenblick haßt Tonio die Berge, und er schwört, sie nie mehr zu betreten. –

Schritt für Schritt arbeitet er sich über den Grat.

Ganz kurz am Seil führt er Lilian. Sie klagt über Schmerzen in der Brust, über Schmerzen im Kopf, über tödliches Müdesein. Dann wieder gibt sie sich einen Ruck, tappst ein paar Schritte in den Firnstufen weiter. Aber nein, es geht nicht mehr, trotz allem Wollen; und sie setzt sich nieder.

Immer wieder muntert Tonio sie auf. Er würde sie ja am liebsten auf die Arme heben und tragen, aber er muß bei diesem schweren Gang über den Grat Blick und Hände frei haben.

Lange überlegt er, was er tun soll. Den Tag abwarten, auf Helfer hoffen? Die Nacht ist zwar hell genug, so daß man die großen Stufen im Eis sehen könnte. Lilian frei abseilen, das geht schwer, sie verträgt das Seil nicht. Rasten! Noch ist ein warmer Schluck in der Flasche. Er weckt die Lebensgeister ein wenig.

Lilian versteht, daß es nun allein auf sie ankommt. Noch einmal reißt sie sich zusammen. Und sie hält sich tapfer, es gelingt das Unglaubliche: Die beiden kommen in der Nacht heil über die verrufene Eisstelle hinunter. Aber ihre Kräfte sind nun zu Ende. So viel Fassung hat Lilian noch, daß sie ganz ruhig und ernsthaft sagen kann: »Es geht nicht mehr. Wirklich nicht mehr. Laß mich schlafen.«

Schlaf nur, kleine tapfere Lilian! denkt Tonio und setzt sich nieder und nimmt sie tröstend und wärmend an sich. Nun kommt es wirklich nicht mehr auf die Zeit an. Ob sie noch in der Nacht aus der Wand kommen oder erst am Morgen, das ist jetzt ziemlich einerlei. Das stärkere Blasen und Stoßen des Windes muß man in Kauf nehmen. Ein paar Stunden hält das Wetter noch. Nach kurzer Rast brechen sie wieder auf.

Es muß Mitternacht sein. Drüben erkennen sie die helle, runde Kuppe des »Skiblanc«. Hier wird der Blick ins Tal frei. Man müßte die Lichter von Pontresina sehen. Aber es weht wohl zu stark in den Mittellagen. Man hört das leise Rauschen der Wälder im Föhn und von weit her das verschwiegene Glucksen eines Baches. Es ist die große Nachtmusik der Erde. Der Wind stimmt seine Instrumente. Es schrillt und pfeift und harft. Und unheim-

lich starr und kalt wuchten die Berge in den dunklen Föhnhimmel.
Endlich sind sie sterbensmüde am Skiblanc. Erlösend wirken die im Schnee steckenden Skier. Drei Paare sind es ...
Wieder packt den Tonio eine tiefe Niedergeschlagenheit.
Das Seil hat seinen guten Dienst getan. Etwas hartherzig erscheint Tonio der kalte Schnitt mit dem Messer, der ein kurzes Seilende abkappt. Der treue Hanf hat ausgedient, die Reste bleiben liegen. Aus dem abgeschnittenen Ende knüpft Tonio einen Traggurt, eine Art Hängematte, wirft das Stück Doppelseil um den Nacken, hängt Rücken und Knie des Mädels in die Seilschlingen, unterfängt sie mit seinen Armen, in denen sie nun wohlgebettet liegt. Dann steckt er ihre Skier quer durch die Rucksackriemen, und so tritt er den Weg zum Diavolezzasattel an, dort will er warten, bis Hilfe kommt.
Oft bricht er im tiefen Schnee ein. Der Schweiß rinnt ihm übers Gesicht und gefriert in kleinen harten Perlen.
Lilian ist ganz ruhig geworden. Die Erschöpfung und die Schmerzen haben sie überwältigt. Nun dämmert ihr Leben zwischen Schlaf und Ohnmacht.
Die ausgerückte Kolonne braucht Licht im Wald. Hier ist die Nacht sackdunkel, so daß keiner den Vordermann sieht, geschweige die Bäume oder die Spur. Sie holen die Laternen heraus, der erste und der letzte brennen Fackeln an. Dann geht es weiter. Vom Tale aus späht man nach den fernen, kleinen, schwankenden Lichtpunkten, die in der weiten, weiten Nacht so hilflos aussehn. Geheimnisvoll wie der Gralsdom schimmert hoch über den verlorenen Lichtlein das silberne Schild des Piz Palü. Und über ihm flimmern die Sterne.
Die Diavolezzahütte ist leer. Die Helfer rasten und wärmen sich und halten Rat. Sie stellen sich vor der Hütte auf, halten die Handmuscheln vor den Mund und rufen im Chor laut gegen den Gletscher hinauf.
Kein Laut!

Schlaftrunken stapft Tonio durch die einsame Nacht. Der singende, summende Schädel fängt noch nicht den Ruf der Helfer auf, der von weit unten kommt.
Bis zur Felsinsel über dem Gletscherbruch schleppt er Lilian.

Dann ist seine Kraft zu Ende. Der anfauchende Föhnsturm, der ihm die kalten Eisnadeln ins Gesicht haut und ihn immer wieder aus dem Gleichgewicht wirft, hat ihm in der letzten Stunde schwer zugesetzt.

Unterhalb dieser Felsinsel hat er am Morgen eine Eishöhle gesehen, ein überwächtiges, windgeschütztes Loch. Die Spuren vom Morgen sind noch schwach auszumachen, sie leiten ihn.

Schnell hat er das Eisloch in eine Ruhestätte umgewandelt, sie wird fast wohnlich unter seinem geschickten Zugriff. Die Skibretter legt er als Fußboden aus, breitet das Stück Zeltleinen darüber, das er immer mit sich führt, leert den Rucksack aus, um Lilians Füße einzuhüllen, stößt dann einen Eishaken in die Eiswand und hängt die Laterne daran.

Und jetzt, da diese Lampe brennt, ist es fast ein behaglicher Raum, von dessen Wänden im Widerschimmer des Lichts tausend Kristalle funkeln. Ein Stück Speck, etwas Brot und Käse sind auch noch da!

Lilian weiß nicht, wo sie ist. Ihre Stirn ist heiß, und eiskalt sind die Hände. Tonio nimmt ihre steifen, kalten Finger zwischen seine Hände und reibt sie, bis sie wieder warm und gelenkig werden.

Dann weht ein jäher Windstoß eine Ladung Schnee ins Innere: Neuschnee!

Er geht hinaus. Der Sturm braust über die Eisfläche, kreischt um die Séracs, fährt pfeifend durch den Bruch, heult an den Bergflanken empor und bricht mit donnernder Wut wieder nieder. Kaum für Augenblicke kann sich der Mann draußen aufrecht halten. Mit müden Augen sucht sein Blick im jagenden Schneemeer die Abbruchstelle des Grates. Aber er kann nichts erkennen, und wie er die Hände ausstreckt, sieht er auch sie nicht, nichts sieht er, die undurchdringliche Schwärze des Unwetters wird wie ein tosendes Grab.

Dort oben wartet ein anderer. Armer Jörg . . .

Ist es denn zu begreifen? Nein, nein! Nie wird Tonio es begreifen!

Guter, treuer Kamerad, am Morgen sind wir übermütig ausgezogen – und am Abend haben wir uns trennen müssen, für immer.

Dann kehrt Tonio in die Höhle zurück. Er spricht kein Wort, es

würgt ihn in der Kehle. Nun hängt er seine Joppe um Lilians Schultern, wickelt sorgsam seinen Wollschal um ihren Hals, zieht ihr die Stiefel von den Füßen. Und dann hockt er sich hin, raucht und schweigt. So sitzen sie dicht nebeneinander.
Manchmal sinkt ihr Kopf auf seine Schulter. Sie möchte nur schlafen, schlafen.
Wenn sie jäh auffährt, vom Schauer geschüttelt, und leise vor sich hinwimmert, dann beginnt er aufs neue, ihr die eiskalten Hände, den Rücken, die Arme zu reiben.
»Jetzt haben wir's bald überstanden«, tröstet er sie und lügt ein wenig dazu: »Die Nacht ist gleich um!«
Aber die Nacht will nicht zu Ende gehn. Die Minuten schleichen dahin, träge, zähe.

Es ist drei Uhr morgens. Im »Grandhotel« von St. Laurein schrillt das Telefon, weckt den schlafenden Telefonisten.
»Mr. Hardenger ruft aus Pontresina an, wünscht dringend Direktor Rohrer zu sprechen.«
Schlaftrunken fragt Rohrer Mr. Hardenger, was denn sei, und erfährt von dem befürchteten Unglück am Piz Palü. Rohrer kann es nicht glauben. Tonio und Jörg, denen kann nichts passiert sein.
»Warten Sie die Rettungsleute ab, warten Sie den Tag ab. Seien Sie beruhigt, Ihre Tochter kommt gut zurück, dem Tonio Feuersinger ist noch nie etwas passiert.«
Und Rohrer beschließt, einstweilen in St. Laurein niemand etwas von dem Vorgefallenen zu sagen. Bald würde sich alles aufklären, er ist überzeugt, daß sich alles zum Guten wenden würde. Vom Portier des Posthotels erfährt er, daß Bergführer Hans Grass mit sechs Männern bereits zur Diavolezzahütte unterwegs ist und drei Mann noch in der Nacht zur Bovalhütte aufgestiegen sind. Es würde alles getan, was in der Eile getan werden konnte. Wer weiß, vielleicht sitzt Tonio mit Miß Hardenger und Jörg schon wohlgeborgen in einer der beiden Hütten.
In der Halle des Posthotels in Pontresina sitzt in der Ecke der Bar Mr. Hardenger. Halb von Sinnen, brütet er vor sich hin, schläft ein, fährt in die Höhe und döst bald wieder weiter. Und schreckt nur dazu auf, um abermals nach einem Whisky zu rufen.
Es ist vier Uhr morgens. Der Barmixer hält auf einen Wink von

oben und auch aus persönlicher Einsicht geduldig hinter der Theke aus.
Auch er döst.
Dann und wann weckt ihn die entgeisterte müde Frage: »Ist noch niemand zurück?«
»Nein, mein Herr!«

Der Sturm hat sich gegen Morgen gelegt. Vor Tag und Grauen ist Bergführer Grass mit den Männern wieder unterwegs. Auf den Graten stürmt es. Hier unten ist es ganz still. Der Morgen schläft noch. Jetzt halten sie oberhalb des Bruches und beraten. Dann halten sie die Hände vor den Mund und rufen.
Tonio hat sich die Stunden über nicht gerührt, um Lilian, die an seiner Schulter eingeschlafen ist, nicht zu wecken. Seine Rippen schmerzen. Im Halbschlaf ist ihm, als hätte er rufen hören. Das erste Frühlicht hängt draußen und schimmert durch sein Guckloch.
Leise versucht er, in die gefrorenen Eisstiefel zu kommen. Da — träumt er? Ist das eine Täuschung? Ganz nahe ruft ein Männerchor »Tonio!«.
Rasch stößt er durch die Schneewehe ins Freie.
Bergmenschen lassen sich nicht leicht verblüffen. Jetzt aber wissen die Männer einen Augenblick lang doch nicht: Sehen sie ein Gespenst? Denn kaum eine Seillänge vor ihnen taucht der Tonio auf, taucht auf aus der Schneeversenkung und sieht gesund und wohlbehalten aus.
Mit ein paar Worten ist alles erzählt, auch das Furchtbare. Den Toten bergen sie morgen, die Lebenden bringen sie so schnell wie möglich hinunter.
Lilian schläft noch halb und ahnt nur im Unterbewußtsein, was mit ihr geschieht. Sie wird in warme Decken gehüllt und auf den Rettungsschlitten gelegt.
Nun geht's dem Tale zu.
Wenn der Verlust des Kameraden nicht auf alle schwer drücken würde, wäre es beinahe eine flotte Fahrt zu nennen. Aber je näher sie dem Tal kommen, desto bedrückter werden sie.
Tonio spricht kein Wort. Die Lippen hart aufeinandergepreßt, starrt er vor sich hin. Die schweren Gewissensqualen betäubt er nicht mehr. Nie, nie mehr wird er sie zum Verstummen bringen.

Hat er nicht gegen den Bergsteigergeist verstoßen, gegen sein Führergewissen, als er das bergfremde Mädel mitnahm, nur um eines billigen Triumphes wegen? Hat er nicht Fehler über Fehler begangen? Lilian nachgegeben – gegen die eigene Überzeugung? Zeit vertrödelt? Warum hatte er nicht auf der Umkehr bestanden? Er war sich ja all der Gefahren klar bewußt gewesen!

Er selbst, niemand anders, ist schuld am Tode des Jörg.

Nur er. Nicht die Berge, nicht das Unwetter, nicht Lilian, nicht der Zufall – nur er! Er hat seinen besten Freund auf dem Gewissen. Von dieser Schuld kann ihn niemand freisprechen.

Aus dem Netz, in das er sich immer stärker verstrickt, findet er nicht mehr heraus. Die überstandene Nacht erwacht wieder in ihm. Mit allen Einzelheiten steht sie vor seinen Augen. Hat er sich denn nicht selbst verloren gehabt? Ja, ja, tausendmal ja! Nicht ein einziges Mal hat er an Barbl gedacht! An die treue Barbl drüben im Heimattal, die sicherlich um ihn gebangt und gebetet hat.

Schuldig, schuldig! So geht es durch seinen Kopf, sein Herz. Tonio vertrüge vielleicht die Anklage eines Gerichts, nicht aber jene unausgesprochene Anklage, die ihm aus jedem Gesicht entgegenblicken wird.

Was hält ihn denn noch in den Bergen? Warum soll er sich den Klagen und Vorwürfen daheim aussetzen? Was wird der Vater sagen? Dort ruft die Freiheit der Welt, hier quält ihn die Enge der Heimat, die ihm nun wie ein Gefängnis vorkommt, in dem er seine Strafzeit abzusitzen hat. Wer weiß, ob sie nicht eines Tages mit Fingern auf ihn zeigen, ob nicht eine Mutter nach ihrem toten Sohn fragt? Was hindert ihn denn, in die weite Welt hinauszugehen?

Von Mr. Hardenger darf er nun freilich keine Einladung mehr erhoffen. Aber er will sie nicht, er braucht sie nicht. Er hat Arme, zu arbeiten, hat seinen klaren Kopf. Hat ihm der Martiner nicht oft genug von jungen Leuten erzählt, die als Kohlenschipper, als Lastenträger, als Hilfskellner sich die Welt eroberten?

»He, Tonio! Pressiert's dir so?« weckt ihn ein Zuruf. »Wohin? Wir wollen doch erst in die Hütte!«

Ach ja! Er ist ja noch hoch droben auf dem Berg, als Vorspann eines traurigen Zuges! Mit trüben Augen stiert er um sich, findet sich nur allmählich zurück.

Jaja, die Hütte. Ach so, Lilian! Die schläft. Aber da sie das Mädel jetzt auf ein Lager betten, spricht sie wirres Zeug, ruft nach Tonio, er möge sie halten, nicht loslassen möge er sie ...

»Help! Help!«

Da wollen die Männer keine Zeit mehr verlieren. Rasch haben sie ihren heißen Tee getrunken. Die guten Bissen, die sie heraufschleppten, bleiben fast sämtlich ungegessen. In Decken wird Lilian gehüllt, weich gebettet, auf den Schlitten gelegt, und dann geht's wieder weiter. –

In Pontresina weiß man, daß sie bei der Hütte sind. Man hat den Rauch aufsteigen sehen. Mehr weiß man nicht. Aber daß kein Schuß, kein Winkzeichen gegeben wird, sagt nichts Gutes. Knapp vor dem Dorf halten sie noch einmal Rast.

Lilian ist jetzt munter, klarer. Tonio will alles Aufsehen vermeiden.

»Die Schlittenbahre bleibt zurück. Ich trage sie durch den rückwärtigen Eingang ins Hotel. Ihr anderen kommt später nach.«

Umsonst stehen hundert Neugierige vor dem Posthotel. Sie sehen nur die stummen, zurückkehrenden Männer an sich vorüberziehen.

Tonio ist beim eidgenössischen Gendarmeriekommando. Er gibt, was er zu sagen hat, zu Protokoll. Ob man ihn noch brauche? Nein.

Im Auto des Hotels reisen Mr. Hardenger und Lilian ab. In weiche Decken und Kissen gebettet, schläft sie im Fond des Wagens neben einer Krankenschwester.

Kaum erfährt dies Tonio, eilt er zum Hotel hin, geht in die Halle, fragt.

Der Arzt ist noch beim Direktor im Büro. Gern geben sie ihm Auskunft; ein Trost, daß sie ihn freundlich behandeln; ja, er fühlt, daß man hier wegen des Unglücks keine schlechte Meinung von ihm hat. Im Gegenteil, mit herzlicher Teilnahme antwortet ihm der Arzt: doppelter Rippenbruch, leichte Erfrierungen an den Zehen, vor allem aber vollständiger Nervenzusammenbruch. Die Überführung in ein Sanatorium sei dringend erforderlich.

Der Arzt übergibt Tonio einen Brief mit den besonderen Grüßen Mr. Hardengers und Lilians.

Am nächsten Tag holen sie den Jörg. Tonio ist dabei. Das

schwarzgraue, noch immer eisige Seil liegt über der verdeckten Leiche.
Die Glocken läuten, als er mit dem toten Freund nach St. Laurein zurückkommt.
Als der Verunglückte am kommenden Tage zum Friedhof getragen wird, sind alle da. Die Frauen tragen dunkle Tücher, die Männer stehen barhäuptig. Die Barbl ist gekommen und ihr Vater, die Leute aus dem Feuersingerhof, der Lehrer Martiner, Direktor Rohrer, die Führer, alle. Und eine weinende, arme Mutter.
Und jetzt steht Tonio also vor dem offenen Grab. Steht in seiner Bergsteigerkluft, wie man sie auch dem Jörg belassen hat: Jörg, lieber, guter Jörg. Ich kann dir keine Grabrede halten. Ich war bei dir. Ich sah dich fallen. Ich — ich — bin schuld, daß du hier liegst. Dann hebt er eine Handvoll Erde mit den Händen auf und wirft sie in die Grube. Und eine Handvoll Schnee. Dann kniet er nieder und legt seinen Eispickel auf den Sarg des Toten.
Man könnte Tonio nicht fragen, wer die Grabrede gehalten hat und was man dem armen Jörg nachgerufen hatte, er hat nichts gehört. Er hat bloß gesehen, wie ein wunderbarer, großer Kranz aus Edelweiß mit einer riesigen Buchstabenschleife an ihm vorbeigetragen wurde. Der war von den Hardengers. Auch von einem Grabstein war die Rede. Mr. Hardenger hatte dafür gesorgt. Wie er sich auch in großzügiger Weise der armen Mutter Jörgs angenommen hatte.

Die Barbl sitzt im Schein der Lampe beim Lehrer Martiner am Tisch, an dem früher der Tonio so gern gesessen ist und sich von den Wundern der Welt hat erzählen lassen.
»Ich weiß nicht, Herr Lehrer, ich habe Angst, der Tonio wird am Ende gar nicht mehr zurückkommen. Seit Tagen weiß niemand, wohin er ist.«
»Aber laß ihn nur, Barbl, in die Welt hinaus. Es gibt da ein altes Sprichwort, das gilt besonders für junge Leute wie deinen Tonio — kennst's?«
Zaghaft kommt die Antwort: »Nein, Herr Lehrer.«
»Ja, dann merk dir's gut, Barbl, es heißt: Wer nie fortkommt, kommt nie heim.«
Barbl weiß nun, daß es nur eines gibt in ihrer Liebe zu Tonio:

warten, in Geduld warten und fest an ihn glauben; denn das fühlt sie, jetzt braucht er ihre Liebe mehr als je.

Im Feuersingerhof wartet man die Tage und Nächte, wartet umsonst.

In der Diele hängt die Sonnenmaske. Auch sie wartet; und ihr Blick bleibt unverwandelt und rätselhaft. Manchmal will es dem alten Feuersinger scheinen, als starre sie ihn fragend an. Wo bleibt Tonio?

Sie warten noch immer.

Niemand mehr in St. Laurein hat Tonio Feuersinger gesehen.

Die tollste Ecke der Welt liegt in New York; es ist die Kreuzung des Broadway mit der Zweiundvierzigsten Straße.
Ein ungeheurer Menschenstrom flutet durch die tiefgeschachteten Kanäle dieser Straßen. Der Lärm ist so groß, daß die Menschen schreien müssen, wenn sie sich verständigen wollen. So braust eine tolle Symphonie mit dem bewegten Strom, den in jeder Richtung vier und fünf endlose Verkehrsschlangen begleiten: Wagen an Wagen, Auto hinter Auto. Die laufenden Bänder New Yorks, die ein unfaßbarer, geheimnisvoller Mechanismus zwischen den tiefen Straßenschluchten von Süd nach Nord, von Nord nach Süd, von Ost nach West und wieder von West nach Ost rollen läßt, sind unaufhörlich in Bewegung – sie stehen nie still.
Immer wieder hebt die gigantische Riesenschlange den Kopf. Zweistöckige Omnibusse, vollgefrachtet bis auf das Dach, überragen die Kette der Lieferwagen, der kleinen und großen Autos, der übereleganten Limousinen, in denen die »Bigs« zur Börse fahren. Die stets eilenden Einwohner dieser Stadt, von Matrosen, Exoten, Streunern durchmischt, füllen die Trottoirs und strömen an Wolkenkratzern, Kaufhäusern, Schauläden und Drugstores vorbei. Da und dort fluten die Menschenwellen, wie von einer Turbine angesaugt, in die Häuser hinein, werden irgendwo ebenso unbarmherzig wieder ausgestoßen. Auch die Schaulustigen, die Müßiggänger, die den gleichen Habitus haben wie alle andern, hasten, als hätten sie etwas zu versäumen. Die armen »Buddies«, die Besitz- und Arbeitslosen, die nur das ihr eigen nennen, was sie auf dem Leib tragen, schwimmen am Rande dieser ewigen Flut mit. Über die Seitenstraßen dröhnen, wie die Reiterscharen der Apokalypse, die Hochbahnzüge; sie lassen die eisernen Dämme erzittern, sie rasen, zornigen Ungeheuern gleich, durch Wolken von Staub, sie keuchen und brausen bald über, bald unter dem Boden dahin.
Mitten im Strudel stehen die kräftigen, glattrasierten Cops. Sie dirigieren mit erhobenem Stab die gigantische Symphonie. Eine

erhobene Hand – und die Welt steht still. Die Hand senkt sich – und querend bricht die Lawine aus den Seitenstraßen. Ein winkender Knüppel – und das gestoppte Chaos, das unwillig mit Rädern und Bremsen stillestand, löst sich. Das Krescendo hebt von neuem an und wird zum Furioso.

Tonio Feuersinger, der nun schon seit langem staunend an dieser tollsten aller Weltecken steht, zieht kaum einen Blick auf sich. Diese Menschen haben nicht Zeit, nicht Ruhe – wozu sich umsehn? – Es brächte ja nichts ein – was bedeutet schon der einzelne? Und sähe er noch so ungewöhnlich aus; das Ungewöhnliche kommt ihnen so oft in den Weg, daß sie es nicht mehr beachten: nicht den Türken im Fes, nicht den Inder im Turban und nicht den zerlumpten chinesischen Kuli, der zwischen Pelzdamen und Börsenmännern im gleichen Schritt mitschiebt; also auch nicht den wettergebräunten Sohn der Dolomiten, der da, noch ganz »Berg« und »Einsamkeit«, vor ihnen steht. Er gilt lange nicht soviel wie die Sandwichmänner mit Tafeln auf Brust und Rücken, die Plakatträger – komische, überlebensgroße Figuren mit phantastischen Köpfen –, Schreier, laute Zettelverteiler oder stille Flüsterer, die reelle und unreelle Ware anpreisen.

So beachtet also niemand den jungen dunkelhaarigen Mann im weichen hellen Hut, der gewiß nicht »made in USA« ist. Der steht wie festgenagelt an der Randsteinecke, steht und starrt und staunt.

Ein Cop hat ihn bemerkt. Die wachsamen Verkehrswächter haben scharfe Augen. Sie erkennen den Fremden, den Neuling, das Greenhorn sofort. Sie erraten wohlwollend seine Absichten. Mit einem kaum merkbaren Krümmen des Fingers holt der Polizeimann mitten im gestoppten Gewühl den unschlüssigen fremden Mann vom Randstein zu sich heran. Was der Polizist fragt, versteht er nicht. Aber er begreift, daß der Schutzengel in Dunkelblau ihn durch den Strudel bugsieren will. Er packt ihn fest an der Schulter, so mit einem richtigen Verhaftungsgriff: »German?«

»Yes ... Austria, Tyrol!«

»Wohin wollen Sie, mein Herr?« fragt der Cop in deutscher Sprache.

»Nur die Stadt ein bißchen kennenlernen, was sehen!«

»Wallstreet, Brooklyn Bridge, Empire, Chrysler, Woolworth, Chinatown?«

»Ja, alles!«
Da sind sie schon aus dem Gewühl. Der Polizist hat nach Süden gedeutet: »First Empire State Building, der nächste Sky-scraper, dort unten on the left.« Und wie ein Automat hat er noch die Erläuterungen dazugegeben, die jeder New Yorker in stolzer Freigebigkeit mit sich führt: »Höchstes Gebäude der Welt – einhundertundzwei Stockwerke, dreihundertundachtzig Meter hoch, siebenundzwanzig Lifts, fünfundzwanzigtausend Menschen drin.«
Jetzt steht er wieder drüben im Gewühl und dirigiert mit freundlicher Miene sein Konzert weiter.
Tonio aber steht nun an der entgegengesetzten Ecke der tollen Straßenkreuzung und staunt genauso wie vorher. Unbekümmert um die stoßende, schiebende Menge blättert er in einem kleinen Führer, um herauszubekommen, von welchem König oder Fürsten etwa der prächtige Bau stammen mag, der da voll Würde und Zurückhaltung mitten im Großstadttrubel aufragt. So, das ist die Public Library, die große Bibliothek. Er überlegt einen Augenblick, ob er hineingehen soll. Später!
Der nächste Palast in der »Fünften« gehört dem Ersten Juwelenhändler der Welt und zeigt in prunkenden Fenstern Brillanten von unerhörter Größe und fabelhaftem Feuer, nußgroße Perlen und Schmuck von solcher Kostbarkeit und Pracht, daß man an die Märchenschätze der Kalifen von Bagdad erinnert wird. Und eine Street weiter, in der Sechsten Avenue, findet er einen winzigen, billigen Eiscremeladen, in dessen Fenster ein Reklameneger sitzt und Eis zubereitet. Vor dem alten, beinahe baufälligen Haus, von dem der verrußte Stuck abbröckelt, stauen sich die Menschen und kämpfen um einen Blick auf beschriebene Zettel, die mit Reißnägeln bunt auf ein Brett geheftet sind. Dann und wann kommt ein junger Mensch aus dem Haus, zeigt ein fröhliches Gesicht, reißt einen der Zettel ab und steckt ihn in die Tasche. Lange steht Tonio – neugierig geworden – davor, buchstabiert, stößt immer wieder auf das Wort »wanted« und errät allmählich, daß diese Attraktion, genau zwischen Tiffanys Juwelen und dem gigantischen Prunk des Empirehauses, nichts weiter ist als eine der hundert Stellenvermittlungen, in denen Diener, Köche, Geschirrputzer und Arbeiter Gelegenheitsposten finden können.

Phantastisch schießt der granitene, von funkelnden Nickelbändern eingefaßte Fabelbau des Empire State Building in die Höhe. Tonio wird fast schwindlig, wenn er den Blick an diesem Steinungeheuer mit den tausend und aber tausend gleichen Fenstern hinauflaufen läßt. Donnerwetter, das ist freilich eine andere Welt. Und er denkt an seine Dolomitentürme daheim. Man spürt die Kraft, den Wettbewerb, das Tempo!

Und vergnügt und seiner selbst bewußt und zufrieden mit der glücklichen Fügung, die ihn hierhergebracht, klimpert er mit seinen Silberdollars im Hosensack, zündet seine Pfeife an, rückt den Hut zurecht und geht, nun ohne polizeiliche Hilfe, schnurstracks durch das Gewimmel hinüber auf die andere Straßenseite und verschwindet, als ginge er dort täglich aus und ein, in einer der Drehtüren des Wolkenkratzers.

An einer Kasse bekommt er für einen halben Dollar ein Liftticket, wird von einem neuen Strudel erfaßt und in einen großen Kasten geschoben. Alle Herren nehmen feierlich die Hüte von den Köpfen, weil im letzten Augenblick noch irgendein Girl mit knallroten Schminklippen hereingeschlüpft kommt. Noch ist keine Minute vergangen, da bremst der Boy und reißt die Tür auf: »Achtzigstes Stockwerk! Umsteigen! Links zur Terrasse!«

Und nun steht er plötzlich im Freien auf einem schmalen Balkon von fast unabsehbarer Länge, über den der Wolkenkratzerbau noch immer in endlos hohen Mauern himmelwärts ansteigt.

Der Wind fegt ihm um die Ohren wie bei einem Gang auf hohem Grat, so daß er rasch nach seinem Hut greift und ihn fester in die Stirn zieht.

Erst sieht er gar nichts: vor und über sich Himmel, Luft und schimmernde Weite, Dunst.

Dann erkennt er weit draußen ein bewegtes Glitzern. Das Meer! In opalfarbenem Duft verwebt es sich mit dem Himmel. Er tritt an die steinerne Brüstung: Wie oft hat er im Felsgewänd seiner heimischen Berge auf Gesimsen und Bändern gestanden, die nicht einmal halb so breit waren wie die Oberfläche dieses fest gemauerten Geländers. In Felswänden hat er frei und aufrecht und ohne Befangenheit und Schwindel gestanden, hat den Kameraden aus freiem Stand über die Wände herauf gesichert, über Wände, die kaum weniger senkrecht waren als diese Granitflanken.

Jetzt blickt er in die finsteren Straßenschluchten, die wie mit dem

Lineal gezogen sind, rechtwinklig wieder gekreuzt von parallelen Schluchten und immer wieder gekreuzt und geschnitten im rechten Winkel, zweihundertzwanzigmal. Seine Augen fliegen über ein fast unübersehbares, gigantisches Häusermeer hin, ein nicht faßbares Gewimmel von grauen und rußschwarzen Bauten und Kästen, aus denen da und dort einer erstarrten Rakete gleich ein schlanker Wolkenkratzer aufschießt oder ein wahnwitzig hoher, breitschultriger Kasten endlos, endlos in wahre Himmelshöhen steigt. »Radio City«, erläutert hinter ihm einer der Führer.

Tonio zieht seinen Reiseführer heraus, entfaltet den flatternden Plan und sieht nun aufgezeichnet, was er in der Vogelschau zu seinen Füßen hat. Jene sonderbare Linie, die fast eine Tagereise lang quer durch ganz New York läuft, ist also der Broadway. Der läuft von der Südspitze der Halbinsel Manhattan quer durch das Steinwürfelchaos bis zum trockenen Zentralpark; und dort, wohin das Auge kaum noch reicht, verliert er sich an den Ufern des trägen Hudsonflusses.

Tonios Blick gleitet die dreißig Kilometer der berühmtesten Straße der Welt entlang, fängt sich im Norden in den dunstigen Grau des Flusses, springt dann über die geballten regelmäßigen Buchten wieder zurück, verliert sich, wieder im Süden angelangt, in der Gegend der großen Docks und Piers und versinkt schließlich am anderen Ufer in einer zweiten Weltstadt, die noch größer scheint als dieser Steinmoloch Manhattan – Brooklyn.

So! Das wäre also das Bild der Stadt. Ohne einen andern zu Rate zu ziehen, hat er sich orientiert. Das ist also New York. Da kennt man sich nun ganz hervorragend aus, und ohne zu fragen, findet man überallhin, wohin man will. Er weiß: Dort hinter der fabelhaften Mammons-Kathedrale, dem Woolworth-Haus, das ganz in der Nähe fast bis in die Höhe des Empire emporsteigt, liegt sein Hotel. Dort der Bahnhof, die Zentralstation, fast eine Stadt für sich, von dem aus er zum Niagarafall hinauf will. Und droben im bläulichen Norden, in der Gegend des Zentralparks, hat er die zu suchen, denen er eigentlich diese genußvollen Tage verdankt, die Hardengers.

Er weiß den Brief, den Mr. Hardenger ihm hinterlassen hat, fast auswendig. Die Einladung, falls er einmal nach New York käme, sie in ihrem Heim aufzusuchen, klingt ihm wie angenehme Musik in den Ohren: Es sind mehr als freundliche Worte, mit denen der

Amerikaner seine Tapferkeit und die Fürsorge um Lilian anerkannt und ihn gebeten hat, die hinterlegte Belohnung für Lilians Rettung anzunehmen.

Jetzt ist er da! Der große Sprung ist geglückt. Tonio Feuersinger in New York!

Wo bleibt die Heimat? Tirol ist gar nichts gegen Amerika und Laurein ein Nest! Na – wie die daheim staunen würden, wenn sie ihn hier sehen könnten! Das hier ist ein Riesenwunder, das ist schon gar keine Stadt mehr, das ist eine Welt, die ihresgleichen nirgends mehr hat, nicht auf dem Mond, nicht im Himmel und nicht in der Hölle!

Tonio stopft sich eine gute Pfeife voll »Half and Half«, kostet nur dreißig Cent die ganze Dose, und der Tabak hat einen Geschmack wie Honig und frische Blumen. Teufel noch einmal, das Rauchen schmeckt ihm schon, und die ganze Neue Welt, die gefällt ihm, verdammt!

Hut ab vor den Architekten dieses Landes! Hut ab vor den Bauherren New Yorks! Tonio muß wehmütig lachen, wenn er an den Kirchturm von St. Laurein denkt. Oh, mein guter Martiner, denkt er, könntest du das nur einmal im Leben sehen!

Und so im Gehen – er ist etwas außerhalb des Zentrums der Stadt geraten – hat er eine ganz neue Sache entdeckt. Die hat er allerdings nicht recht begriffen. Auf weite Strecken sind die Geleise der Elektrischen von herrlichen, grünen Matten eingesäumt. Das Grün scheint ihm so verschieden von dem der heimatlichen Wiesen zu sein, daß er hingeht und es sich genauer anschaut. Es ist grün gestrichener Beton! Jawohl, Beton! Beton, nach Art des kurzgeschnittenen Grases aufgerauht!

»Yes, Mister, you like it? That's imitation grass!« – Ja, Tonio kann daran gar nicht zweifeln: Das war imitiertes Gras.

Tolle Kerle, denkt er, tolle Burschen, fabrizieren einfach das Gras, wenn es nicht freiwillig wächst, aus Beton! Wer weiß, was die hier noch alles imitierten! Die ganze Welt machen sie nach. Die Unbekümmertheit des amerikanischen Menschen hat auch ihn gepackt, und die großzügige Initiative, die er überall spürt, imponiert ihm. Ja, wo bleibt da die Heimat? Die hat nicht einmal für die wenigen Menschen Arbeit, die dort leben und geboren werden. An den Docks sieht er ungezählte Arbeitsscharen die Betriebe verlassen, in den Kaufhäusern, auf den Straßen, vor den

Fabriken ungezählte Menschen kommen und gehen. Hier ist jeder Arbeiter ein Herr! Diese ledernen Overalls, diese starken, soliden Handschuhe! Fast jeder Grobarbeiter hat Handschuhe an, fast jeder sieht wohlgenährt und sauber aus. Es lebe Amerika! Und wie Lilian staunen wird, wenn er plötzlich vor ihr auftaucht! Wenn man es sich so überlegt: Hardenger hat sich verdammt nobel benommen. Tausend Dollar lagen dem Abschiedsbrief bei, den er hinterlassen hatte. Fünfhundert für Jörgs Mutter und fünfhundert für ihn. Und mit fünfhundert Dollar kann man schon mehr als nur nach Amerika fahren. Man kann, wenn man es richtig anpackt, eine funkelnagelneue Existenz aufbauen! –

Ob Lilian wohl wieder ganz hergestellt ist?

Er sitzt in einem Riesenomnibus, kann seine Ungeduld kaum zähmen, er lacht laut vor sich hin.

So kommt er in die Park Avenue. Einige hundert Schritt hinter der Haltestelle, oberhalb des Essexhauses, findet er das Haus Nr. 22-23.

Hier also wohnt Mister Auston Douglas Hardenger.

Tonio hat starkes Herzklopfen, während er den Türklopfer hebt und fallen läßt. Was er sagen würde, hat er sich schon tausendmal überlegt.

Ein Diener in grauem Frack erscheint und mustert ihn kritisch.

»Was wünschen Sie?« fragt er mit würdiger Gelassenheit.

»How do you do? Ist Mister Hardenger hier? Ich würde ihn gern sprechen!«

»Bedaure, Mr. Hardenger ist den ganzen Winter über verreist.«

Tonio erschrickt über die Antwort:

»Ja, ich weiß, er war in Europa. Ich kenne ihn von dort. Aber jetzt müßte er doch schon lange wieder hier sein?«

»Bedaure, da kann ich Ihnen keine Auskunft geben. Mr. Hardenger wird noch lange fortbleiben.«

Tonio sieht auf, seine Hand fährt verlegen in die Tasche, er sucht eine Visitenkarte, läßt es aber bleiben.

»Gut, danke. Ich werde später wieder anfragen oder schreiben Good bye!« Er geht langsam die Treppe hinunter.

Nun ist alles über den Haufen geworfen; alles, seine Träume, Pläne und Erwägungen, alles ist plötzlich anders. Er hat sich auf Hardengers verlassen, die würden schon etwas für ihn tun.

Tonio geht mit gesenktem Kopf den Weg von der Park Avenue

den Broadway entlang, geht und geht und überlegt. Jetzt ist die Sache allerdings anders geworden, ganz anders.
In seinem kleinen Zimmer im Aristonhotel, in der Nähe der Battery, zählt er aufmerksam seine Barschaft und rechnet.
Von den fünfhundert Dollar sind ihm noch hundertfünfzig geblieben. Viel Geld, wenn man es schnell verdienen müßte oder wenn Hardengers hier wären; wenig Geld aber, wenn man sich damit als Fremder, der von der Stadt und ihrer Sprache nichts versteht, eine Existenz aufbauen soll. Tonio rechnet: Zimmer, Frühstück, Mittagessen, Abendessen, Untergrundbahn!
Was also tun?
Möglichst bald aus dem Aristonhotel ausziehen und sich ein billigeres Quartier suchen. Man kann doch unter solchen Umständen für das schmale Zimmer nicht zwei Dollar fünfzig pro Tag zahlen!
Für fünfzig bis sechzig Cent findet man erträgliche Übernachtungsmöglichkeiten.
Vorerst aber: Arbeit finden!
Bergführer und Skilehrer wird man ja in New York kaum brauchen. Oder sollte ein verrückter New Yorker es sich in den Kopf setzen, unter Anleitung eines Alpinisten das Empire State Building von außen zu erklettern? Er würde es schon wagen.
Tonio lacht leise auf, und dieses Lachen hilft ihm. Es befreit ihn von dem schweren, bösen Druck, der sein Herz zusammenpreßt. Es müßte ja mit dem Teufel zugehn, wenn ein Bursch wie er keine Arbeit finden würde! Vielleicht trifft er zufällig einen Bekannten? Wer kann das wissen! New York ist groß – und möglich ist alles.
Und so beschließt er, vorläufig in seinem Hotel wohnen zu bleiben.
Nein, nein, ein junger Mensch, der selbständig neunzehn große Erstersteigungen in den Bergen durchgeführt hat, läßt den Kopf nicht hängen. Hat er nicht gerade diesen Amerikanern, diesen Hardengers, das Leben gerettet? Und verdanken diese Leute es nicht seiner Tat, daß sie in Ägypten spazierengehen dürfen? Jetzt erinnert er sich ganz deutlich: Ägypten hatte Lilian gesagt, die Pyramiden wollte sie sehen.
Das war allerdings weit weg von New York.

Lilian liegt in einem Lehnstuhl auf der Terrasse des Mena-Hauses von Kairo und denkt an ihren Absturz am Piz Palü.

»Reiten wir morgen?«

»Wenn du dich wohl fühlst, gern!« antwortet Hardenger.

»Kommt der Graf mit uns?«

»Welcher Graf schon wieder, Kind?«

»Aber, Dad, frag nicht so! Du kennst doch den kleinen österreichischen Grafen, der gestern mit mir tanzte.«

»Ach, den?! Den hielt ich für einen Ungarn. – Wie soll ich mir auch alle deine Tänzer merken?«

»Erinnerst du dich nicht – Miß Planton hat ihn uns vorgestellt. Er ist etwas klein; dafür hat er Charme. Und weiß, was eine Frau hören will. Da könnt ihr amerikanischen Männer alle noch von ihm lernen.«

»Danke; aber einstweilen kostet ein US-Dollar fünfundzwanzig österreichische Schilling. Sind ja arme Teufel geworden, alle diese kleinen Austrians. Möchte wissen, wovon dein Graf so lebt ...«

»Der ist arm, Dad; das steht fest. Tennislehrer scheint er zu sein ...«

»Kommt er morgen mit?«

»Ja, ich habe ihn eingeladen. Auf Kamelen reiten! Mir wird schon ganz schwach, wenn ich daran denke. Seit meinem Unglück in den Alpen kann ich Höhen überhaupt nicht mehr vertragen.«

Der Boy bringt eine Karte. »Graf Vetter von der Lerch«, steht darauf.

»Küß die Hand, gnädigstes Fräulein. Wie geht es Ihnen? Darf ich Sie zur Tennisstunde bitten?«

»Lieber Graf, gehen wir baden, ich mag heute nicht laufen.«

Verbindlich lächelnd verneigt sich der gutaussehende Wiener: »Also gehn wir baden. Was gnädigstes Fräulein wünschen, ist mir Befehl.«

Sie schlendern über die Terrasse, dem See zu. Lilian grüßt zurück: »Good bye, Dad! Beim Lunch bin ich wieder da. Good bye!«

Der Alte blickt den beiden freundlich nach. Er ist bester Laune. Soll Lilian ihren kleinen Flirt haben!

Und er setzt sich bequem in einen Korbsessel und liest sein Evangelium, die »New York Times«. –

Die Pyramiden der Pharaonen ragen gleich fernen, von Göttern erbauten Burgen in den stahlblauen Abendhimmel, an dem die ersten Sterne aufleuchten. Das große, stille Wunder der Nacht senkt sich langsam über die Wüste und über die Denkmäler einer vergangenen Zeit.

Ein malerischer Zug hält. Ein arabischer Führer erklärt, nachdem er dreimal Allah gerufen hat, seinen Herrschaften die Höhen und Namen der Steinpyramiden. Neben der unheimlichen Sphinx von Giseh haben sich die Kamele in den Sand niedergelassen.

Riesengroß steht die leuchtende Scheibe des Mondes am Horizont.

Man zündet ein kleines Feuer an und luncht. Etwas Sekt gibt es und kalten Braten und Früchte. Lilian sieht reizend aus. Sie hat ein helles Kostüm an, trägt dazu rote hirschlederne Stulphandschuhe und leichte rote Reitstiefel. Das Haar fällt unter dem Tropenhelm in losen Wellen über die Schultern. Mit verzückten Augen blickt sie die geheimnisvolle Cheops-Pyramide an. Woran denkt sie?

Der verarmte Graf hat für die großen Erinnerungen an Götter und Könige nicht das geringste Interesse. Er sieht nur Lilian, sieht nur ihre zarte Haut, das Schimmern ihres Haares, den feuchten Glanz ihrer Lippen.

Warum bleibt sie so einsilbig? Hat er sie verletzt? Langweilt er sie?

Er ist recht unglücklich.

Und dann erzählt er von Wien, von seiner österreichischen Heimat und von den Bergen.

»Tirol?« ruft Lilian jäh aus und richtet sich auf.

Und es stellt sich bald heraus, daß Vetter von der Lerch auch Laurein und den Namen Tonio Feuersinger gut kennt. Das macht ihn Lilian wieder sympathischer. Aber trotzdem – ach, Tonio! Wo wird er sein?

Und nun ist der Winter gekommen.

Tonio friert bis in die Knochen, während er nun zum wer weiß wievielten Male Block für Block die Agencies der Sechsten Avenue abklopft. Erst hat er gemeint, einen Kerl, wie er einer ist, würde man bald gebrauchen können. Aber als er einsah, daß es auch ohne einen Tonio Feuersinger ging, gab er es billiger.

Alles ist ihm nun recht. Sein Stolz ist gebrochen. Er hat alles versucht, um Arbeit zu finden. In allen Agencies hat er vorgesprochen, ob es nun deutsche oder italienische oder amerikanische gewesen sind. Hat sich als Heizer auf Schiffen angeboten, als Portier, als Fuhrmann, als Holzfäller für irgendwohin, als Handlanger, als Bauer, als Tellerreiniger, Autowäscher und Plakatkleber, als Stein- oder Erdarbeiter, als Kellner und Tischler; es ist alles vergeblich gewesen. Im Laufe der Zeit ist seine Barschaft – trotz der äußersten Einschränkung – zusammengeschrumpft.
Am Fuße eines Eisenträgers der Manhattan Bridge starrt er ins plätschernde Wasser des Hudson.
Schwarz wie die Eisengiganten sind die Wellen. Schwarz ist auch der Nebel. Lange steht der einsame Mensch und weiß nicht, was er denkt, ob er etwas denkt. Dann gibt er sich einen Ruck und geht über das Pflaster einiger leerer Straßen Brooklyns. Er hat beide Hände in den Hosentaschen vergraben, den grauen Hut tief in die Stirn gedrückt, Kleider und Schuhe sehen mitgenommen aus. Anscheinend will er zum Pier vier, wo die deutschen Schiffe anlegen; aber plötzlich schlägt er einen Haken und geht am Lagerhäuschen und den dunklen Docks vorbei in einen Coffeeshop. Sägespäne liegen auf dem Steinboden, und die Gäste, die sich um die Bar gruppieren, sehen nicht liebenswürdig aus. Es wird wenig geredet. Still geht der unrasierte Mann an den Bartisch und holt sich eine Tasse Kaffee, etwas Brot und Speck und zahlt dafür dreißig Cent. Dann setzt er sich in eine Ecke und schlürft das heiße Getränk.
»No job, no job, no job.«
Es ist immer und immer wieder dieselbe Antwort. »No job, no job, no job . . .« Es ist zum Verzweifeln! Tonio will diese Worte nicht mehr hören.
Herrgott, schließlich kann doch jeder begreifen, was er will: zufassen, anpacken, arbeiten. Wozu viele Worte? »Lieber Mann, wir haben hier selber genug Arbeitslose. Well, kaufen Sie sich ein Ticket und fahren Sie nach Europa zurück. Alles andere hat für Sie keinen Zweck.«
Tonio hat trotz härtesten Sparens nur noch achtundzwanzig Dollar in seiner Tasche, und er rechnet genau aus, wie lange er damit noch zu leben habe:

Zimmer	3,— Dollar
Essen pro Tag —,70 ..	4,90 Dollar
Wäsche: 1 Hemd	—,20 Dollar
1 Kragen	—,20 Dollar
Subways, Omnibusse ..	2,10 Dollar
Das ergibt	10,40 Dollar pro Woche

Zwei bis drei Wochen kann er also noch durchhalten.

Tonio ist nicht der Mann, die Flinte zu früh ins Korn zu werfen. Aber es ist, als hätte sich alles gegen ihn verschworen. Nun sind schon Monate vergangen, und nichts hat sich geändert. Immer dasselbe, auch die Gewerkschaften können ihm nicht helfen.

Der Kaffee ist ausgeschlürft. Also weiter! Er schleicht jetzt an der Manhattan Bridge die grauen Mauern der Lagerhäuser entlang, deren gleichförmige, endlose Fensterreihen ihn lieblos und unheimlich angrinsen. Er weiß hier in der Gegend einen guten Kerl, einen deutschen Barkeeper, der ihm schon einmal einen Teller warmer Suppe zugeschoben hat. Die Suppe bekommt er auch heute. Als er aber den Kopf hebt und nach einer Arbeitsmöglichkeit fragt, gibt's nur ein mitleidiges Kopfschütteln. Er löffelt den Teller langsam aus, jeden Schlürfer genießend, und steckt sich die Handvoll Chips, die er sich von der Theke holen durfte, für das Abendessen in die Rocktasche.

Und steht wieder auf der Straße, ziellos und hoffnungslos. Nur ein Zufall kann ihm helfen. Aber solche Zufälle gibt es nicht.

Er ist nun wirklich mit seiner Weisheit und auch mit seinem Besitz zu Ende. Was hat er noch? Ein paar Krawatten, ein Hemd zum Wechseln, Socken mit Löchern, gebrauchte Kragen – oh, und ein paar feine Handschuhe, noch von der Überfahrt her, und dann den goldenen Arvenzweig... Noch etwas? Halt! Eine Pfeife, eine ganz lebensnotwendige, auch wenn man längst keinen Tabak mehr hat, und – einen Tabaksbeutel, einen ganz feinen, mit Buchstaben und einem Herzen drauf! Ja, die Barbl! Ob ihn die noch möchte, so wie er jetzt beisammen ist? Ach was! Vorbei, vorbei! Die Welt liegt vor ihm, nicht da hinten!

Kalt läuft es ihm über den Rücken, wenn er daran denkt, daß er nun jeden Tag damit rechnen muß, aus seinem »Zimmer« gejagt zu werden, der kläglichen »Heimat«, die er im siebenten Stockwerk eines häßlichen Hauses in der Hundertzweiundzwanzigsten Straße bewohnt. Sie ist so elend und armselig, daß es ihm eigentlich keinen Schmerz bereiten könnte, sie zu verlassen. Seit drei Wochen ist er mit der Miete im Rückstand geblieben.

Was hält ihn eigentlich in dieser fremden, unwohnlichen Schlafstelle? Der wacklige Tisch, das angerostete Eisenbett, das nicht einmal mit Leinen überzogen ist, oder der Stuhl, der das »Mädchen für alles« abgibt: Ruheplatz für den müden Menschen, Kleiderschrank und Flurgarderobe, Waschtoilette und Speisemöbel. Der einzige Schmuck des Zimmers ist eine an die Tür geklebte Bildserie aus dem bunten Kinderteil eines Magazins und eine Ansichtskarte vom Weißen Haus in Washington, die hinter dem angegilbten kleinen Spiegel steckt. Ein billiger Pappkoffer birgt den Rest von Tonios Habe. Freilich, das beste Stück, sein flotter Trenchcoat, ist bereits den Weg alles Irdischen gegangen. Einen Dollar hat er dafür beim Lombard-Broker bekommen. Ein Dollar: vier Mittagessen!

Ja, wenn eine Antwort von Hardengers gekommen wäre! Er hat nun schon fünf Briefe geschrieben: erst einen, wie man ihn eben schreibt, wenn es sich um eine Höflichkeit, einen Besuch, ein Wiedersehen handelt; dann einen an Lilian, auf den sie sicher hätte antworten müssen; dann nochmals einen an den alten Herrn und wieder einen an Lilian, der ihr das große Abenteuer, das sie verband, wieder ins Erinnern rufen wollte; und den fünften, den letzten Brief an Mr. Hardenger, zu dem er einen ganzen Tag gebraucht hat. In diesem hat er deutlich und offenherzig eingestanden, daß er keine Arbeit habe, ja, daß er hungere und Hilfe brauche. Nun überlegt er, überlegt zum zehnten und hundertsten Male: Das ist gewiß falsch gewesen. Jetzt würde er vielleicht noch weniger auf Antwort rechnen dürfen. Aber nein — und nun redet er laut zu sich selbst und schüttelt heftig den Kopf — nein, so sind die Hardengers nicht. Nein, so sind sie nicht. Dad nicht und Lilian nicht.

Seiner Wirtin, dieser spitznasigen, hartherzigen Frau, die wie des Teufels Großmutter aussieht, wenn sie kaugummispuckend in ihren niedergetretenen Pantoffeln daherschleicht, der hatte er vertrauensvoll diese Briefe gezeigt, vor allem aber jene Zeilen Hardengers aus einer besseren Zeit, jene unseligen Zeilen, die ihn über das große Wasser gelockt haben. Daß er die Briefe ihr vorgelegt hat, ist damals aus einem gewissen Stolz, nicht aber in der jämmerlichen Erwartung geschehen, von ihr weiterhin Stundung der Mietzahlung zu erhalten. Jetzt aber, wenn er wieder darauf zu sprechen kommt, jetzt geschieht es deshalb. In winterlicher Kälte und in Regenschauern irgendwo im Park oder gar drunten, unter Schutt, Müll und Abfall, am Brooklyner Ufer schlafen zu müssen – nur das nicht! Das wäre der Anfang vom Ende!

Tonio hält es nicht in der trüben Kammer. Es treibt ihn immer wieder auf die ruhelose Straße ...

Ohne zu wollen, schlägt er den Weg nach der feinen Park Avenue ein, wo Leute seines Aussehens nichts zu suchen haben, wo aber Hardengers wohnen. Während er mechanisch vor sich hintrottet, wird ihm plötzlich bewußt, wie oft er schon vergeblich diesen Weg gegangen ist, diesen »Bittgang«, wie sie zu Hause in den Bergen sagen, wo es kein Bittgang zu Millionären, sondern zum Herrgott ist. »Bittgang, Bittgang«, geht es durch sein Hirn: Bittgang, das ist, wenn die Fahnen wehen, die großen, schweren Fahnen, der »Fuhn«, wie sie in Laurein sagen, die Fahnen, die so mächtig sind, daß einer vorangehen muß, um an zwei Seilen die schwebende Wucht im Gleichgewicht zu halten, in der feierlichen Prozession, dem Geläute der Glocken und dem Gesang der Andächtigen! Als in diesem Augenblick ein Stadtbahnzug hoch über der Straße dahinrast und ein Gegenzug kreuzend über das Eisen zischt, da schrickt Tonio plötzlich auf, während ihm ein quälender Husten schmerzend aus der Brust stößt. Was sind das für verschiedene Welten – der Laureiner Umgang und der New Yorker Broadway! Wo gehört er hin, der Tonio?

Je näher er dem Hardengerschen Hause kommt, desto mehr sinkt die flackernde Hoffnungsflamme in sich zusammen. Er schlägt den bronzenen Türklopfer. Es dauert eine geraume Weile, bis der Diener, den er ja schon kennt, endlich vor ihm steht.

Eingeschüchtert durch dessen anmaßende Vornehmheit, bittet er um Auskunft, ob denn immer noch keine Antwort auf seine Briefe da sei. Und überreicht selbst den letzten Brief, den er geschrieben hat.

»Ich habe Ihnen schon mehrmals gesagt, daß Mr. Hardenger nicht hier ist und daß für Sie keine Briefe da sind!«

Damit schlägt er das Tor vor Tonios Nase zu.

Tonio schämt sich, zittert vor Wut und setzt sich auf den nackten Boden der Aufgangstreppe, zerschlagen, müde und krank vor Hunger, nieder. »Mr. Hardenger ist nicht hier ... nicht hier«, wiederholt er halblaut, dann wird er still und stiert vor sich hin, unfähig weiter zu denken.
Der dumpfe Zustand dauert zehn, zwanzig Minuten, Tonio weiß es selbst nicht, der Hunger wühlt in seinem Magen. Als er sich endlich aufrafft, um weiterzugehen, schlägt irgendeine Uhr halb elf vormittags.
Inzwischen wirft der Diener seinen Brief an Mr. Hardenger in den Mülleimer, in den auch die früheren geflogen sind.
Es wird ein grausamer, zermürbender Tag mit nutzlosem Umherschwanken zwischen den Employment Agencies. Von Tür zu Tür! Von Street zu Street! Bis er, völlig entmutigt, laut mit sich selbst zu reden und mit den Armen in der Luft herumzufuchteln beginnt. So gelangt er, ohne zu wissen wie, zum Hafengelände. Unter den in der matten Sonne Lungernden setzt er sich auf den Steinboden und starrt zu den schaukelnden Barkassen, Dampfern und eilig hin und her eilenden Polizeibooten hinaus. Weit, ganz weit draußen sticht ein großer Überseedampfer in die offene See, das tiefe Brummen der Sirenen schlägt an sein Ohr, verliert sich in der Ferne. Der Mann neben ihm fragt: »From where are you?«
»From Germany.«
Der Mann »leiht« schließlich Tonio ein paar Cent. »Du findest mich mittags immer hier«, sagt der Mann, »da gibt es gelegentlich kleine Arbeiten.«
Tonio dankt dem Landsmann, ohne zu fragen, woher er sei, und stammelt zwischen zusammengebissenen Zähnen ein paar unverständliche Worte zum Himmel, dann geht er.
Die Welt sieht einen Augenblick nun ein wenig besser aus, doch plötzlich bleibt Tonio wieder stehen und sagt zu sich: »Hast du dich auch bedankt bei dem Gentleman?« – »Ja«, sagt er laut und tritt sehr selbstbewußt in den nächsten Drugstore, wo er für 5 Cent eine Tasse Kaffee nimmt. So kann er für weitere 5 Cent eine Anzahl Brote essen. Der Bartisch ist mit Leckereien aller Art überladen, Würste, Schinken, Käse, Torten, Schokoladen. Tonio schaut weg, um auf andere Gedanken zu kommen.
Er muß jetzt scharf nachdenken, was geschehen soll. Er weiß,

daß er alles verloren hat, Ansehen, Würde, Namen, Geltung. Was ist ihm noch geblieben? Es geht mir schlecht, nein, dreckig, überlegt er, aber ich bin noch da, und es gibt noch so etwas wie eine Heimat drüben in Europa, dort gibt es vielleicht auch noch Freunde, Menschen, ein Elternhaus, einen guten, fleißigen Vater, eine traurige Mutter, den Martiner, die Barbl ... ja, die Barbara Gudauner, die gibt es auch ... Lungern da in den Slums von New York nicht noch ärmere Menschen, als er einer ist, Menschen, die alles, gar alles verloren haben, keine Heimat mehr kennen und keine Hoffnung und keinen Glauben?
Weiße und Schwarze, Junge und Alte fristen da in der »Hell-kitchen«, der Höllenküche, wie der New Yorker dieses Landstreicherviertel mitten in der Stadt nennt, ihr unstetes Dasein. Da liegen sie unter Brettern, die sie mit den Händen, mit rostigen Konservenbüchsen in die Müllhaufen eingegraben haben. Da hausen sie in Löchern und anderen »Wohnwinkeln«, die sie unter irgendeinem verbrannten Auto auf diesen riesigen Gerümpelplätzen der Weltmetropole aufgespürt haben. Sie leben schlimmer als Tiere. Andere haben es besser getroffen: Am Rand der Geschäftsviertel, steinwurfweit von den Prunkstraßen, gegen den Hafen zu, stehen leere, halb verfallene, stillgelegte Gebäude, Magazine, Fabriken; wenn auch die Tore sorgfältig versperrt und vielleicht auch bewacht sind, die findigen Bums haben sich in geduldiger Maulwurfsarbeit unterirdische, heimliche Zugänge ausgebuddelt.
In der Nacht kriechen sie wie die Ratten auf allen vieren in die Keller dieser toten Häuser und verschwinden in ihren Schlupfwinkeln, wo sie wenigstens vor Regen und bitterster Kälte geschützt sind. Sie fangen die Katzen der Docks, die ihnen nachts über das Gesicht laufen, und braten sie an den Speichen, die sie aus den Autotrümmern brechen.
Tonio ist in diesen Dingen kein Unerfahrener mehr, aber der Gedanke, unter diese Leute zu geraten, schüttelt ihn wie ein Fieberanfall. Nein, so weit bin ich noch lange nicht! Ich weiß ja den sicheren Port hinter mir, ich habe ja noch nicht alles verloren. Ich werde heimschreiben! Jawohl! –
Es ist acht Uhr abends, als er auf den Zehenspitzen in sein Zimmer schleicht. Da fliegt die Tür auf, sein leerer Koffer kollert ihm entgegen, und eine Stimme faucht ihn an:

»Get out here, no rent for three weeks! – Get out!«
»Ich werde ja schon Arbeit finden. Dann zahle ich Ihnen gern alles.«
»Das haben Sie schon oft genug erzählt! Nichts da! Weiter! Die Schuhe und das Hemd behalte ich mir. Das können Sie auslösen, wenn Sie wieder Geld haben!«
»Aber geben Sie mir doch um Gottes willen wenigstens Gelegenheit, auf eine Antwort Hardengers zu warten. Ich will dann ...«
Das Gesicht der Frau wird nur noch härter. Sie droht ihm mit der Polizei, wenn er nicht schleunigst verschwände. Krachend fliegt die Tür zu, knallt durchs Haus wie der Schuß eines Selbstmörders.
So, jetzt kann er drunten in der »Hellkitchen« bei den Bums Quartier suchen. Irgendein Loch würde ja zu finden sein.
Er hat nun gar nichts mehr, keinen Cent, keinen Mantel und kein Paar ganze Schuhe. Der dünne Anzug schlottert, abgerissen und verbraucht, um seine Knochen; die Augen sind hohl und eingefallen, und kalter Schweiß steht ihm auf der Stirn. Daß er in einem Trödlerladen vierzig Cent für seinen Koffer bekommt, ist ein magerer Trost. Das bringt das vielleicht letzte warme Essen.
Elend und hilflos stolpert er durch die Zweiundzwanzigste Straße. Den Rest seiner Habseligkeiten trägt er, in Zeitungspapier gepackt, unterm Arm. Der Wind fährt unbarmherzig durch seine schäbig gewordenen Kleider, der schmerzende Husten quält ihn, und seine Augen tränen. Ziellos irrt er bis zur Ecke des Broadway, bleibt im Brennpunkt des lauten Verkehrs hilf- und energielos stehen. Endlich beschließt er, hinauf zum Zentralpark zu gehen. Dort hat er oft Obdachlose auf den Bänken schlafen sehen.
Während des Gehens muß er immer wieder, auch wenn er den Blick wegzwingt, in die lebensvollen Drugstores, in die Restaurants, die Eisdielen und Automatenbüfetts schauen. Alles kaut mit vollen Backen, raucht, ißt und trinkt, schlürft voll Wonne, schneidet sich Fleisch ab in Scheiben, beißt in saftige Früchte, rührt Suppen, kostet, schluckt und schmatzt. Tonio wird schwindlig. Er hält die Hand flach gegen den Magen, um das Toben des Hungers zu erdrücken. Es ist sehr kalt.

Der flutende Menschenstrom schiebt ihn nach Norden. Er rollt mit auf dem laufenden Band der lebenslustigen Großstadtnacht. Aus der lähmenden Betäubung, die ihn umfangen hält, bricht immer wieder, wie ein namenloses Aufschluchzen, die Erkenntnis des verpfuschten Lebens. – Aus! Aus, mein Lieber!

Welch erbarmungsloser Fluch hat ihn diesen Weg getrieben?! Ihn, den kerngesunden, festen, ehrlichen Burschen, der eine Welt hätte aus den Angeln heben können und der jetzt als Obdachloser nur noch im Almosen eine Hoffnung sieht. Wartet nicht ein Hof auf ihn, der schöne Feuersingerhof? Gott im Himmel! Alles, alles hat er vertan, verspielt! Ach, nur nicht denken! Nur irgendwo schlafen können ...! Nun ist er in der Park Avenue und gleich darauf im Zentralpark untergetaucht. Dort drüben wohnen Hardengers. Dort, auf der anderen Seite, stehen Hotelkolosse mit Hunderten und Hunderten von erleuchteten Fenstern, glänzende Burgen der Lebenslust! – Nur eine hölzerne Bank, eine stille Bank!

Autos mit abgeblendeten Lichtern huschen leise über die Asphaltstraßen. Selten nur wird die Ruhe von kläffenden Hunden gestört. Da und dort schleicht ein Obdachloser um einen Buschwinkel.

Es ist seltsam! Hier, unter den stillen, kahlen Bäumen, die trotz ihrer Dürftigkeit doch ein Stück Natur sind, fühlt er sich ruhiger, fester; nicht mehr so verloren. Die Platanen deuten mit dürren Fingern gegen den Nachthimmel. Endlich spürt Tonio wieder etwas wie Luft, Geruch der Erde.

Ja, das war, wie er sich erinnert, immer so gewesen: Unter freiem Himmel, erdnahe, war er sich nie verlassen vorgekommen. Immer, auf allen seinen Bergfahrten, auf seinen häufigen Alleingängen, hat er die Erdheimat gespürt, die große, stärkende, wärmende Verbundenheit. Eine Spur von Glücksgefühl kommt in sein Herz. Ja, Wald, denkt er, Bäume! Wo hab ich doch den letzten Baum gesehen? Das ist einmal gewesen. Lärchen! Holz! Wiesen!

Zwei uniformierte Männer kommen im Gleichschritt quer durch den Park.

Es sind zwei Polizisten auf Parkpatrouille. Tonio erschrickt, geht aber energisch an ihnen vorbei, als wollte er sagen: Der Park? Mich geht der Park einen Dreck an! Als einer der Cops sich nach

ihm umwendet, pfeift er mit trockenen Lippen vor sich hin: »Die allerlustigsten Leut ...«
Im Dunkel, das immer wieder durch die Reflexe der Illuminationen der Weltstadt erhellt wird, erkennt er am Rande einer großen Grünfläche ein Riff aus hellen Felsen, das von großen, schweren Rhododendronbüschen eingefaßt ist. Das heimelt ihn an, und es ist ihm, als spüre er durch die Dunkelheit, daß man hier in dem Felsenriff Pflanzen aus den Bergen angesiedelt hat. In der Nähe entdeckt er eine Bank. Vorsichtig zieht er seinen Kreis um die leere Bank. Die Luft ist rein, kein Cop, kein andrer Schlafgeher stört hier.
Er nimmt Besitz von seinem Nachtasyl. Dankbar streicht er über das kühle Holz, schlägt den Kragen hoch, zieht den Hut ins Gesicht und wartet, bis ihm der Schlaf die Gedanken wegnähme.
»Lyon's Beer, Budden's Tobacco, Cadillac! Cadillac!« schreit es in Lichtern drüben an dunklen Wänden auf. »Versichere dein Leben!« »Komm ins Theater!« »Fahre nur Essex!« Steil stehen die wolkenragenden Silhouetten der Hochtürme, wie vierkantige, strahlende Laternen sind die hellerleuchteten Fenster in die Schwärze geschnitten.
Jetzt gehen sie überall zu Bett, die Einsamen und die Nichteinsamen. – Was wohl die Barbl jetzt tut? – Sicherlich schaut sie, wenn sie abends hinauf in ihre kleine Kammer steigt, immer noch einmal nach dem Himmel, vielleicht nach dem gleichen Stern, den sein Auge über dem Nebeldunst vergeblich sucht.
Dort drüben, in der Park Avenue, geht vielleicht jetzt ein vornehmes Mädchen zu Bett, das ihm sehr nahestehen könnte. Nach den Sternen hält es wahrscheinlich keine Ausschau. Und es steigt auch gewiß nicht über eine schmale, arme Holzstiege in eine kleine Kammer ...
Ja, einmal, da hat auch Lilian eine Nacht, ohne Schutz und Bett, unter Gottes freiem Himmel zugebracht. Aber das hat sie gewiß vergessen ...
Vorbei, vorbei.
Er ist allein, ganz allein.
Er kann trotz aller Müdigkeit nicht schlafen. Mit offenen Augen sitzt er da, kämpft mit der Dunkelheit, lauscht zur Park Avenue hin, legt sich zurück, macht die Augen zu, vergräbt beide Hände

tief in seine Taschen, fest entschlossen, alle verwirrenden Gedanken auszuschalten, und fühlt schließlich, wie er in den Wolken schwebend hoch, ganz hoch über einem Gipfel dahinfliegt ...

Es mag halb sieben Uhr morgens sein. Dünner, kalter Nebel lagert über der ganzen Stadt. Einzelne hohe Bauten verschwinden im Grau. Unsicher und schemenhaft wachsen ihre Wände dem Himmel zu, auf ihren Scheiteln schimmern helle Lichtscheine. Sie scheinen im Unendlichen zu schweben, es scheint unwahrscheinlich, daß es Menschen gewesen sind, die sie errichtet haben.
Zwei Schutzleute kommen mit Knüppeln in der Hand daher. Sie halten ihren Morgenplausch und gehen dann grüßend auseinander. Jetzt biegt der eine ab und geht auf einen Mann zu, der, mit Zeitungspapier zugedeckt, auf einer Bank schläft. Er geht näher und versucht ihn mit ein paar barschen Worten zu wecken; aber da es ohne Erfolg bleibt, klopft er auf die Fußsohlen des Schläfers.
»Auf, 'raus! Mach, daß du Beine kriegst! Hier wird nicht geschlafen, verdammter Zigeuner! Der Park ist kein Hotel!«
Der Mann erwacht und sieht den Policeman an. Vor einem Policeman hat der New Yorker mehr Respekt als vor dem Bürgermeister. Der kleine, schlechtgekleidete Kahlkopf richtet sich umständlich auf, er murrt etwas gegen den Cop, tut dann aber doch so, als wolle er seiner Wege gehen. Schimpfend nimmt er die Zeitungen zusammen, die er nach bewährter Praxis als Wärmehülle verwendet hat, knüllt sie zu Knäueln und wirft sie auf den Asphalt. Dann bleibt er stehen und blickt zurück.
Der Cop ist gerade dabei, einen andern Stromer aufzuscheuchen: »Hallo, boy, get out here, scram, quickly, damned Bums!«
Tonio richtet sich auf. Er friert bis in die Knochen.
Der Cop schlendert weiter; und nun kommt der kleine Kahlkopf auf seinen Schlafgefährten zu:
»Hallo, boy? My name is Jimmy Fox. Wie geht's, gut geschlafen hier in diesem Paradies? Mich hat der unverschämte Kerl auch geweckt, tröste dich! Die Zeiten werden immer schlechter.«
»Kann man wohl sagen.«
»Nicht einmal schlafen darf man mehr auf einer leeren Bank. Für unsereinen ist nirgends Platz!«

»Das mag stimmen!«
Jimmy merkt den deutschen Akzent in Tonios Aussprache: »Von wo bist du?«
»I am an Austrian.«
»Oh – see! Ich war im Kriege drüben, 1917. Anständige Menschen, lag drei Monate in Salzburg im Lazarett. Salzburg is the most beautiful city in der ganzen Welt! Aber nicht für mich. – Willst du«? Der kleine Jimmy hat während des Redens eine Zigarette, es war die letzte im Paket, aus der Tasche geholt und sehr sorgsam in zwei Hälften geteilt: »Willst du?«
»Gern, tausend Dank!« Tonio atmet genießerisch den lang entbehrten Rauch.
»Was machst du hier? Keine Arbeit? Keine Freunde?«
»Seit sechs Monaten sitze ich in New York, ohne Geld und ohne Arbeit. Freunde habe ich schon hier, sehr reiche sogar, aber die sind verreist!«
Tonio holt die Visitenkarte aus der Tasche: »Mr. A. D. Hardenger, Banker, Park Avenue 22-23.«
Jimmy verschlägt es fast die Rede.
»Heute werden wir gut zu Mittag essen, boy.« Und seine Augen stehen wie Kugeln heraus vor Überraschung und Freude: »Hardenger is a big name, boy – we have a very big chance!« Er springt auf und zerrt den erstaunten Tonio in die Höhe.
»No, Mr. Hardenger ist nicht hier. Ich war schon einige Male dort!« sagt er. Aber Jimmy hört gar nicht hin.
»Den Schwindel kenn ich. Verlaß dich auf mich, Greenhorn. In einer Stunde reden wir mit ihm. Hast du Appetit, bei Millionären zu frühstücken?«
Als aber ein Cop in Sicht kommt, ändert Jimmy, Tonio am Arm fassend, rasch die Richtung. Er ist sichtlich bester Laune geworden; die neue Kameradschaft ist smart; eine direkte Beziehung zu Mr. Hardenger, das hätte er sich nie träumen lassen. Gewiß hatte Mr. Hardengers Diener immer nur gelogen.
Arm in Arm stiefeln die beiden durch die Straßen. Jimmy macht einige Umwege, weil man ja um sieben Uhr morgens keine Millionäre besuchen kann, wenn es auch noch so gute Freunde sind.
Ihre Magen knurren, sind mit der halben Zigarette keineswegs zufrieden. An den meisten Häusern liegen vor den Eingängen

Zeitungen, hängen Brote in Beuteln, stehen vier, fünf volle Milchflaschen; ganze Reihen lang, vorn am Haustor, auf offener Straße. Alles schläft noch. Beide schielen nach den Flaschen.
»Breakfast?« fragt Jimmy.
Zu zweit ist ein Armer nur mehr halb so arm, und zu zweit ist ein Trauriger nur mehr halb so traurig; aber zu zweit ist ein Lustiger doppelt so fröhlich. So also kommen beide zu einem guten Frühstück an diesem Morgen. Sie trinken mehrere Flaschen gute amerikanische Milch und stellen die leeren Gläser jeweils brav wieder auf die nächsten Stufen. Einer trinkt, und der andere paßt auf; so kann nichts passieren.
»Wenn ich im Krieg für die USA habe kämpfen dürfen, müßten mir die Bürger der USA schon auch ein Frühstück anvertrauen, boy. Du aber bist Gast hier und sollst schon deshalb anständig behandelt werden!«
Um halb elf stehen die beiden vor Hardengers Haus. Jimmy klingelt lang und laut, als ob es dringend wäre. Nach einiger Zeit erscheint der Butler, in grauem Frack und weißem Hemd. Ein vernichtender Blick trifft Tonio und ein ebensolcher Jimmy.
»Ich sagte Ihnen schon mehrmals, daß Mr. Hardenger nicht hier ist. Ich bitte Sie, uns nicht mehr zu belästigen.«
»Oho! Dieser Herr hier ist ein guter Freund Hardengers. Er hat dringend mit ihm zu reden. Es ist alles sehr wichtig. Das verstehen Sie nicht. Stellen Sie uns sofort Mr. Hardenger vor. Der Mann kommt eigens aus Europa!«
»Mr. Hardenger ist nicht hier . . .«
Bums! fliegt die schwere Tür ins Schloß.
»Schöne Schweinerei. Mit diesem Idioten werden wir eines schönen Tages abrechnen. Verdammter Schuft!«
Tonio ist glücklich, in Jimmy einen jener Amerikaner getroffen zu haben, deren Kameradschaft, Offenheit und Unbekümmertheit er so oft hat rühmen hören. Jimmy ist in seiner Art ein Held. Er trägt sein unsicheres Schicksal mit dem Gleichmut des Stoikers und mit dem Humor des Optimisten. Er lacht gern und teilt sein Weniges bereitwillig mit dem Schicksalsgenossen. Und irgendwie kommt er durch, irgendwie geht es, weil es eben gehen muß. Vielleicht kommt doch von irgendwoher eines Tages mit den Hardengers das Glück und führt ihn ins Leben zurück.

Lange sind sie herumgepilgert, gleichen Schrittes, Schulter an Schulter, Arm in Arm, wie zwei in den Kampf ziehende Soldaten. Alles hat Jimmy versucht. Bei Zirkussen haben sie sich als Laternenputzer, in Kaffeehäusern als Tellerwäscher, in Lagerhäusern als Träger, bei Straßenbauten unten am Kai als Erdarbeiter angeboten. Sieben Tage lang weist sie die kalte, ablehnende Geste, das böse, rauhe Wort »No job!« ab. Aber nur nicht nachgeben, Freund!

Und er lächelt tröstend, die Unterlippe verächtlich aufgezogen.

Und Tonio lächelt zurück. Und sie bieten sich abermals an.

Endlich haben sie Glück und kommen bei einem italienischen Unternehmer unter, der ein Baulos der großen New Yorker Umfassungsstraße in Arbeit hat. Tonios italienische Sprachkenntnisse unterstützen Worte und Wirkung der munteren Anpreisung Jimmys. Endlich, endlich ein »Ja« statt des »No job«.

Von früh sieben Uhr bis abends sieben Uhr, zwölf harte, lange Stunden, haben sie mit Bohrhämmern Erdmaterial zu lockern. Das ist gesund und bringt vierundzwanzig Dollar zwanzig pro Woche. Ein bißchen Licht ist da, ein bißchen Hoffnung, und so können sich beide eine Schlafstelle mieten, eine Zigarette kaufen oder in ein Kino gehen! Die Zeiten bessern sich. Tonios Augen bekommen wieder ihren Glanz, er rasiert sich wieder. Nur Arbeit, dann würde es schon gehen!

Leider dauert dieses Glück nicht länger als zwei Wochen, dann wird die Arbeit wieder eingestellt. Das Geld, die Wirtschaft, Politik und Spekulation spielen eben ihr eigenes Spiel, hinter das man nicht sehen kann. Was auch immer dahinterstecken mag: sechzehnhundert Erdarbeiter streiken.

Aber die beiden haben sich eine Zeitlang satt gegessen, sie haben wieder ein wenig Mut.

So machen sie sich unverdrossen auf neue Arbeitssuche. Und als sich in einer Großgarage nach einem Dutzend »No job« endlich Beschäftigung findet, aber leider nur für einen, da überläßt Jimmy dem Kameraden den Platz. Den Lohn teilen sie. Es sind in jeder Nacht sechsundvierzig Autos abzuspritzen, das Trocknen besorgt ein anderer.

Inzwischen ist Jimmy nicht faul gewesen. Er pilgerte von Haus zu Haus, von Freund zu Freund, holte sich Empfehlungen vom Kriegsteilnehmerverband und vom Bürgermeisteramt, ließ den

Kopf nicht hängen und hatte endlich wieder eine Futterkrippe gefunden: beim Bau eines Wolkenkratzers drunten am Times Square gibt es zwei Handlangerposten mit anständiger Bezahlung. Nur fünf Tage in der Woche soll gearbeitet werden, aber sechs bis sieben Monate Arbeitszeit sind vorgesehen: sechsundvierzig Stockwerke hoch soll das Gebäude werden, bis zum sechzehnten ist es bereits gediehen.
Mit strahlenden Augen und so unbeschreiblich glücklich, daß er fast über seine eigenen Füße stolpert, kommt Jimmy an jenem Abend heim.
»Oh, boy, we have a job ... it was a lucky day ... now we can work ... arbeiten! We can earn money ... we can eat ... essen!«
Schon am andern Morgen beziehen sie ihre neue Arbeitsstelle am Times-Square-Bau. Das Eisengerüst des Wolkenkratzers ragt, einem stählernen Skelett gleich, himmelwärts, und ein Höllenlärm dröhnt von allen seinen Gerüsten und Leitern. Die beiden melden sich beim diensttuenden Ingenieur. Dann unterschreiben sie die üblichen Reverse, daß sie bei Unfällen aller Art, wie und von wem auch immer verschuldet, keinerlei Ansprüche an die Gesellschaft oder an die Unternehmer stellen werden, daß sie vielmehr bereit sind, alle Kosten, Prozesse und Folgen solcher Schäden ganz und gar allein zu tragen. Sie nehmen zur Kenntnis, daß sie nicht versichert seien und stündlich gekündigt werden können. Sie unterschreiben alles. Dann werden sie zu einem Vorarbeiter geschickt, dessen Arbeitsgruppe Bodenbretter und Verschalung zu liefern, auszulegen und zu montieren hat.
Das ist nun der erste Beruf, die erste anständige Beschäftigung Tonios in New York. Das Tempo dieser Arbeit ist mörderisch. Einer hetzt den andern, als stünde eine Sintflut unmittelbar bevor und als ging es bei diesem Bau um die Arche Noah. Die Arbeiter schwitzen trotz der Kälte, sie sprechen kein Wort miteinander, nur einzelne Stimmen kreischen und schreien zwischendurch aus dem Eisen- und Niethämmergetöse auf. Das himmelstrebende Stahlskelett, der riesenhafte Gitterkasten wirkt wie eine einzige rauschende Maschine; Schwung und Tempo und Schaffenswille reißen alle mit.
Die Tage vergehen und mit ihnen die Sorgen, und es scheint, als ob Tonio wieder der alte fröhliche Kerl werden würde. Er trägt

den Hut wieder kecker und schaut dann und wann mit leichtem Lächeln, für Augenblicke verweilend, über die glänzende See ostwärts, bevor er zur Arbeit geht.

Glücklich über das Schicksal, das ihnen Arbeit und Verdienst zukommen ließ, kehren die beiden eines Tages ins Quartier zurück. Sie bewohnen einen doppelbettigen Raum mit einem kleinen Waschtisch und einem Schrank. Jimmy ist von der Arbeit, die für ihn immerhin ungewohnt ist, jedesmal so zerschlagen und müde, daß er wie ein Bleiklotz auf das eiserne Bettgestell sinkt und sich täglich aufs neue über die feste Munterkeit Tonios wundert.

Ein ganz phantastischer Boy, dieser Tonio. Der steckt sich seine Tabakspfeife an und liest noch in irgendwelchen Büchern außerdem.

»Tonio, morgen ist Sonntag. Da kann ich schlafen und gut essen. Wir haben verdient, denk dir: zweiunddreißig Dollar, das ist Geld, gutes amerikanisches Geld. Da kaufen wir uns Overalls, damit wir uns nicht zu schämen brauchen, und dem Barmann im Drugstore zahlen wir einen Teil unserer Schulden. O Boy – wenn ich nur nicht so hoch da oben arbeiten müßte! Du steigst auf den Gerüsten so leicht herum, als hättest du nie etwas anderes getan. Mir wird angst und bange, wenn ich dich nur sehe. Die Seiltänzer in Coney Island sind Waisenknaben dagegen, jawohl. Paß auf, du wirst noch Vorarbeiter; du wirst deinen Weg schon machen – und sonst, ich habe ein paar gute Freunde, die haben jetzt im Madison Square Garden einen guten Job bekommen. Da müssen wir auch mal hin. Man muß immer okay sein, immer smart, nicht den Humor verlieren, wenn man auch mal mit der Heilsarmee singen muß, um eine warme Suppe zu erwischen!«

Tonio schmaucht zufrieden seine Pfeife und nickt seinem Kameraden dann und wann zu.

Nach einigem Schweigen sagt er: »Morgen ist Sonntag, Jimmy, weißt du. Sonntags bin ich früher immer in eine Kirche gegangen. Laß uns morgen früh zusammen einen Gottesdienst besuchen.«

»Kirche...?« Jimmy schlägt sich mit der flachen Hand auf die Schenkel. »Du bist verrückt, Boy. Ich bin seit fünfzehn Jahren in keine himmlische Angelegenheit mehr verwickelt gewesen. I like to sleep. Sunday is sleeping day ... no ... go alone ... und nachher holst du mich, und wir gehen zusammen nach Coney Island hinaus. Dort bleiben wir bis abends. Dort ist es schön und lustig.«

»Abgemacht, aber wo finde ich eine Kirche in New York?«

»Unten im Südwesten, ganz am Ende der Dritten Avenue, ist eine. Sie hat einen großen Bogen und rote Mauern außen. Die findest du leicht. Kannst übrigens auch für mich beten, yes!« –

Am frühen Morgen wäscht sich Tonio sorgsam, kämmt seine Haare glatt, putzt die Schuhe und geht, ohne seinen Freund zu wecken, hinunter auf die Straße, steigt in die Subway und fährt zur Dritten Avenue.

Die Subway ist leer, und die Straßen sind wie ausgestorben: Am Sonntagvormittag schläft der New Yorker.

Endlich, nach mancherlei Fragen, findet er die Kirche. Sie ist nicht groß, kreisrund im Grundriß und von einer weiten Kuppel überwölbt. – Mit dem Hut in der Hand betritt er das Gotteshaus. Alles scheint ihm anfänglich etwas fremd, aber doch unsagbar anheimelnd. Hunderte von Kerzen brennen und leuchten in kleinen lebendigen Flammen. Hunderte von Andächtigen beten und singen mit gefalteten Händen. Sie singen Choräle, wie er sie nie gehört hat, fremdartig klingen sie, unenträtselbar. Und ein Priester mit weicher, samtener Baßstimme singt vor und leitet, in festliche, goldgestickte Gewänder gekleidet, den Gottesdienst. Die Kerzen werfen freundliche Schatten, es duftet nach Wachs und Weihrauch. Ein unsagbarer Friede ist in diesem Raum, strahlt aus den gelösten, zum Altar gerichteten Augen der Gläubigen. Es ist, als hätten diese Menschen sich in eine tiefe Geborgenheit gerettet, als verbände sie alle eine große, unzerstörbare Liebe.

Tonio steht und schaut. Er wagt kaum, sich zu rühren. Ist es möglich, daß draußen, knapp vor dem Tore des Gotteshauses, diese stählerne und steinerne Stadt steht, die nur den unbarmherzigsten Profittrubel kennt, nur Busineß und abermals Busineß? Still und mit Inbrunst betet er ein schlichtes Vaterunser für seine Eltern, für Barbl, für den alten Martiner – und für Jimmy und sich.

Oh, drüben ...! Dort drüben steht auch eine Kirche, eine kleine, bescheidene Gottesheimstatt, mit einer Orgel, deren Stimme ihm so vertraut ist. Und dort drüben beten sie jetzt wohl auch, und vielleicht beten sie auch für ihn, denken an ihn, haben Sorge um ihn. Und Barbl und die Mutter, die knien wohl nebeneinander, halten den Kopf tief gesenkt. Er fühlt, daß sie ihn nicht vergessen haben.

Und als er aufblickt und über dem Altar und an den Kirchenwänden nach den vertrauten Symbolen seines Glaubens, seiner lieben alten heimatlichen Dorfkirche sucht, da erst sieht er, daß alles ganz anders ist.

Und allmählich wird ihm klar, daß ihn sein Weg in eine orthodoxe russische Kirche geführt hat. Aber er weiß, daß Gott in jeder Kirche zu finden ist.

Als der Gottesdienst zu Ende ist, steht er noch einige Zeit vor der Kirchentür. Ein Mädchen kommt heraus und geht so dicht an ihm vorbei, daß es ihn beinahe berührt. Sie ist ärmlich gekleidet und so blaß, daß Tonio bei ihrem Anblick beinahe erschrickt. Nun erst bemerkt er, daß ihr Schritt leicht schwankt. Er hält sich dicht neben ihr, und endlich findet er den Mut, sie zu fragen, ob er ihr helfen könne. Sie sieht ihn aus großen dunklen Augen an und dankt ihm. Er schlägt ihr vor, einige Minuten in der frischen Luft zu gehen; er würde sie gern begleiten und zur Subway führen.

Tatjana Borisovana heißt das Mädchen. Es dankt ihm leise für seine Anteilnahme in dem gleichen gebrochenen Englisch, das Tonio spricht.

Sie geht an seiner rechten Seite. Ein eigentümliches Gefühl für Tonio. Während des Gehens sieht er sie an und freut sich, in der Nähe dieses hübschen Mädchens zu sein. Ihre Stimme, der Duft ihres Haares, die Wärme, die sie ausstrahlt, tun ihm unendlich wohl. Sie merkt an seiner Aussprache, daß er Deutscher ist, und spricht wie von ungefähr nun seine Sprache. Tonio ist überrascht.

»Ja, viele Russen können ein wenig Deutsch«, sagt sie, »wir haben das vor dem großen Kriege in der Schule gelernt, meine Eltern hatten sogar ein paar deutsche Bücher.«

Tonio wird immer aufgeräumter. Er sagt ihr, wie sehr ihm der russische Gottesdienst gefallen habe. Tatjana, ein wenig erholt, erzählt ihm von ihrer russischen Kindheit und von russischen

Emigranten, die heute noch für Väterchen Zar beten. Sie erzählt von dem einsamen Leben, das sie zu führen gezwungen ist und das nur durch den Glauben und die große Hoffnung, daß sie alle einmal wieder zurück dürfen in ihre russische Heimat, erträglich ist.
Sie ist, als sie noch ein kleines Kind war, nach Deutschland und später nach Amerika gekommen. Ihre Eltern seien gestorben, und sie verdiene sich durch gymnastischen Unterricht und andere Gelegenheitsbeschäftigungen ihren Lebensunterhalt.
So gehen sie miteinander. Tonio ist froh, einen Menschen gefunden zu haben, dem er sich nahe fühlt. Es ist nur natürlich, daß er der kleinen Tänzerin auch von sich erzählt. Als sie sich trennen – Tatjana hat einen Hustenanfall und will heim –, verabreden sie ein baldiges Wiedersehen. Tatjana gibt keine Adresse an, schreibt sich aber Tonios Wohnung auf.
Als sie einander die Hand reichen, ist Tonio verwirrt und seltsam bewegt. Das Leben könnte doch so schön sein, denkt er.
In seiner Kammer hat Jimmy alles vorbereitet. Der freie Nachmittag muß ausgenützt werden. Sie wollen nach Coney Island, dem großartigsten Rummelplatz der Welt.
Nach Tagen mörderischer Kälte sind, plötzlich und unmittelbar, drückend heiße gekommen. Das hängt in New York mit dem Winde zusammen. Kommt er aus dem inneren Kontinent, so bringt er sibirischen Frost. Fegt er von der See herein, vom warmen Golfstrom, so wird die Luft innerhalb weniger Stunden feucht und tropisch warm.
Heute ist herrliches und wolkenloses Wetter; am Strand von Coney Island ist ein wimmelnder Menschenhaufen, ein richtiger Ameisenberg ist das. Das Wasser ist schlammig und graubraun. Alle Sprachen und alle Rassen schwirren durcheinander.
Schieß- und Schaubuden, Trink- und Eßlokale, Tingeltangel, Wiener Prater und Lunapark in Wolkenkratzerdimensionen – das ist Coney Island! Alles läuft, redet, nascht, schreit, japst und planscht. Schwimmen ist unmöglich, die Menschen stehen im Wasser dichter beisammen als in der Zweiundvierzigsten Straße. Also halten sich die beiden an den Lunapark.
Da ist eine drei Stock hohe lachende Maske. Das Maul dient als Eingangstor. Weiß Gott, was in der Bude, vor der sich drei heisere Ausrufer im Schreien überbieten, zu sehen ist. Daneben

huschen Schaukeln hin und her. Eine Gruppe unterhält sich großartig mit dem Zerschlagen von Porzellan. Es klirrt und kracht, wenn die Scherben fliegen. Das ist etwas für Tonio. Da kann er gar nicht hinsehen, ohne daß ihn nicht ein unbezähmbares Verlangen packt, sich diesen Luxus auch einmal zu leisten. Er steuert also auf die Bude zu, geschoben wie in einer Schafherde.

Da hört er Jimmys Ruf: »Go on, Tonio, go with me!« Im Höllenlärm zeigt er auf eine ganze Reihe automatischer Spielapparate. Tonio begreift sofort. Jimmy will hier sein Glück versuchen, sich die Tagesspesen heraushauen.

»Boy! Da habe ich einmal zwanzig Dollar verdient ... verdienen wir heute mindestens auch.«

Tonio hat so etwas noch nie gesehen. Man wirft oben zehn Cent in den Schlitz des Eisenkastens, zieht an einem Hebel, und dann kommt – gar nichts heraus – oder es kommen dreißig Cent – oder ein Dollar – oder das Fünffache. Je nachdem, je nachdem. Die Geschichte sieht gar nicht so dumm aus, da kann man ein paar Cent riskieren. Gespannt schaut er Jimmy zu, der einmal, zweimal, dreimal seinen Dime opfert, jetzt fluchend einen vierten und dann, zu Tonio schielend, einen fünften. Nichts! Der Höllenkasten, dieser Blechkübel, diese Schwindelbüchse, gibt nichts her, frißt nur. Fünf Dime sind fünfzig Cent, das ist ein Vermögen. Jimmy schiebt die Kappe zurück: »Now you, old friend«, sagt er zu Tonio, »we play half part.«

Tonio will auch fünfzig Cent riskieren.

»Go on, Tonio!«

Gehorsam wirft Tonio sein Zehncentstück in den Schlitz. Jimmy reißt den Hebel nieder: »Saammgg!« – »Brreengg!« Wieder nichts. Das Spiel wiederholt sich viermal. Mit traurigen Augen schauen die Armen einander an. »Bad luck, bad luck«, meint der Kleine und kramt in seinen Taschen. Aber er findet nichts mehr. Tonio hat noch ganze sieben Dime als eiserne Reserve für Bier und Essen.

Neben den beiden gewinnt ein Kerl andauernd! – Ist die Kuh hin, soll das Kalb auch hin sein, denkt Tonio und nimmt zwei Dime aus der Tasche. Einen gibt er Jimmy, einen behält er.

»Wir spielen noch zweimal, einmal du, einmal ich.«

»Yes, paß auf ...«

Tonio wirft ein. Beide sind aufs äußerste gespannt.
»Saammgg!« fliegt der Griff nieder. Vier Augen starren auf das Maul des Geldfresserkastens.
»Brreengg!« . . . Nichts.
Und nun kommt Jimmy dran. Er spuckt dreimal seinen Dime an, putzt ihn ab, spuckt ihn nochmals an, liebkost und bedroht ihn; und endlich wirft er die Münze mit vielen guten Wünschen in den Kasten.
»Saammgg!« zieht er den Griff. »Brreengg!« Wieder nichts. Schon wollen sie gehen, da geschieht das Unerwartete, das Unglaubliche: Es klingeln und fallen die Dime aus dem Geldkasten, daß es eine Freude ist, eine ganze große Faust voll! Es ist Wirklichkeit, kein Trug, und die Glücklichen zählen ihre neue Barschaft: drei runde Dollar!
Jimmy will um die Hälfte weiterspielen. »Siehst du, nur so kommt man zu Geld«, meint er. Aber Tonio mag nicht, und Jimmy fügt sich und kauft Sandwiches. Es ist ruhiger geworden, ein Teil des Rummels hat sich verzogen. Aber den Jimmy zieht es mit magischer Gewalt wieder zu der Spielkiste zurück; er ist nicht zu halten.
Tonio hört von weitem bayrische Ländler und Jodler. Wie hypnotisiert geht er durch den Trubel dem vertrauten Gesang nach. Er ist jetzt reich, hat einen Dollar fünfzig in der Tasche.
Was er hört, scheint ihm unwirklich. Aber er hört es doch ganz deutlich:

»... Auf der Innbrück möcht ich stehn,
da kommen Flöße mit lustigen Leuten,
Tiroler jodeln schon von weitem,
triholdrio, aho — aho . . .«

Schon steht Tonio vor dem bayrischen Zelt. Es sieht ja eigentlich schauerlich aus: Berge auf Pappendeckel gemalt, dicke Menschen in Lederhosen, bleiche Biergesichter mit runden Hüten und falschen Gams- und Hirschbärten. Die deutsch sein sollenden Aufschriften sind halb englisch, jedenfalls falsch geschrieben.
Was schert mich das, denkt Tonio, während er neugierig das Innere des Zeltes betritt.
Da wird gegessen, getrunken und gesungen. Es sind auch viele Deutsche da. Mit strahlendem Gesicht setzt sich Tonio zu einigen

Leuten ganz vorne unter die Rampe. »Mit Verlaub«, sagt er zu den beiden. Die nicken, und er bestellt sich ein Glas Bier.
Die oben auf dem Podium singen ihr Lied zu Ende. Ein Jodler folgt, und ein junges bayrisches Dirndl tritt vor und schmettert einen Solojodler daher, daß Tonio ganz weg ist vor Begeisterung. Er prostet ihr mit seinem Glas zu:
»Grüß dich Gott, Diandl! Jodelst wie eine Kaiserin. Wo kommst denn du her?« ruft er übermütig zur Bühne.
Die hübsche Jodlerin lacht und winkt ihm freundlich zu, während sie an ihren Platz zu der Sängergruppe zurückgeht. Als das Mädel nach der nächsten Strophe wieder ihren Solojodler jauchzend in den Raum schmettert, kann sich der Tonio nicht mehr halten, er springt zur Rampe hin:
»Geh, Mädel, sag, wo bist denn du her, geh, sag's doch einem Landsmann! Jodeln kannst, ja, ich komme aus St. Laurein, aus den Dolomiten, weißt ja, wo die sind, bist gewiß eine Bayerin?!«
Da neigt sich die Schöne lächelnd zu ihm herunter:
»What do you want? You are a German? Oh, I'm sorry, but I don't understand the German language!«
»Ja, kannst überhaupt nicht Deutsch?« fragt Tonio, ganz fassungslos.
»Yes, you are a nice boy«, lächelt sie ihm zu.
Einer der Sänger ruft lachend:
»Die jodelt amerikanisch, weißt!«
Tonio setzt sich enttäuscht wieder an seinen Tisch und nippt verlegen an seinem Glas.
Sein Tischnachbar sagt:
»Jaja, schließlich ist's gleich. Man freut sich doch, wenn man etwas Heimatliches hört, nicht?«
Der andere mischt sich ins Gespräch:
»Reden Sie keinen Quatsch, Mensch! Was heißt schon Heimat! Ich pfeife drauf! Wo ich zu fressen hab, da ist meine Heimat! Alles andere ist einen Schmarrn wert.«
Tonio sieht in das Gesicht des Sprechers. Es gefällt ihm nicht.
»Armer Teufel, du hast wohl keine«, sagt er. Da klopft der andere Tonio freundlich auf die Schulter:
»Hast recht, junger Mann. Seit dreißig Jahren verdiene ich hier mein Brot. Es ist mir gut und schlecht gegangen. Aber, siehst du, jeden Morgen, wenn es hell wird, muß ich mein Herz

wieder aufrütteln; denn in der Nacht, da hat es irgendwo in der grünen Steiermark geschlafen . . .«

Tonio schüttelt dem Alten herzlich die Hand und macht sich auf die Suche nach Jimmy, den er am Geldkasten, an diesem Höllen-instrument, vollkommen blank, findet.

Auf der Heimfahrt versucht Jimmy immer wieder den rätselhaften Mechanismus jenes damned fool Spieles zu erklären. Wenn Tonio noch einmal zwei Dime geopfert hätte, hätten sie bestimmt wieder gewonnen. Tonio hört diese klugen Überlegungen Jimmys kaum. Die Worte jenes alten Mannes gehen ihm im Kopf um, ja, auch sein Herz kehrt jede Nacht heim, heim in die Berge.

An diesem Montag geht Tonio die Arbeit leicht und schnell von der Hand. Er ist glücklich und froh und hätte gern ein Lied vor sich hin gepfiffen, wenn er nur zum Schnaufen gekommen wäre. Der feierliche Zauber der Kirche, Tatjana Borisovana, der Abend im bayrischen Bierzelt, die Worte des alten Steiermärkers, das war endlich mal seit langem ein guter Tag.

Jaja, es ist schon so: Er gewöhnt sich allmählich an die Stadt. Er wird heimischer. Die Zukunft ist nicht mehr so schwarz, und arbeiten will er, daß die Arme krachen; er will, er muß sich durchsetzen hier!

Heulende Sirenen zeigen in langgezogenen Tönen die Mittagspause an. An langen Seilen rutschen die Arbeiter von den höchsten Stockwerken im Kletterschluß, wie Matrosen aus dem Tauwerk, nieder in die tieferen, bereits ausgebauten Terrassen, kaufen sich ihren heißen Kaffee, ihr belegtes Brot und ihre Zigarette, setzen sich gruppenweise in die wärmende Sonne und lassen die Füße aus Kirchturmshöhe über New York baumeln.

Im Baukontor fragt um diese Mittagsstunde ein Policeman nach einem gewissen Jimmy Fox.

»Yes, der ist da!«

Ahnungslos sitzen die beiden Freunde nebeneinander droben am Gerüstrand und genießen ihr Frühstück, als der Cop erscheint und Jimmy leicht und unauffällig auf die Schulter klopft:

»Mitkommen!«

»Ich?«
»Ja.«
»Warum?«
»Das werden Sie erfahren – marsch!«
Mit dem sicheren Griff der amerikanischen Schutzleute packt der Cop den kleinen Jimmy. Der Polizeiknüppel, den seine andere Hand hebt, läßt jede Widerrede Jimmys ersterben.
Wie eine rasche, kurze Filmszene, bei der die Meinung und das Mitreden des Zuschauers bedeutungslos sind und nicht im geringsten den Gang der Handlung hemmen können, hat sich die Verhaftung abgespielt. Fassungslos sitzt Tonio auf seiner Betonkiste, auf der noch der halbvolle Kaffeebecher Jimmys steht. Er bringt keinen Bissen mehr durch die Kehle. Teufel, das ist ein schwerer Schlag mitten hinein in das bescheidene Glück! Aber da zerheult die Sirene alle Überlegungen, und vom Zurückfluten der Arbeiter mitgeschwemmt, steht Tonio nun ohne Jimmy wieder oben bei seiner Arbeit.
Wieviel er auch nachdenkt, er konnte nichts ändern, sein Freund ist verhaftet worden. Warum? Was mag er angestellt haben: vielleicht wegen der Milch, die sie damals von den Morgentüren wegstibitzt haben?
Ihm ist elend zumute. Nun ist er wieder allein, nur mehr auf sich angewiesen.
Am selben Abend erhält er den Laufpaß.
»You can go!«
»Warum gerade ich?« bringt der erschrockene Tonio noch heraus.
»Fragen Sie die Bau-Gewerkschaft. Es werden vierzehn Mann entlassen«, antwortet achselzuckend der Aufseher und grüßt gleichgültig: »Bye-bye!«
Neue Arbeit ist nicht zu finden. Wieder quält ihn das stereotype »No job« Tag um Tag. Tonio muß schließlich den Raum, den er mit Jimmy bewohnt hat, verlassen.
Das ersparte Geld reicht nur für wenige Tage, vielleicht eine Woche. Auf dem Polizeiamt kann er trotz täglichen Anfragens über das Schicksal seines Freundes nichts erfahren.
Er versucht immer wieder Arbeit zu finden.
»Foreigner?«
»Yes.«

»I am sorry.« Einerlei, ob es dem Abweisenden leid tut oder nicht.
Müde und bis auf die Haut vom Regen durchnäßt, war er in seine trostlose Kammer geschlichen und hatte sich in den nassen Kleidern niedergelegt. Nur ein Gedanke quälte sein Gehirn: Wo das bißchen Geld hernehmen, um wenigstens die Zimmermiete für die nächsten Wochen erlegen zu können? Warum hatte der Cop nicht auch ihn verhaftet? Wenn es wegen der Milch war, er hatte ja genausoviel getrunken wie Jimmy.
Im Halbdunkel sah er etwas Weißes auf dem wackeligen Holztischchen. Es war ein Brief. Wahrscheinlich die Kündigung. Eine Gleichgültigkeit sondergleichen hat ihn erfaßt, nun schüttelt es ihn, ja, gewiß, das ist nur wegen der nassen Kleider, denkt er, springt auf, geht an den Tisch und nimmt den Brief und reißt ihn hastig auf.
»Lieber Freund«, steht da. Ach, du lieber Gott, das ist Tatjana, die kleine Tänzerin. Tonio faltet den Brief auseinander, glättet ihn mit vor Aufregung zitternden Händen und liest:
»Schon vier Wochen sind vergangen, seit wir uns zum erstenmal im Leben begegnet sind. Ich war zehn Tage lang krank und mußte das Bett hüten. So fühlte ich mich noch einsamer als früher. Ich möchte Dich wiedersehen. Vielleicht können wir uns nächsten Sonntag in der Kirche begegnen? Vielleicht nachher in eine Schau gehen oder in ein Kino oder ein wenig spazieren? Weißt Du, als Du von Deiner Heimat erzähltest, kam es mir vor, als ob wir uns schon lange kennen würden. Wir könnten zusammen in ein kleines Restaurant essen gehen, weißt Du, mit Kerzen auf dem Tisch, wäre das nicht schön? Sei gegrüßt. Tatjana Borisovana.«
Tonio liest die Zeilen und schämt sich, in diesem Zustande — er ist nun seit fast dreißig Tagen arbeitslos — dem Mädchen zu begegnen. Er kann sich so unmöglich vor ihr sehen lassen, seit Tagen hungerte und fieberte er wieder, nein, sie würde erschrecken, wenn sie ihm so begegnen würde, unrasiert, eingefallen, wie er dastand. Sosehr er sich nach der guten Nähe des Mädchens sehnte, er mußte noch warten, es mußte ja wieder besser werden. Und so schreibt er:
»Liebe Tatjana Borisovana!
Ich danke Dir von Herzen für Deine guten, lieben Zeilen. Wie

gern würde ich Dich sehen. Jetzt ist es mir aber unmöglich. Ich habe eine Arbeit, von der ich mich nicht losmachen kann. Jetzt kann ich leider auch sonntags nicht fort. Ich werde Dir wieder schreiben, dann sehen wir uns und erzählen von dem, was uns Freude macht. Deine Zeilen haben mich glücklich gemacht. Vorigen Sonntag war ich in der Kirche, und als ich Dich nicht sah, bin ich dreimal darum herumgegangen, das ganze Quadrat, aber Du warst ja krank. Bald werden wir uns sehen, ich werde mich frei machen für Dich, bald, habe nur ein bißchen Geduld und bleibe gesund. Es grüßt Dich Dein Tonio Feuersinger.«

Graue Tage, trostlose Wochen! Immer dasselbe Lied! Tonio versucht es in seiner Not nun anders. Aber jedesmal, wenn er, nach langem Vor-sich-hin-Starren, mit verbissenen Zähnen sich dazu durchgerungen hat, einen Passanten um ein Almosen zu bitten, bleibt ihm das Wort im Halse stecken.

Als er eines Tages auf einen Mann, der gut situiert und wohlwollend aussieht, zugeht, im letzten Augenblick aber nicht fähig ist, den Mund aufzumachen, und bloß vor sich hin stiert, hört er die Worte:

»Sie sind wohl verrückt!«

Das Wort verfolgt ihn den ganzen Tag. Verrückt, verrückt, verrückt ...

In diesem Zustand kommt er nach stundenlangem Gehen, bewußt oder unbewußt, wieder einmal hinunter zum Hafen. Sein Tritt hallt zwischen den leeren Magazinen und den Mauern der Dockhäuser; und jeder schlurfende Tritt tönt: »Verrückt, verrückt!«

Lange steht er da, fast den ganzen Abend, unschlüssig bringt er sich manchmal zu ein paar Schritten. Die müden Füße schmerzen, und im Magen wühlt der Hunger, würgt in der Kehle und brennt im Kopf. Das Wasser des Hudson zieht träge dahin.

Ein Dampfer unter deutscher Flagge zieht vorbei, wie ein schönes großes Erlebnis aus einer anderen Welt, wie ein lieber Ruf und ein Gruß, wie ein entschwindender Traum. Die Bordkapelle spielt das Lied vom guten Kameraden. Tonio kann das Schiff durch die feuchten Augen kaum mehr sehen. Der ferne Rauch umflort es mit Dunst und Wolken.

»Heimschreiben, heimschreiben!« schreit es in ihm. »Um Hilfe bitten!« Dort über dem Meere wohnt die Liebe, dort sind die Helfer, die Heimat! Aber es bäumt sich hartnäckig in ihm auf. Noch ist es nicht soweit. Noch hat er einen Willen. Aushalten! Nicht nachgeben!

Krank vor Hunger, irr vor Scham schleppt er sich weiter. Noch ist sein Herz stark, aber der gequälte Leib unterliegt.

Wenn er nur wenigstens einen Schnaps hätte! Schnaps feuert an, schmeckt nach Kraft. Herrgott, wenn er nur einen Schnaps bekäme! Er überlegt: Wenn ich jetzt in den Drugstore zu dem bayrischen Kellner gehe? Das ist ein guter Kerl, der gibt mir gewiß noch einmal etwas. Ich kann ihm ja das Letzte und Beste geben, was mir noch geblieben ist, Hardengers goldenen Arvenzweig, ja, der bayrische Kellner versteht gewiß, was das ist, eine goldene Nadel, ein Skipreis, ein Talisman aus der Heimat.

In seiner Stube angekommen, packt Tonio alles, was er nicht auf dem Leib trägt, ein. Er will den Plunder los sein und so viel Geld dafür kriegen, daß er sich einige Tage satt essen und einen sauberen Kragen umbinden kann. Vielleicht wird er sich dann hochrappeln, noch einmal. Nur erst wieder Arbeit haben! Die Schuhe reparieren! Also fort mit dem Plunder, der ja wertlos ist. Hunger ist reell – Geld ist reell. Also fort damit!

Und dann noch etwas: Miß Ellen Kid und Percy Kid! Adreßbücher gibt's überall. Tonio muß lachen, so freut er sich. Aber das Lachen tut weh.

Am anderen Tag erwacht Tonio, in Schweiß gebadet, müde und zerschlagen. Der verfluchte Hungerschmerz! Und Fieber und Schwäche! Er stützt sich auf seine Pritsche und versucht zu denken, für den heutigen Tag ein Programm zu machen. – Also mit den Kids ist es nichts. Er hat die Namen Ellen und Percy nicht finden können unter den fünfhundert Kids, die es gibt; und die Taufnamen der Eltern sind ihm unbekannt. – Zum Polizeihauptquartier mußt du gehen, sagt er sich ... heute noch, denn wenn nicht bald Hilfe kommt, ist es zu spät ... und Hardengers soll Gott strafen. –

Sofort nachdem ihm der gute Bayer im Drugstore fünf blanke Dollar für seinen ganzen Krempel gegeben hatte, war er essen gegangen, hatte auch einige Schnäpse getrunken und die Zimmermiete für eine weitere Woche vorausgezahlt.

Wenn nur Jimmy endlich frei wäre! Der half sich immer und überall und irgendwie. Lange konnte es nicht mehr dauern, Jimmy mußte bald frei werden. – Ja, richtig! Zur Polizei will er auch gehen – nach Jimmy fragen; aber die Füße, die Füße tun so weh, und er fühlt sich so elend, daß er nicht weiß, ob er den Weg noch schaffen wird. – Jimmy stiehlt einfach, wenn es nicht anders geht. – Stehlen, denkt Tonio, warum nicht?
Im Gehen schielt er mit scheuen Blicken und trockenen Lippen immer wieder nach den Lebensmitteln, die links und rechts vom Gehsteig vor den Läden aufgebaut sind und die zum Kauf oder – zum Zugriff locken. Es ist, als ob ein Teufel alle Qualen der Hölle für ihn erfunden hätte.
Ohne Absicht ist Tonio über einen Platz gekommen, auf dem gerade Lebensmittelmarkt abgehalten wird. Hunderte von Metern lang ist Stand neben Stand aufgebaut. Da hängen Bananen in Büscheln, liegen gelbe und blutrote, blankpolierte Äpfel, saftige Birnen, duftende Ananas, Melonen, Treibhaustrauben mit talergroßen Beeren, Würste, dicke, feiste Speckschwarten, ganze Schinkenviertel, zart und rosig, Gemüse aller Art, von dem er das meiste kaum dem Namen nach kennt; Brot in Stapeln, Reis und Mehl in Säcken, Mais, bernsteingelbe Zweibeln in Strängen, Orangen in Kisten, kopfgroße, goldgelbe Grapefruits, Butter in blockgroßen Ballen, Käse in roten Kanonenkugeln und halben Wagenrädern, gerupfte Hühner, Gänse, Eier in offenen Riesenkisten, Fische in allen Größen, Fleisch in ganzen Vierteln – alles ist in Unmengen da, und jedermann kauft und wiegt und bezahlt und kostet und bestellt. Tonio muß einen Augenblick lang an den Laden der Rosina Unverdorben denken, die ja auch »alles« führte, vom Feigenkaffee bis zum Schuhbandl … und plötzlich dreht es sich ihm vor den Augen, er bleibt stehen, als wolle er etwas kaufen, greift hastig in die Tasche wie nach Geld, fragt, was ein Pfund Speck kostet, und tastet ihn prüfend an; er wartet aber nicht die Antwort des Verkäufers ab, lacht und geht rasch weiter. Er schluckt mit dem ausgetrockneten Gaumen und bleibt dann wieder hartnäckig vor einem Brotstand stehen. Brot, Brot, Brot – Brot, viel Brot liegt da in runden, appetitlichen Laiben, in dunklen, langen Wecken und dicken, honighellen Schnitten. »Gib uns heute unser tägliches Brot!« so beten sie daheim. Tonio blickt nach links und nach rechts; seine Hand

macht probend eine tastende Bewegung, die niemand bemerkt. Nein, niemand merkt es. Alle sind mit sich selbst beschäftigt, mit der Ware, mit Geld, mit Kauf und Verkauf.
An der Ecke erscheint ein Policeman. Mit einem Blick überfliegt er den Teil des Marktes, an dem Tonio steht. Dann wippt er, wie einer, der sich seines Amtes und seiner Würde bewußt ist, ein wenig auf den Absätzen und geht wieder. Tonio trottet noch an einigen Läden vorüber, bleibt stehen, geht wieder, steht still, dreht um und wendet sich dann, wie von einem Magnet angezogen, wieder dem Brotstand zu. Er sieht und denkt nur eins: Brot. Mit vorsichtigen, fast abgezählten Schritten rückt er auf die Beute los. Da liegt es wieder vor ihm, das gesegnete Brot! In seinen Augen zuckt ein Blick auf – fort! – seine Hände greifen gedankenrasch einen Laib, schieben ihn unter den Rock, und nun tut er, von der Wucht des belasteten Gewissens gejagt, das Dümmste, was er tun kann – er beginnt zu laufen, was ihn seine Füße tragen, rennt dahin, das Brot unter dem Rock an sich gepreßt, rennt, hört hinter sich Geschrei. Irgend jemand will ihn aufhalten, er rennt, Schulter voran, den Menschen über den Haufen. Er sieht die Leute wie vom fahrenden Eisenbahnzug aus an sich vorüberwischen, ein Auto kommt in seine Laufbahn – macht nichts, es geht um Leben und Tod! – Er quert um Haaresbreite vor den Vorderrädern eines schweren Wagens über die Straße, überrennt zwei Geleise zugleich mit dahersausenden Stadtbahnen, windet sich zwischen stehenden und fahrenden Lieferkarren durch, biegt in eine leere Straße ein und flüchtet mit schiefem Blick zurück, wie ein von der ganzen Welt Verfolgter.
Der Policeman und vier andere sind hinter ihm her. Sie können laufen, die New Yorker Cops.
Ich bin ein Dieb! zuckt es in Tonio auf.
Nein, schreit es in ihm, während er rennt, noch toller rennt als vorher – ich will das Brot wie mein Leben verteidigen. Der kalte Schweiß bricht ihm aus vor Schwäche, Aufregung und Not.
An der Ecke taucht der Cop auf, steht im Laufe still, hebt die Pfeife zum Mund, die eine ganze Polizeibelegschaft herbeirufen kann. Im Rückschauen springt Tonio in einen Kohlenschuppen; wie finstere Schlupfhöhlen warten die schwarzen Türlöcher auf ihn. Kein langes Überlegen: Mit zwei weiteren Sprüngen ist er durch eine Luke hinuntergesprungen. Seine Knie vertragen den

Aufsprung nicht, er bricht nieder, fällt auf Kohlen, das Brot rutscht ihm aus – er greift danach, rafft sich auf, fällt erschöpft gegen einen großen Holzpfeiler und haut nun hastig und gierig die Zähne in das Brot. Nun mögen sie kommen, Wachleute und die ganze Welt, er hat sein Brot! Nun mögen sie ihn einsperren!
Der Cop hat ihn durch die Luke springen sehen. Er pfeift nicht, läuft nicht mehr, sondern kommt langsam näher.
Tonio sieht ihn kommen, ißt gierig weiter und rührt sich nicht vom Fleck. Der Cop bleibt stehen, schaut, schüttelt den Kopf, läßt den Knüppel in die andere Hand tanzen, dreht um und geht wieder. Weiß der Himmel, dieser New Yorker Polizist wußte wohl, was Hunger ist.
Tonio kann, was geschehen ist, noch nicht fassen. Er begreift nicht und weiß nur, daß er jetzt sein Brot ißt. Dann aber sinkt er, vom Schwindel erfaßt, auf den kantigen Kohlenhaufen nieder. Wie lange er da gelegen und geschlafen hat, weiß er nicht.
Spät nachts geht er heim.
Dieb! sagt er zu sich selbst – immer wieder dasselbe Wort.
Er flucht auf New York, auf die ganze Welt und auf sich selbst. Und er sieht nun hart und klar: »Das ist das Ende.«
Irgendwo hockt er sich müde auf die dicken Bretter einer Verladerampe. Er ist furchtbar erschöpft. Seine Nerven sind schlaff und der Kopf dumpf. Die Zeit und die Nacht gehen dahin.
Aus einer finsteren Nebengasse kommen fünf Neger, zerrissen, zerlumpt und barfuß. An der nächsten Ecke stellen sie ein rundes Eisenrohr auf und zünden darin mit ein paar gestohlenen Kohlenstücken ein Feuer an. Sie wärmen sich die Hände, spucken auf den Boden und erzählen sich etwas. Vielleicht etwas vom Leben, vielleicht etwas vom Stehlen.
Immer mehr verfällt Tonio und sinkt in sich zusammen. Ein Radio wimmert weinerlich auf und sendet sehnsüchtige, traurige Weisen in die Nacht. Es ist eine gute, alte Melodie, die Neger summen sie mit und begleiten die Frauenstimmen mit ihren weichen Bässen – didldum, didldum, didldoo – –
Es ist heller Tag, als er auf Zehenspitzen fröstelnd in seine Kammer schleicht.

Tonios Entschluß steht fest. Vor dem Einschlafen noch hat er Briefe an die Eltern und an Martiner geschrieben. Er teilt ihnen mit, daß er auf dem erstbesten Frachtschiff als Handlanger eine Möglichkeit zur Rückkehr suchen werde.
Die Briefe liest er sorgfältig noch einmal durch. Das fehlende Portogeld wird ihm der Bayer sicherlich geben. Es ist ein Trost, daß er Leute kennt, dort, jenseits des großen Wassers, denen er schreiben und sein Herz ausschütten kann.
Im stummen Zwiegespräch schläft er ein. War es nicht Barbl, mit der er sprach; ach, Barbl! Es muß alles zu Ende sein. Nein, an sie will er nicht schreiben. Sie wird ihn verstehen, besser verstehen, wenn er schweigt.
Wirr und kraftlos erwacht er am Morgen. Kein Licht leuchtet ihm. Keine gute Stimme grüßt ihn, kein freundliches, brüderliches Gesicht lacht ihn an. Niemand steht im kahlen, leeren Raum. Die leeren, graukalkigen Wände umfangen ihn stumm. Es würgt ihn am Halse, als er seine Briefe auf dem Holztischchen liegen sieht. Gaumen und Mund sind ausgedorrt, der Magen hohl und leer. Nein, er wird die Briefe nicht wegschicken. Denn noch schimmern die wirren Traumbilder der Nacht in seinem Herzen nach und lassen sich nicht vertreiben: Martiner hat den Brief mit strahlenden Augen geöffnet, sorgfältig dann seine Brillengläser aufgesetzt und schmunzelnd gesagt: »Der Tonio, ja, der Tonio!« Im Lesen ist aber das Gesicht des Lehrers immer trauriger geworden, und dann hat es sich abgewendet. Am bittersten ist es bei den Eltern gewesen. Der Vater hat den Brief voller Freude geöffnet und ihn der Mutter gereicht, hat sich mit einer feierlichen Miene an den Tisch gesetzt: »Gott sei es gedankt! Endlich ein Lebenszeichen vom Tonio. Lies jetzt, was unser Bua schreibt!« Die Mutter hat laut und langsam zu lesen begonnen und ist dann immer stiller geworden, schließlich hat sie aufgeschluchzt, und der Vater hat sie, die wahrhaftig an alldem keine Schuld hat, grob angefahren. »Was liest denn nicht weiter? Was? Ha? Helfen soll i? Helfen, na! Von mir geht nix zu ihm. Da muß schon was von ihm zu mir gehen!« Nachher hat Tonio sich selbst gesehn: zerrissen, zerlumpt und bettelnd schleppt er sich durch St. Laurein, überall an den Fenstern und Türen stehen Leute und zeigen mit den Fingern auf ihn: »Das ist der Feuersingersohn, das ist der ›Amerikaner‹!« Einzelne

Männer stehen in Sonntagskleidern auf dem Kirchplatz vor dem Adlerwirt. Als er unerkannt vorbeischleichen will, rufen einige Burschen ihn mit »Grüß di, Tonio!« an. »Bist nit Millionär worden drüben?« Und plötzlich sind ihm alle diese Menschen ganz fremd. Barbl scheint sich versteckt zu haben, und als er in seiner Seelennot einen Burschen nach dem Feuersingerhof fragt, deutet dieser zum Langkofel hinauf und grinst. Plötzlich steht nun auch der Sepp da und der Hans Grass und der Rizzer-Reto. Alle lachen. Als ob es etwas zu lachen gäbe! Weit hinten im Schnee aber steht ein durchsichtiger Mann mit rotem Haar und eingefallenem Gesicht und großen, gläsernen Augen. Der starrt Tonio regungslos an . . .
Kalter Schauer fegt durch Tonios Brust. Seine Füße sind wie aus Blei. Seine Kehle ist zugeschnürt. Mit einem Male sinkt die einsame Gestalt drüben in den Schnee, und das Lachen verstummt. Einer sagt: »Der Jörg ist tot.« Und nun stieren sie alle stumm auf Tonio. Die Gestalten um ihn verblassen, lösen sich wie Schleier, wie Nebel, lösen sich in die Ferne.
Im Halbschlaf noch hat Tonio nach Jörg, nach dem Sepp gerufen, nach der Barbl hat er gefragt. »Oh, die Barbl«, sagt eine von den Frauen und sieht ihn so merkwürdig an, »die Barbl wirst umsonst suchen. Die ist gestorben, an gebrochenem Herzen. Die hat nämlich einen gern gehabt, der sie im Stich gelassen hat . . .«
Dann findet er sich in seinem armseligen Loch in Brooklyn in der Skystreet 2187 im siebzehnten Stockwerk, Raum 8114, wieder allmählich zurecht. Hier darf er nur aus Gnade bleiben. Er hat vergangene Woche keine Miete gezahlt. Hat er denn wirklich keinen Freund, keine helfende gute Seele auf der Welt? Doch, Tatjana Borisovana.
Jaja, zu ihr will er gehen und mit ihr reden.
Draußen regnet es ununterbrochen. Tonio rafft sich zusammen, steht auf, nimmt die geschriebenen Briefe und zerreißt sie alle wieder. Der böse Alpdruck hat ihn bis ins Innerste erschreckt. Was bleibt ihm jetzt noch übrig? Er will zur Mission gehen, um etwas Essen zu erhalten, dann zu den Konsulaten, dann zu allen deutschen Vereinen, der Reihe nach. In der Hundertsten Straße gibt es Deutsche genug.
Da ist irgendwo ein Bierlokal, das heißt »Zum General Steuben«. Über fünfhunderttausend Deutsche wohnen in New York,

hauptsächlich in der Gegend, wo sich die Dritte Avenue mit der Hundertsten bis Hundertzwanzigsten Straße kreuzt. Am ehesten ist dort noch etwas zu finden. Tonio wundert sich, daß er nicht früher schon auf den Gedanken gekommen ist, sein Konsulat zu besuchen.

Als er nach endlos scheinendem Weg in die Gegend um die Hundertzwanzigste Straße kommt, sieht er das gleiche Elend; arme Teufel, denen es ergeht wie ihm. Nein, hier hat er nichts zu hoffen.

Und so verbringt er den bittern, langen Tag wieder unter Menschen, die auf einen Job warten. In langen Reihen stehen, hocken und liegen sie, unbeweglichen Bündeln gleich, neben den Rinnsteinen und starren auf die gegenüberliegenden Fassaden. Dort hängen Tafeln:

»No men wanted!« – »We do our part!«

Aber auch dieser Tag geht zu Ende. Es regnet ununterbrochen, still und monoton.

Er tritt den Heimweg über den Times Square an.

Aus den Juwelenläden funkeln die goldgefaßten Edelsteine, aus Modepalästen strahlen die vornehmsten und teuersten Frauenkleider der Welt. Er kommt an den Schmuckläden französischer Parfümfabriken vorbei, an Dunhill, London, und gelangt in die Wunderstadt der Radio City. Wuchtig wie ein Berg steigt der Mittelbau aus den leuchtenden vier Riesenblöcken des deutschen, englischen, französischen und italienischen Gebäudeteils in die magische Höhe. Scheinwerfer umzaubern seinen Gipfel. Wie aus einem tiefen Tal blickt der winzige Mensch zu diesem Koloß empor, der ihn gefangennimmt. Unten am Eingangstor ist in gewaltigen Ausmaßen eine Plastik aus Stein gehauen. Sie stellt Gottvater dar, wie er mit dem Zirkel die Welt einteilt. Aber für Menschen wie Tonio ist wohl nichts übriggeblieben dabei.

Von irgendwoher klingt das Singen schmeichelnder Negerstimmen, vom Wind bald verwischt, bald näher getragen. Geigenstimmen klagen, und ein Saxophon knarrt dazwischen.

Tonio torkelt mühsam die Radio-City-Front entlang. Mit einem Male ist es, als würde sein Gesicht von einer seltsamen Freude überschüttet. Langsam, zögernd, als dürfte er seinen Augen nicht glauben, schaut er in die plakatfreudige Farbenpracht des größten New Yorker Reisebüros. Palmen, Pyramiden und sonnige

Häfen fremder Gestade leuchten ihm entgegen, und Tonio vergißt Regen, Not und Fremde.
Und im Hintergrund sieht er die kühnen Kanten des Matterhorns königlich in die Höhe ragen, sieht die steilen Schleifen der Gornergratbahn sich an den Fuß des Monte Rosa winden. Und da, bei Gott, da ist der Langkofel! Sein Berg, der Berg seiner Heimat! Und daneben ein Bild vom Piz Palü, dem Berg, der ihm zum Schicksal wurde. – Und das hier mitten in New York! Ununterbrochen wechseln Lichtrufe in blauen, roten und grünen Lettern:

»Go to Europe – Go to Bavaria
Go to Switzerland – Go to Italy
Visit the Alps!«

Tonio kommt nicht mehr los. Er vergißt Kirche, Radio, Almosen, Regen, Hunger und Armut. Er sieht nur mehr die Berge, die Wiesen, den Wald. Wie lange steht er schon hier? Er weiß es nicht. Es plätschert und rieselt – er steht und starrt. Jetzt ist es Spätsommer geworden, beinahe ein Jahr ist er schon in New York. Wie leicht hat er sich alles vorgestellt! Wie leichtsinnig hat er, der einzige Erbe des Feuersingerhofes, Vater und Mutter verlassen!
Und auf dem Wege zur Skystreet, tief unten hinter der Brooklyn Bridge, überkommt Tonio wieder jenes Heimweh, jenes furchtbare Heimweh, das noch ärger ist als das Hungergefühl.
Tonio überlegt. In New York zu bleiben, das ist unter diesen Verhältnissen Wahnsinn. Aber Amerika, das unendlich große Land, ist ja halb leer sozusagen. Die vielen großen Staaten im Süden, Norden und Westen! Soll er denn wirklich und wahrhaftig hier in der wüsten Enge von einander überrennenden Menschen und übertürmenden Mauern sterben müssen, da doch das größte und reichste Land der Welt vor den offenen Toren wartet?
Los, Tonio – wach auf! Pack an! ruft es in ihm. Land bebauen, Äcker! Farmer werden!
Es ist neun Uhr, als er in die Nähe seines Quartiers am Hudson kommt. Von irgendwoher tönen die leisen Stimmen singender Frauen.
Im Halbdunkel sieht er eine Mission. Ein erleuchtetes Kreuz mit

der Inschrift »Mister Morlay's Mission« hängt im Hintergrund an einer Hausfassade. Mehrere hundert Menschen stehen Schlange. Die Heilsarmee verteilt Suppe und Brot. Vier Mädchen singen dazu christliche Lieder. Eine Prozession des Elends und der Not, eine furchtbare Vision des Hungers, eine Anklage gegen die Menschheit, gegen alle Wirrnis der Großstadt und der Welt!

Tonio empfindet eines: Hier bei den Heilsarmeeleuten ist ein Funken Trost. Hier ist Hilfe! Suppe und Brot! Und verschämt schiebt er sich in die traurige Reihe.

Der Regen hat etwas nachgelassen. Geduldig singen die Mädchen, und geduldig teilen die gutmütigen Heilsarmeesoldaten Suppe und Brot aus. Die Ärmsten der Menschheit schieben sich weiter, sie schlurfen Schritt um Schritt vor, die Köpfe in die aufgestellten Rockkragen gedrückt, weich in den Knien.

Was hier an zerbrochenen Gesichtern, zerschellten Existenzen und erlöschten Seelen einherwandelt, ist himmelschreiend ... dumpf, stumpf, grau, gleichgültig, Schritt für Schritt. Sie starren mit ausdruckslosen, wäßrigen Augen auf die Suppen- und Brotkessel. Kopf an Kopf und Schuh an Schuh, so stehen sie im unsicheren Licht der Lampen, abgezehrt, eingefallen, zerrissen, verschüchtert, namenlos, glücklos, vor allen Dingen aber hoffnungslos.

Jetzt erhält auch Tonio seine Suppe, sein Brot, seinen Löffel und seine Schale. Dankbar sucht er nach einem Sitzplatz zwischen den Hunderten. Auf einer rostigen Eisentraverse läßt er sich nieder und schlürft das dünne, heiße Getränk.

Von drüben klingt leise das Lied – aber ist das nicht wie ein alter deutscher Choral? Klingt da nicht die Stimme Barbls mit durch? Schwindel überfällt ihn, fast ist er am Umsinken. Seine Hände suchen Halt. Jaja, er kennt die Stimme doch, er kennt sie unter Tausenden, Barbls süße, unschuldige Stimme ist es ...

Tonios Blick hängt verklärt in der Luft. Er ißt nicht, er trinkt nicht ... er ist nicht mehr am East River in Brooklyn, er ist weit weg ... daheim, ja, daheim.

Von der Laureiner und St. Valentiner Kirche läuten die Glocken den Fronleichnamszug ein. Böller krachen in hundertfältigem Echo durch das Tal.

Die großen und schweren Fahnen wehen wallend im Winde. Die Mädchen tragen Blumenkränze in den Haaren und die Burschen rotglühende Nelken. Feierlich und friedlich bewegt sich der farbenprächtige Zug über die Wiesen. Betend ziehen die Bauern durch die gottgeweihte Landschaft, über Wiesen und Felder. Der Pfarrer trägt unter dem Himmel die Monstranz, das Allerheiligste. Kleine Schulmädchen tragen die heilige Notburga, in Holz geschnitzt, auf ihren schmalen Schultern.

Und nun kommt die Gruppe der Jungfrauen in der altvererbten Tracht. Weiß sind die Hemdsärmel und die handgestickten Schürzen, weiß sind Strümpfe und Handschuhe. Auf dem Scheitel aber tragen sie Kronen, die sind von Gold und Silber durchwirkt und von samtenen Bändern gehalten.

Langsam, in feierlich-sanfter Gemessenheit, so ziehn die Jungfrauen dahin. Sie tragen das Bildnis der Jungfrau Maria, der Mutter Gottes, mit sich. »Gegrüßest seist du, Maria, voll der Gnaden, der Herr ist mit dir und du bist gebenedeit unter den Weibern . . .«

Und mit ihnen geht die Barbl Gudauner.

Das Gebetbuch und den Rosenkranz in den Händen, betet sie für einen, der fortzog und an dessen Rückkehr niemand mehr glaubt.

Es ist nicht mehr die Barbl von einst. Die schelmische Sorglosigkeit, die aus den strahlenden Augen, aus den Grübchen ihrer Wangen, aus jeder Bewegung lachte, ist ausgelöscht, ist von einer tiefen Schwermut überdeckt. Sanft hält sie den Kopf geneigt. Weiß sie denn überhaupt, daß sie mit den andern dahinzieht?

Ist sie nicht entrückt in einen Traum, der schmerzvoll ist und dennoch überglänzt von einer geheimen, zurückgehaltenen Hoffnung?

»Heilige Maria, Mutter Gottes, bitte für uns arme Sünder jetzt und in der Stunde unseres Absterbens. Amen!«

Farbenfrohe, riesige Fahnen schwanken, von starken Männern getragen, im Winde, und als die Prozession unter dem Gesang der Betenden, dem Echo der Böller und den Klängen der Musik den Hügel von St. Valentin erreicht hat, sammeln sich alle um den Baldachin des Allerheiligsten.

Tiefstes Schweigen liegt plötzlich über den sonntäglichen Feldern und Blumenwiesen, da die Stimme des Geistlichen über Landschaft und Menschen den Segen des Allmächtigen herbeibittet. Tausend Bauernköpfe neigen sich, in tiefem Ernst schlagen die harten Hände das Zeichen des Kreuzes über Stirne und Brust. Helle Silberglocken erklingen. Barbl bekreuzigt sich dreimal. Und in ihrer Krone zittern die Goldfäden, da sie das Haupt senkt.

Die Mutter Tonios kniet gebeugt bei den alten Frauen, und weiter droben stehen die Bauern in ihren dunkelbraunen, dicken Lodengewändern. Natürlich ist auch der Sepp dabei und der Kaindl und der Rizzer. Und auch der greise Feuersinger.

»... im Namen des Vaters, des Sohnes und des Heiligen Geistes. Amen!« sagt er, sich bekreuzigend.

Die Kirche ist fast leer geworden. Nur der Lehrer sitzt noch oben an der Orgel und präludiert sein Lieblingslied:

»All mein' Gedanken, die ich hab, die sind bei dir ...«

Rosina steht mit Sepp unweit einer Gruppe, bei der man den alten Feuersinger, den Kaindl, der schon lange ein wachsames Auge auf Barbl hat, und den nicht weniger eifrig um ihre Gunst werbenden Tarneller sieht.

Tonios Mutter ist heimgegangen, ein wenig früher als die andern.

Als Barbl als letzte aus der Kirche tritt, sieht sie die Leute um den alten Feuersinger und geht auf ihn zu. »Grüß Gott!« rufen alle freundlich, und eine alte Bäuerin, die Bötin, erkundigt sich sofort, ob denn Barbl für den Tonio so lange gebetet hätte.

»Doch der kommt nimmer«, schließt sie, »der hat längst die Amerikanische geheiratet!«

»Jaja, und die Sonnenmaske hängt nachher wohl a umsonst bei dir, Feuersinger«, meint der Tarneller dazu, »werden wir wohl einen andern suchen müssen!«

Sepp und Rosina kommen gerade noch zurecht, um die letzten Worte zu hören.

»Tarneller, du hast noch Zeit, wegen dir mag sie schon noch hängenbleiben«, lacht der Sepp dazwischen, »gell, Feuersinger! Nix Neues von deinem Buabn, von deinem ›amerikanischen‹?«

»Im Laden sagen sie's, daß er seit einem Jahr noch nie geschrieben hat, is dös wahr?« fragt Rosina die Barbl.

»Vergessen hat er uns alle miteinand!« brummt der Kaindl vernehmlich dazwischen. Die Barbl senkt den Kopf und kämpft mit

den Tränen. Da richtet sich der alte Feuersinger auf, und jedes Wort betonend, sagt er: »Der Tonio hat uns alle verraten!«
Da kann Barbl nicht mehr länger an sich halten. Sie bricht in Tränen aus, aber im Schluchzen sagt sie noch, man solle Tonio in Ruhe lassen, der Tonio sei ein ehrlicher Mensch und ein anständiger Kerl, er habe die Welt sehen wollen, und dies sei nichts Schlechtes, und der Tonio sei einmal kein Lump! Und dann läuft sie davon.
Die andern sehen ihr verdutzt nach.
»Was hat s' denn?«
»Ist ja weiter nit schwer zu erraten, was sie hat.«
Rosina ist zutiefst von der plötzlichen Wendung des Gespräches erschrocken. »Oje, die arme Haut! Daß sie weint, das haben wir aber nit wolln. Na, wenigstens a guets Wörtl hätt einer von euch ihr geben können! Mir tut sie recht leid, die Arme.«

Auf den Äckern reift das Korn, und von den Wiesen wird das trockene Heu geholt. Allenthalben duftet es nach Blumen, und es sind viele Fremde im Land. Die Hotelleute und Führer haben vollauf zu tun. Miß Pennington erkundigt sich oft nach dem Schicksal Tonio Feuersingers. Im Hotel weiß man aber nichts, im Hof oben noch weniger. Miß Pennington schreibt an Kids nach Chikago und an Hardengers nach New York. Die mußten, wenn Tonio in New York war, etwas von ihm erfahren haben.
Dem Kaindl-Matthies ist im Frühjahr der Vater gestorben, und er hat als ältester Sohn den Hof übernommen. Mit dem Bergführen ist es vorbei, er hat als Bauer andere Sorgen. Das Korn, das Heu, die Kühe und die Rösser, das Wetter und der Hausstand beschäftigen ihn jetzt. Aber wenn zu einem rechten Hof ein rechter Bauer gehört, muß auch eine rechte Bäuerin dasein, die sich um die Hennen kümmert und um die Dienstleut und um das Hauswesen.
Und da marschiert einer hinunter zum Gudaunerhaus, klopft an, macht langsam und vorsichtig die Tür auf, nimmt den Hut in die Hand und ist sonntäglich angezogen und sagt: »Grüß Gott allerseits!« Er sagt, daß er eine Frau sucht und daß ihm die Barbl schon lang recht gut gefallen hätte und daß sie doch nicht hier alleweil so allein und einschichtig leben könne. Nein, gegen den

Tonio hätte er kein Wort zu sagen, der sei alleweil ein guter und rechter Kamerad und ein richtiges Mannsbild gewesen. Aber der sei nun einmal fort und werde wohl kaum mehr nach Laurein kommen und schon gar nicht ins hölzerne Feuersingerhaus. Das sei schade, sehr schade. Aber deswegen könne die Barbl doch keine alte Jungfer werden.

»Und mir hast alleweil guet gefalln, Barbl«, schließt er diese lange Rede. »I hätt di gern aufigführt auf mein' Hof als Frau und Bäuerin!«

Die Barbl sitzt ihm gegenüber und ist still. Der Vater schnitzt an einer Figur. Schließlich meint er: »Kannst dir's noch überlegen, Barbl. Aber i will dir nichts dreinreden. Tu nur, was du selber für recht hältst!«

»Vater, da gibt's nichts zu überlegen. Ich hab dem Tonio einmal mein Wort gegeben, und das will ich halten. Matthies, gell, du bist mir deswegen nicht harb. Ich wart auf den Tonio, der kommt wieder, ich kann mir's nicht anders denken.«

Der Kaindl schaut hilfesuchend zum alten Gudauner, aber der rührt sich nicht und schnitzt, als ob ihn nur die Figur beschäftigte, sonst nichts in der Welt. Der Kaindl, der zu guter Letzt einsieht, daß da nichts zu machen ist, steht auf: »Schad, Herrgott, schad«, murmelt er enttäuscht in seinen Bart: »Nachher nichts für ungut!«

Er reicht beiden die Hand: »Also muß ich wieder gehen. Grüß Gott, Barbl. Grüß Gott, Gudauner!«

»Grüß Gott, Matthies!« –

Ja, das ist nichts. Die Barbl glaubt an Tonio und wird aufsitzen dabei. Schad um das Mädl, richtig schad; und es ist weitum im Land kein so sauberes und nettes Mädl zu finden, denkt der Kaindl. Himmelherrgott!

Der Matthies hat eigentlich einen Groll im Herzen, aber er hütet sich wohl, irgend jemand auch nur ein Wort von seiner Werbung zu erzählen.

Gemerkt scheint nur die Rosina etwas zu haben, die herumhorcht wie eine Spitzmaus. Und so versucht sie mit aller List und Schlauheit vom Sepp etwas Näheres zu erfahren. Der aber schweigt wie ein Stock.

»I weiß gar nix nit. Mi geht's ja gar nix nit an, und daß der Tonio einmal kommt, das ist ganz leicht möglich. Aber der kommt mit

an Automobil, sag i, ja, und mit einer Kisten voller Dollars. Da wird sich die Barbl anschaun. Aber dann ist's zu spät!«
»Jetzt redst aber gescheit! Meinst, die Millionen kann man in der Welt so zammklauben, ha? Seids alle gleich dumm, ihr Mannsbilder! Ich als Geschäftsfrau versteh da schon besser, wie schwer es heutzutag ist, die Kreuzer zammzutragen, aber ihr wollts ja alleweil gleich ganze Säcke voll Dollars, ihr!«
Zwischen Sepp und Rosina ist alles in bester Ordnung. Sie zanken sich ja nur, weil sich das eben so gehört, wenn man sich gern hat.

Und so ist es Herbst geworden. Auf den Spielplätzen im Zentralpark und in den Vororten gibt es abends, wenn die Hitze sich etwas verflüchtigt, allerlei Spiele.
Da steht bei einer Gruppe von Männern, die mit Eifer und Ernst ihre Hufeisen an einen Nagel werfen, der in die Erde geschlagen ist, ein Mann, dem der Segen der Erde sichtlich nicht zuteil geworden ist. Beide Hände fast bis zu den Ellbogen in den Rocktaschen vergraben, mit einer zerschundenen und zerdrückten Kleidung, mit dicken Borsten an Kinn und Wangen, mit verschatteten Augenhöhlen, so steht er da und schaut den Spielern zu.
Es ist Jimmy Fox.
Recht tiefsinnig schaut er zu, wie die schweren Eisen durch die Luft fliegen, genau an ihren Nagel.
Neben ihm steht einer, der wie ein Landstreicher aussieht, und das ist er wohl auch. Der heißt Jack, und die beiden haben einander schon lange nicht gesehn.
»Mit einem Wort«, sagt Jack, »hast mit'm Kittchen Bekanntschaft gemacht?«
Jimmy zuckt die Achseln. »Die Geschichte mit dem Al Sil kennst du ...«
»Kenn ich.«
»Na also. Ich war zufällig in der Nähe, wie es zwischen den Hijackers zu einem Krach kam. Zu einem ganz großen Krach, kannst du mir glauben. Tote und Verwundete. Ich konnte nicht bloß zusehn, nein, das konnte ich wirklich nicht. Die Hijackers, die verdammten Erpresser, hatten von den Bootleggers nichts herauskriegen können. So kam es, daß sie alle gegen uns waren,

um die Aufmerksamkeit von sich abzulenken. Dann nach zwei Monaten holten sie mich von der Arbeit, und außer der bezogenen Prügel verlor ich meinen Job am Bau und hatte die Ehre, ganze fünf Monate in Untersuchungshaft sitzen zu dürfen. Das ist meine Sommerstory; und jetzt gibt mir kein Gangster und kein Präsident einen Knopf für alles. Verdammt, und ich habe ein Jahr lang als guter USA-Soldat in den verfluchten französischen Schützengräben gekämpft für diese Brüder! Danke!« sagt er und spuckt aus.

Ein Marinesoldat wirbt unter den Hufeisenwerfern für die USA-Schiffahrt. Er hat eine Tafel mit einem Plakat aufgestellt: »Schau dir mit den stolzen Schiffen der USA die Welt an!«

Jimmy dreht sich um und geht. Er will sich nicht mehr freiwillig »die Welt anschauen«. Er will jetzt einmal seine Siebensachen zusammensuchen.

Ob Tonio noch am Wolkenkratzer arbeitet? Ob Tonio überhaupt noch da ist?

Nach den ersten paar frischen Luftzügen führt sein Weg schnurstracks hinunter zum Times Square. Da steht der Riesenkoloß, nun schon im Rohbau fertig. Fünf Monate sind eben fünf Monate. Verdammt. Er fragt nach dem Ingenieur, nach dem Arbeitsbüro. Ob ein gewisser Tonio Feuersinger noch hier beschäftigt sei.

»Tonio Feuersinger? Ganz und gar unbekannt.«

Und Jimmy zuckt abermals die Schultern und dreht sich auf dem Stiefelabsatz um.

Er setzt sich in einen Eisenkäfig der Subway, fährt in tosendem Lärm, eingesperrt zwischen einer Masse Menschen, unter dem East River durch und steigt bald darauf in Brooklyn, in der Nähe seiner alten Wohnung, wieder an die Erdoberfläche empor. In der Hundertvierunddreißigsten Straße Nummer 4742 steigt er langsam hinauf zum siebenten Stock. Das Haus hat nur sieben Stockwerke.

Er klingelt bei Mrs. Cockran.

»Nein, der Mann, der mit Ihnen hier wohnte, ist schon lange fort. Ihr Gepäck habe ich als Ersatz für die schuldige Miete verkauft!«

»Thanks«, sagt Jimmy und geht, dreht sich aber noch einmal kurz um: Ob sie wisse, wo der Mann von damals jetzt sei.

Erstaunt schüttelt sie den Kopf: »Nein, das weiß ich nicht. Wahrscheinlich ist er dort, wo Sie so lange waren!«
»Thanks«, sagt Jimmy.
Dieser Mr. Feuersinger ist allerdings nicht dort, wo Jimmy gewesen ist, nein, ganz und gar nicht. Er raucht jetzt gerade eine Zigarre, und die schmeckt ihm. Dieser Mr. Feuersinger ist eines Tages frühmorgens aufgewacht und hat Glück gehabt. An jenem Vormittag bettelte er nämlich einen Mann um fünf Cent an, und der Mann war ein Berliner. Der ließ sich mit ihm in ein Gespräch ein und entpuppte sich als Portier.
Er schenkte ihm ein paar Cent und entlockte ihm nebenbei seine ganze Leidensgeschichte.
»Werdn sehn, was sich da machen läßt«, sagte er schließlich.
Nun war also Tonio im Madison Square Garden als »hand« und Platzanweiser untergebracht. Er steckt in einer richtigen Uniform, so daß man ihn bei flüchtigem Hinsehen für einen amerikanischen Offizier mit weißen Handschuhen und Tellermütze hätte halten können.
Gott sei Dank! Aller Not hat er sich erwehrt, und das Leben hat wieder einen Sinn bekommen. Er ist durch ein teuflisches Feuer gegangen – aber das ist nun vorbei. Glatt rasiert, sauber gekleidet, als ob er eben aus dem Bade gestiegen wäre, scheint er in bester Laune zu sein, als ihn Jimmy wiederfindet. Und Jimmy findet ihn beim bayrischen Drugstore-Freund.
Beinahe hätte er Tonio nicht erkannt.

Gleich nach Antritt seines Postens im Madison Square Garden hatte Tonio an Tatjana Borisovana geschrieben, hatte sich wegen seines langen Stillschweigens entschuldigt und sie um ein Wiedersehen gebeten. Auf zwei Briefe war keine Antwort gekommen, und da hatte sich Tonio klopfenden Herzens zu einem Besuch auf den Weg gemacht. Ihre Adresse war richtig gewesen, er konnte sich nicht geirrt haben. Wahrscheinlich war Tatjana verzogen. Er mußte sie sehen, oft hatte er an sie gedacht, nun wollte er sie endlich sehen. Nichts Gutes ahnend, läutete Tonio am kommenden Tage an der Wohnungstür.
Eine ärmliche Frau erschien. Freundlich fragte sie, was er wünsche.

»Tatjana Borisovana?«
»I am sorry!«
»Verzeihen Sie, Fräulein Tatjana Borisovana wohnt doch bei Ihnen?«
»Nein, jetzt nicht mehr«, sagte die Frau. »Tatjana ist vor längerer Zeit ins Krankenhaus gekommen. Dort ist sie vor vierzehn Tagen gestorben.«
»Gestorben?« wiederholte Tonio mit leiser Stimme. »Ich wollte ihr die Blumen hier bringen.« – Nach langer Pause fragt er: »Wo ist sie begraben?«
»Das weiß ich nicht. Ich konnte nicht zum Begräbnis gehen. Da müssen Sie im Krankenhaus fragen. Das gute Kind! Sie war arm, und sie war Waise, hatte niemand auf der Welt!«
Zentnerschwer fiel die traurige Nachricht auf ihn nieder. Ohne ein weiteres Wort hervorbringen zu können, mit einem bestürzten Nicken des Kopfes, stahl er sich davon.
Im Krankenhaus erhielt er die Gewißheit:
»Tatjana Borisovana, neunzehn Jahre alt, Beruf Tänzerin, an Tuberkulose und allgemeiner Entkräftung gestorben.« So stand es schwarz auf weiß. Weit draußen im Massenfriedhof las er auf einer kleinen, viereckigen Blechtafel nur die Zahl Nr. 423 T. B. und ein Datum.
Und dann geht wieder Tag um Tag in der Hast der modernen Maschinenstadt dahin. Tonio tut seinen Dienst. Von frühmorgens bis spätabends arbeitet er. Es gibt da Sechstagefahrten, große Versammlungen, Box- und Ringkämpfe. Heulende, tobende Menschenmassen füllen fast jeden Abend die dreißigtausend Menschen fassende Riesenhalle.
Tonio spart fleißig, hat dem biederen Barmann aus Schliersee alle Schulden bezahlt und ist nun endlich soweit, heimzuschreiben, daß es ihm gut gehe und daß er sie alle nicht vergessen habe und von jetzt an jede Woche schreiben werde. Den Briefumschlag adressiert er an Jakob Feuersinger, Bauer in St. Laurein, Südtirol. – Aber auch diesen Brief schickt er nicht ab. Bei dem Gedanken an Barbl packt ihn namenloses Elend. Was wird mit ihr sein? Das Schicksal Tatjanas hat ihn zutiefst erschüttert. Wenn auch Barbl – der Gedanke ist nicht auszudenken! Vergessen, arbeiten. –
Im November soll ein deutscher Meister im Madison Square

Garden boxen. Der Berliner bringt Tonio mit dem Box-Manager in Verbindung. Der Mann hat für den ehemaligen Ski-Champion gleich Verständnis und Sympathie, und so werden Jimmy und Tonio als »hands«, als Hilfe für den Sekundanten und Betreuer des deutschen Meisters, im Trainingscamp eingestellt.

Am 24. November kocht der Broadway vor Aufregung. Fight ist die Parole.

Fight rufen in großen Lichtlettern die Fassaden.

Fight steht in den Gesichtern zu lesen, und »The big fight« rufen die Lautsprecher, die Ausrufer.

Auto an Auto fährt vor, während im Ring die Vorkämpfe ihren aufregenden Verlauf nehmen. Aus einer Rolls-Royce-Limousine steigen Mr. Hardenger mit seiner Tochter Lilian, Percy Kid und seine Schwester Ellen aus. Sie wollen sich den Meisterkampf nicht entgehen lassen. Tonio und Jimmy stehen an der Ecke des Deutschen, am Ring. Der Hauptkampf beginnt mit einem heftigen, kurzen Schlagwechsel.

Atemlose Stille tritt ein; dann plötzlich wieder ein Riesenlärm.

Die Hardengers und Kids stehen dicht hinter Tonio, ohne ihn zu bemerken. Sie starren auf die Kämpfer im Ring, blinzeln, von Scheinwerfern und aufwirbelndem Staub geblendet, zu den Seilen hinauf.

Lilian streift fast im Vorübergehen Tonio. Wie hätte sie ahnen können, daß er hier ist? Sie weiß ja nicht einmal, daß er in New York ist. Der Diener hat seiner Herrschaft die Besuche des Tirolers verschwiegen und vergessen.

Der Gegner des Deutschen, ein dunkler Riese aus Südamerika, boxt ausgezeichnet, hält sich aber auch nicht von Fouls zurück. Der Deutsche, kühl und hart, ist anscheinend glänzend in Form. Schnell nimmt er an und treibt den Gegner in die Seile.

Ein furchtbarer Schlagwechsel folgt, in dessen Verlauf der Brasilianer kurz zu Boden muß.

Tonio tobt vor Freude. Nach der ersten Runde springen er und Jimmy mit Wasserkübel, Schwamm und Seltersflasche durch die Seile, reiben, frottieren und massieren Arme und Beine ihres Kämpfers, während die aufgeregte Menschenmenge wie eine unruhige, stürmische Brandung rauscht und dröhnt.

Eine eigenartige, elektrisch geladene Spannung liegt in der Luft. Wetten werden geschlossen. Es wird keinen Punktesieg geben, das

steht fest. Dieser Kampf wird durch ein K. o. entschieden werden. Besseres boxerisches Können zeigt der Deutsche, mehr Kraft und wildes Draufgängertum der Riese aus São Paulo.
Lilian sitzt neben Percy, der ihr einige Boxregeln zu erklären versucht. Ellen quetscht aufgeregt ihren Kaugummi zwischen den Zähnen. Dad zerkaut seine Zigarre.
Der Gong ertönt. Die dritte Runde beginnt. Der Deutsche greift rasch an. Er kämpft schön, etwas zu offen vielleicht, aber kühn und sehr prägnant, das gefällt den Amerikanern.
»Go on, go on, go on!« brüllen sie. »Go ahead, knock him out, knock him!«
Alles pfeift, brüllt, stampft. Tonio preßt beide Fäuste ineinander, jede Bewegung des Deutschen macht er instinktiv mit, während Jimmy ununterbrochen Ratschläge in den Ring ruft.
Da geschieht etwas Unerwartetes. Eine Sekunde lang ist aller Lärm wie abgebrochen. Sogar die Schreibmaschinen der Presseleute klappern nicht mehr. Der Deutsche ist, anscheinend schwer getroffen, in die Knie gesunken und stützt mit beiden Händen seinen Oberkörper auf den Boden. Der Ringrichter ist schon bei ihm und weist den Gegner in die neutrale Ecke. Aber der außer Rand und Band geratene Riese ist nicht zu halten, trommelt mit beiden Fäusten auf den Kopf des auf dem Boden kauernden Deutschen nieder.
Alles ist wie erstarrt. Der Schiedsrichter will den Brasilianer von dem Deutschen, der vollständig benommen und nicht fähig ist, aufzustehen, losreißen. Im selben Augenblick jedoch trifft ihn ein voller Schwinger des toll gewordenen Brasilianers, so daß er niederplumpst wie ein Sack. Dreißigtausend Menschen brüllen wie ein einziges verwundetes Tier auf in toller Empörung, der Lärm ist unbeschreiblich, aber schon ist Tonio über die Seile in den Ring gesprungen.
Der Schiedsrichter liegt auf dem Boden. Tonios Faust trifft den Boxer, reißt ihn nach hinten. Im selben Augenblick dreht sich dieser mit blutunterlaufenen Augen zu Tonio und schlägt hart zu. Für den Bruchteil einer Sekunde fliegt Tonio in die Seile, doch wie eine Katze schnellt er zurück und schlägt im ohrenbetäubenden Lärm den Riesen mit zwei eisenharten, von der blanken Faust blitzschnell geschlagenen Kinnhaken zu Boden.
Auf der Galerie werden sie wahnsinnig! Das Pfeifen, Johlen,

Trompeten, Brüllen, Klatschen, Heulen schwillt zu einem Orkan an. Kein Mensch bleibt auf seinem Platz. Polizei, Wächter, Kontrolleure, Presse, Damen mit zerrissenen Schleppkleidern, Herren in Abendanzügen, alles, alles drängt sich zum Ring, schlägt sich, johlt, lacht und wirft Hüte in die Luft. Tonio, von Boxern der Vorkämpfe auf die Schultern gehoben, ist halb betäubt. Jeder will seinen Namen wissen.

Lilian ist aufgesprungen, den Mann, den sie im Ring feiern, der lachend ins Publikum winkt, den kennt sie doch. – Ja, er ist's, das blitzende Lachen, sie kennt es, das ist Tonio Feuersinger, ihr Führer vom Piz Palü, der Skimeister aus St. Laurein! Himmel, o Himmel, ist das möglich! Ihre Stimme geht unter im allgemeinen Chaos. Sie ruft es ihrem Dad zu, Ellen und Percy, der sich nach vorne drängt. Immer wieder ruft sie im Trubel nach Tonio, aber ihr Rufen geht im Lärm völlig unter. Lilian lacht, weint, schreit, klatscht in die Hände, winkt, doch Tonio erkennt in der allgemeinen Aufregung niemand.

Publikum und Presse sind stolz, die große Sensation miterlebt zu haben. Man schimpft, lobt, kritisiert, verlangt Reformen, die Disqualifizierung des Brasilianers.

Und Tonio?

Das Wiedersehen mit Lilian, Ellen Kid, Percy und Papa Hardenger war so herzlich und stürmisch wie der Jubel nach dem Niederschlag. Der Verblüffung folgte die Überraschung; und dann prasselte es von Fragen und Antworten, von Erzählungen – und all das wollte kein Ende nehmen. Dazwischen drängten sich die Reporter. Lilian lachte und strahlte. Nach glücklich überstandenen Interviews der »Evening News«, der »Times«, »Chicago Tribune« und »Morning Post« fuhr man in den Columbia Club, dessen prominentes Mitglied Mr. Hardenger war.

Tonio erfuhr dort, daß Hardengers seit sechs Wochen wieder in New York waren und daß Kids aus Washington eigens hergekommen waren, um sich in New York den Boxkampf anzusehen.

Lange saßen sie noch an jenem Abend bei Sekt und guter Laune beisammen. Jimmy durfte nicht von Tonios Seite. Der alte Hardenger klopfte einmal dem einen, das andere Mal dem andern auf die Schultern. Well, sie sollten ausgesorgt haben.

Wahrhaftig, die beiden wußten nicht genau, ob sie nicht träum-

ten. Oder ob sie nicht alles Bisherige geträumt hatten. Sie lächelten einander zu, verlegen und verwirrt, und um sich von ihrem Wachzustand zu überzeugen, kniffen sie sich gegenseitig in die Arme. Aber der Whisky war echt, die Menschen waren echt, sie konnten nicht länger zweifeln — sie erlebten das alles wirklich.
Der Luxus, der glänzende Marmor, das Kaminfeuer, die gepflegten Menschen, das leise Hinundhergehen graubefrackter Diener, die dezente Musik, die köstlichen, auserlesenen Getränke — all dies hätte auf die beiden Kameraden vom Zentralpark vielleicht erdrückend gewirkt, wenn der Umschlag zu diesem äußeren Wohlstand und Glück nicht so urplötzlich, wie die Kinnhaken des Brasilianers, über sie hereingestürzt wäre.
Ihre Namen standen in großen Zeitungen. Manche davon hatten Tonio für die Veröffentlichung seiner abenteuerlichen Geschichte dreistellige Honorare angeboten. Sein Bild erschien groß in der »Times«.
Lilian und Ellen aber kannten nicht nur den Tonio New Yorks, sondern auch den von drüben, den von den Bergen, den vom Eis und Schnee des Piz Palü. Lilian ließ ihn nicht aus ihren Blicken, sie verwöhnte ihn mit Nettigkeiten aller Art, und immer wieder mußte er ihr erzählen. Tonio fand sich im Trubel der Ereignisse kaum zurecht.
Hardenger stellte den Helden aus dem Zentralpark zwei Wohnzimmer in seinem Klub zur Verfügung. Den Dienst im Madison versahen die beiden einstweilen weiter, bis ihr Gönner eine passende Arbeit für sie in seinem Betriebe gefunden haben würde. — Auch Percy hatte sich ehrlich gefreut, Tonio wiederzufinden, aber diese Freude war ihm bald getrübt worden.
Er war es gewohnt, Lilian jeden kleinsten Wunsch vom Gesicht abzulesen, sie mit Aufmerksamkeiten zu überschütten. Er war es gewohnt, seine unermüdlichen Dienstleistungen mit einer herzlichen Freundlichkeit belohnt zu wissen. Aber nun bevorzugte Lilian ihren Tonio so deutlich, daß er sich beiseite geschoben und überflüssig vorkam.
»Lieber Percy«, sagte sie ihm eines Tages, »du darfst mich nicht mit Vorwürfen quälen ... Ich tue, was mich freut, und Tonio, das weißt du, hat mir das Leben gerettet!«
»Zugegeben, Lilian. Aber ihr zwei werdet euch nie verstehen, denn ...«

Er kam nicht dazu, den Satz zu Ende zu sprechen. Lilian versetzte ihm einen freundschaftlichen Klaps, und ohne seine Worte übelzunehmen, drehte sie ihm lächelnd den Rücken und ließ ihn stehn.
Und Tonio?
Tonio verlor wohl in dem Trubel der Ereignisse ein bißchen den Kopf. New York war jetzt eine großartige Stadt! Die Gefahr, daß er die Heimat, Barbl, die Eltern, die Berge und die Äcker vergessen könnte, war noch nie so groß gewesen.
Hardenger hatte den zwei Freunden Stellen in seinem Kontor verschafft. Sie brauchten nun nicht mehr im Park zu übernachten, keine Milch mehr zu stehlen. Und die Prophezeiung Jimmys, daß er mit den Hardengers noch einmal essen werde, hatte sich dreifach verwirklicht.

Bei Hardengers war wieder große Gesellschaft. Man tanzte und plauderte.
Percy war dabei, Sekt in die Gläser nachzufüllen, während Ellen lächelnd zu einem Nachbartisch hinüberprostete.
Percy hatte guten Grund, sich bei Hardengers daheim zu fühlen. Lilian und er galten schon seit langem in Citykreisen als Verlobte, und man wartete nur noch auf die offizielle Bekanntgabe. Aber er fühlte sich dort jetzt nicht mehr daheim.
Der gute Percy war von Tag zu Tag stiller geworden, seine knabenhafte Unbefangenheit war verlorengegangen.
Mr. Hardenger sah die Verlobung der beiden gern, denn die Einflüsse der Familie Kid auf die Petroleumpolitik der Regierung waren für einige Transaktionen, die er vorhatte, von großem Vorteil.
Und während Jimmy, arriviert und mit dicker Zigarre, dem Whisky zusprach und Geschichten aus seiner »Praxis« erzählte, daß Mr. Hardenger und dessen Freunden vor Lachen die Tränen über die Wangen kullerten, waren Lilian und Tonio durch die Räume gegangen und vor einem großen Bild des Piz Palü, das sich Hardenger hatte malen lassen, stehengeblieben. Arm in Arm, des Tanzens müde, schauten sie sich den Wächtengrat an, der ihnen beinahe zum Verhängnis geworden war.
»Können Sie sich noch erinnern, Tonio?«
»Das war eine schwere Nacht damals; aber sie war mir, abge-

sehn vom Tode Jörgs, immer noch lieber als die Nächte, die ich hier im Freien habe zubringen müssen ...«

»Armer Tonio«, sagte sie leise. »Aber das ist ja nun vorbei, endgültig. Außerdem waren Sie ungeschickt wie ein Greenhorn.« Und sie lachte ihn herzlich an.

»Wie es jetzt wohl drüben sein wird?« meinte er, während er immer noch das Bild betrachtete.

»Denken Sie wirklich immer nur an Ihre Heimat, Tonio?«

Er gab keine Antwort.

»Gefällt Ihnen jetzt Amerika nicht viel besser? Ich wette mit Ihnen, daß Sie nicht mehr zurückgehn werden! Unser Land ist viel zu reich und viel zu groß; das läßt keinen mehr aus ...«

»Glauben Sie?«

Sie wandte ihm das Gesicht zu, das helle, kühle Gesicht, und schaute ihn an.

Er aber meinte, noch immer im Nachdenken verfangen: »Übrigens kann, was Sie sagen, schon stimmen. Europa ist klein und arm, doch mich packt die Sehnsucht manchmal hart an. Sagen Sie ehrlich: Hätten Sie keine Lust, nach Europa zu gehen?«

»O nein – ich könnte und möchte in Europa nicht leben. Hinfahren – ja, eine Reise lang, einen Winter oder einen Sommer: gern – aber bleiben? Euer Land ist zu klein, zu eng ...«

Leise plaudernd gingen sie weiter und kamen ins Bibliothekzimmer. Musik und milde Wärme umfingen Tonio wie süße Träume. Das Licht fiel in zarten, zitternden Strahlen auf Lilians helles Kleid. Sie setzte sich in einen weichen Seidenfauteuil und reckte ihren schlanken, zarten Körper. Sie waren allein. Lilian legte ihre Hände in Tonios Hände. Leise schwebten die Rhythmen eines Tangos zu ihnen herüber. Tonio spürte den betäubenden Duft von Lilians blonden Locken. Wie zart ihre Haut war! Wie ebenmäßig ihre Stirn, ihre Wangen, ihr Kinn.

Er erschrak fast, als sie unvermittelt die Unterhaltung wieder aufgriff und fragte:

»Du willst also nach Europa zurück?«

»Ich – nein – jetzt denke ich gar nicht daran, Lilian, ich meinte nur so – ich meinte nur, ich könnte vielleicht hier nicht immer leben ...«

Mit einer unsagbar zarten Bewegung schmiegte sich Lilian enger an ihn.

»Auch mit mir nicht?«

Tonio wußte nicht, ob er recht gehört hatte, und mit beiden Armen Lilian an sich ziehend, fragte er:

»Was hast du gesagt?«

»Ob du auch mit mir hier nicht leben könntest . . .?«

Er fand keine Antwort. Der Tango klang, leiser werdend, herüber, Geige und Saxophon übersteigerten einander in der Melodie. Erinnerungen kamen auf: weißer, sonnenüberstrahlter Schnee – die Wächten – die Schreie: »Help, help!« – die Stunden in der Eishöhle, weitab von den Menschen . . .

»Lilian, my dear Lilian . . . was sagst du?«

Zwei starke Männerarme umschlingen die zarte Gestalt. »Lilian!« flüstert seine Stimme. »Lilian!«

Und leise und süß kommt es über ihre Lippen: »I love you . . .«

Tonios Augen öffnen sich, er will ihren Mund küssen . . . aber sein Blick erstarrt, etwas Unfaßbares scheint ihn jäh angefallen zu haben.

Aus der samtenen Ecke, gerade über Lilians Kopf, starrt mit dunklen Blicken, rätselhaft, mahnend, drohend, ein Flammenhaupt auf Tonio nieder.

Von goldenen Strahlen umglänzt, blickt das ewige Antlitz der großen Sonnenmaske in den Raum . . .

Tonio Feuersinger steht wie gebannt. Er kann sich, vom Zauber des Sonnenantlitzes gepackt, nicht losreißen . . . Lilian versteht ihn nicht. –

Es war spät geworden, als sich Tonio und Jimmy im Klub noch Geschichten erzählten. Sie waren gute Freunde geworden und wollten es ihr Leben lang bleiben. – Das Erlebnis mit der Sonnenmaske behielt Tonio einstweilen für sich. – Schwer war es ihm geworden, Lilian gute Nacht zu sagen. Seine Hand zitterte, als sie die von Lilian umschloß.

»Good bye, Lilian . . .«

»Bye-bye, Tonio«, hatte sie mit einem traurigen Lächeln geantwortet.

»Bye-bye«, klang es ihm in den Ohren. Da nützte auch das dritte und vierte Glas Whisky-Soda nichts . . .

»Bye-bye . . . Jimmy – gehn wir schlafen.«

Es war schon Morgen geworden.

Mit viel Nebel und starken Schneefällen war in St. Laurein der Winter eingezogen. Es war ein herrischer, mächtiger Winter. Den Bauern war es recht so. Die Ernte war längst in Haus und Hof geborgen. In den runden, gemauerten Öfen der traulichen Stuben brannten die knisternden Feuer, und in den warmen, dunstigen Ställen dösten milchschwangere Kühe und junge Kälber an ihren Krippen.
Bauern und Knechte lobten den guten Schlittenschnee. Frühmorgens, noch bevor die Hähne krähten, holten sich die Burschen Schlitten und Werkzeug. Mit derben Stiefeln und schwarzen Lodenjoppen, mit groben Fäustlingen und warmen Wollmützen stiegen sie, den leeren Hörnerschlitten auf dem Rücken, die steilen Waldwege hinauf, um von den Almen das Heu zu holen.
Auch der Kaindl-Matthies war dabei. Er war immer noch ledig. Die Barbl hatte ja nicht wollen, und die reiche Silanerin hatte er noch nicht gefragt. Die Silanerin, Teufel, die hätte ihm schon fürs Leben gefallen können zum Zusammenhausen.
»Das Heiraten muß gut überlegt werden«, meinte er, »und die guten Küh kauft man nit auf dem Markt.«
Außerdem wollte er die Sonnwend abwarten, die große Rauhnacht, da mußte sich etwas entscheiden mit der Barbl oder mit der schönen Silanerin oder und oder ... Und überhaupt: Heute und morgen und übermorgen hatte er mit dem Heu zu tun. Nur nit übereilen, besonders beim Heiraten, denkt er.
Auch der Sepp war auf dem Weg ins Heu und fast alle Jungburschen des Dorfes. Der Winter sah nicht schlecht aus für ihn. Er war wieder beim Adlerwirt als Skilehrer angestellt.
Im Grandhotel war als Ersatz für den Feuersinger dem Zermatter Führer Lehner die Leitung der Skischulen übertragen worden. Der hatte die Schule der Walliser Berge hinter sich, und wer am Fuße des Matterhorns daheim war und schon dreißigmal auf seinem Gipfel gefrühstückt und alle anderen Walliser Scheitel bei Schnee, Hagel und Sonnenschein überschritten hat, auf den war Verlaß.
Auf dem Almgebiet angelangt, verteilte sich die lange Kette der Heuholenden, weithin verstreuten sie sich auf den Steigen zu ihren Almhütten und Weiden.
Am Nachmittag begann die Abfahrt. Jäh, steil und in tollkühnen Schleifen führte der Weg hinunter ins Loch.

Mit Eisenketten, die um die Kufen gewickelt waren, wurde die wilde Fahrt gebremst, und unter der jagenden Last von mehreren Zentnern schossen die Schlitten und Burschen hinunter. Es war ein Wettbewerb und ein Sport, eine Freude und eine Kraftprobe. War man daheim, unterm Dach, dann wurden Geschichten von der Rauhnacht erzählt. Vom Wald und von den Almen, von den Bergen und von den Geistern, die in den kommenden Nächten ihr Wesen treiben würden. Es wurde von Zwergen und Unholden und auch von Hexen, die auf brennenden Besen junge, sündige Mädchen über die Grate verschleppten, erzählt.

Nach solchen Abenden konnte manch junge Magd in ihrem Bett keinen Schlaf finden: Die bösen Dämonen hatten es in den Erzählungen zu toll getrieben.

Schon seit Wochen war in den stillen Stuben der Mägde, in den Kammern der Knechte und in den Dielen der Höfe alles damit beschäftigt, Masken und Verkleidungen aus den Verstecken von den Dachböden zu holen, sie zu schmücken und schön zu machen. Nach Möglichkeit hielt jeder seine Maske geheim, um nicht erkannt zu werden, wenn er sie tragen würde. Auch so manche neue Maske wurde geschnitzt. Gudauner hatte alle Hände voll zu tun.

In den kleineren Seitentälern und umliegenden Gehöften wurden seit alters her bestimmte Verkleidungen besonders gepflegt. So kamen aus den gletschernahen Lötschhöfen die Lötscherloter, die wilden Urmenschen ähnelten, aus dem unweit liegenden Imstertal die Schemenläufer mit ihren Schellern und Rollern und aus Innerlaurein die Perchten mit ihren gewaltigen Federhüten.

Ein Fieber war über die Laureiner gekommen. Schaf- und Bockfelle, Rupfen, Besen, Schellen, Baumstümpfe, Rollen wurden genäht, bemalt und gebunden, große Larven in phantastischer Weise angemalt, fletschende Pferdegebisse und -kiefer eingesetzt, Pferdehaare als Locken auf Stirnen genagelt, Kieselsteine von derben Männerfäusten als Augen eingesetzt. Mädchenhände nähten glitzernde Blumen und Silberkugeln um die kleinen, unglückabwehrenden Spiegel.

Draußen, zwischen Wald und Graben, in der verrußten Holzhütte des Kaserers, tagte der geheime Bauernrat über die Rauhnacht. Tief im Schnee versteckt lag das steinbeschwerte Schindeldach. Geheimnisvoll erging sich das Kasermandl in dunklen Andeutungen, Zaubersprüche vor sich hin murmelnd, schien er mit den Dämonen einen Pakt geschlossen zu haben. Der Gudauner, ruhiger und gelassener noch als früher, führte den Vorsitz. Von allen Hofgruppen waren sie gekommen.

Es kam jetzt darauf an, einen Ausweg zu finden. Der im vorigen Jahre gewählte Rauhnachtskönig Tonio Feuersinger war verschollen. Kein Brief und kein Lebenszeichen des Verlorenen hatten Aufschluß über dessen Verbleib bringen können. Er war wohl irgendwo an fernen Ufern zugrunde gegangen. Sein Wanderstab war nicht vom Glück gesegnet gewesen. Ein anderer mußte zum König bestellt werden.

»I erheb Einspruch! Mein Sohn wird dasein zur rechten Zeit«, wiederholte der alte Feuersinger immer wieder. Und seine zerfurchten Hände schlugen auf den Tisch.

»Dein Sohn ist seit über anderthalb Jahren verschollen. Wir wissen nit, ob er noch lebt. Er hat kein Lebenszeichen gegeben, nit amal dir!«

Starrköpfig antwortete der Alte: »In drei Tagen kann viel geschehn. I erheb Einspruch!«

Keiner bemerkte das versteckte Kopfnicken des Kohlenmandls; da man den weißbärtigen Alten nicht unnötig kränken wollte, bestimmte Gudauner:

»Falls der zu Recht gewählte Rauhnachtskönig Tonio Feuersinger in der dritten Rauhnacht ab heut, also am 24. Dezember, um fünf Uhr abends nicht in sein Vaterhaus zurückgekehrt ist, wird Matthies Kaindl dessen Nachfolger, und die große Sonnwendfeier findet auf dem Kaindlhof statt!«

Alles nickte zustimmend, auch der alte Feuersinger fügte sich dem Spruch seines alten Freundes.

Keiner der Anwesenden glaubte an eine Rückkehr des Verschollenen, keiner. Bedrückt und tief verwundet war der alte Vater, der das Wort für seinen Sohn gegeben hatte und der in seinem harten Daseinskampf, trotz vieler Sorgen und Nöte, noch nie ein Versprechen nicht eingelöst hatte.

Vor den Fremden wurde alles geheimgehalten. Sie hatten bei diesem Fest nichts zu suchen. Sie hätten es auch nicht verstanden. Man wollte allein sein, unter sich. Eifersüchtig und stolz hegten die Bauern ihre Rauhnächte, ihre Wintersonnwend gegen alle Verschlepper und Fremde.

Spät nachts kehrte der alte Feuersinger zu seinem Hof zurück. Leise sperrte er das wuchtige Tor auf, leise schlurfte er über die Diele, langsam ließ er sich auf der Ofenbank nieder.
Er zündete die Lampe nicht an, denn er brauchte kein Licht. So saß er in der Dunkelheit, gebückt und müde.
Sein Anwesen sollte also ohne Erben sein, die Lebensarbeit ohne Gnade. Auch die Mutter wurde in ihrem Vertrauen stiller und weniger zuversichtlich. Auch die Barbl. Alle, alle. Wenn Tonio auch zur Wintersonnwend, die ihm die größte Ehre und das größte Vertrauen seines Heimatdorfes schenken sollte, nicht zurückkehrte, dann war er verloren, verloren für immer. Dann war er nicht mehr am Leben; oder er hatte die Heimat vergessen und verraten.
Nie hatte Tonio den Eltern, den Freunden, seiner Liebsten auch nur eine einzige Zeile geschrieben. Gudauner war überzeugt, daß Tonio schon lange tot und begraben sei. Barbl tat ihm maßlos leid. Immer noch zwang sie sich selbst den unerschütterlichen Glauben an die Rückkehr ihres Geliebten ab.
Wenn man es ihr nur ausreden könnte! Der Kaserer bestand darauf, daß Barbl trotz alledem in Maske und Verkleidung dem neuen König huldigen sollte. Er beschwor sie wie ein alter Hexenmeister, er sprang zwischen seinen vier Wänden umher, er ließ nicht eher locker, als bis der alte Gudauner endlich nachgab. Der wußte, was er damit tat. Der wußte, daß die Wahl des Rauhnachtskönigs endgültig war. Die Maid, die der König sich auserkor, mußte sein Weib werden.
Barbl fand keinen Schlaf mehr.
Immer wieder schreckte sie aus ihrem Schlummer auf, betete, haderte mit sich selbst, schluchzte in die Kissen und betete wieder. »Er kommt, er kommt«, wiederholte sie immer wieder. Zehnmal, hundertmal, stundenlang: »Er kommt, sicher kommt er, ich weiß, daß er kommt, ich weiß es ganz gewiß! Ihr werdet es schon sehen, daß er kommt.«
»Wird nicht recht viel werden mit den Rauhnächten heuer! Ist kein Rauhnachtskönig bestimmt?«
»Freilich ist er bestimmt. Beim Kaindlhies wird der große Tanz abgehalten. Na, jesses, wie i mi freu!«
Die Silanerin und die Rottenpuecherin nähten auf ihre Rauhnachtskleider tausend silberne Papiersterne. Sie probierten die

glitzernden Kronen und ließen die feinen Schleier über ihre schönen Schultern fallen.

»Nachher wird am End die Gudaunerische doch noch mitmachen? Aber die will ja nur auf'n Feuersingerhof, hab i glaubt?«

»Dafür flennt die Rosl Tag und Nacht, weil s' nit dabeisein kann.«

»Wundert mi, warum s' ausgerechnet die Rosl net mitmachen habn lassen!«

»Weil s' a Krämerin ist, und es solln ja nur Bauernmadeln dabeisein.«

»Geld hat s' aber. Und a guete Haut ist s' a . . .«

»Geld ist nit die Hauptsach — mir ist meiner Seel dös Kleidl z' eng gwordn!«

Die Silanerin zog aus Leibeskräften die Bluse über ihren Oberkörper zusammen. Es ging nicht. Die runden, festen Brüste gaben nicht nach:

»Schau her, jetzt mueß i's akkurat auftrennen und weiter machen«, schimpfte sie lachend.

Im Stall beim Puechenegger tanzte eine Stalldirn um einen gehörnten Geißbock. Sie lachte und freute sich, hatte eine goldene Mädchenmaske vor dem Gesicht und den Besen in der Hand.

»Huhuhu«, lachte sie, »huhuhu« krächzte ihre Stimme. Ein Spieglein hatte sie an der Futterkrippe aufgestellt. Darin sah sie sich und den Geißbock. »Huhuhu«, kicherte sie und stieß den Geißbock an den Hörnern, »schau, wie bin i schön gwordn, und erst wenn i 's Kleid anhab — dann lach i alle aus, die Lackl! Kennt mi keiner — huhuhu — hihihi«, tollte die Dirn im Stall, bis mit Kettengeklirr und Gebrüll ein furchtbarer Teufel vor ihr aus dem Heu sprang. Kreischend wollte sie fliehen, aber der Teufel war lachend schon wieder verschwunden.

»War gewiß der Großknecht — na, jesses, hat der mich derschreckt!«

Zwischen den Masken und Heiligen der Gudaunerwerkstatt stand Rosina bei Barbl.

»Und i mag nicht, und i geh nicht. Wenn mich der Kaindl erwischt, mueß i sei Frau werden, und ich hab's ihm schon einmal gsagt, i mag nicht heiraten, will auf den Tonio warten.«

»Hast recht, Barbl. Schau, i schenk dir alles, was i hab, wenn d' mir dein Kleid und deine Maske leihst. Der Tonio kommt zur

Sonnwend ja gewiß nimmer. Daß er vielleicht zurückkommt, glaub ich selber, wenn auch alle sagen, daß er längst zugrund gangen is.«
»Ich weiß, er lebt, und ich weiß, daß er wiederkommt, und deswegen geh ich nicht zum Kaindlhof. Du – ich leih dir alles! – Da hast's –« Barbl schiebt der aufjauchzenden Rosina Rauhnachtskleid, Krone, Schleier, Maske und Besen zu ... »ich mach nicht mit, und wenn es zehnmal alle anders bestimmt haben ...«
Rosina umarmt und herzt die Barbl: »Und der Sepp wird Rauhnachtskönig, siegst du's, mir hat ja schon ein paarmal träumt. Ich werde seine Rauhbraut, und dann heiraten wir, ja – schau ich nicht wie eine Königin aus mit der Kron?«
Ihre Augen sprühen vor Freude. Dann packt sie alles sorgfältig ein, damit niemand den Inhalt ihres Körbchens ahnen könne, und läuft Hals über Kopf aus der Werkstatt. Barbl bleibt allein.
»Hätt's doch nit tun sollen!« sagt sie laut zu sich selbst. »Nie und nimmer hätt ich's tun sollen. Herleihn das Rauhnachtskleid! Und die Krone auch! 's ist gegen das Gesetz ...«
Und sie bereute schon.
Dann aber tröstete sie sich.
Sie wird die heilige Christmette besuchen, inständig und lange zur Mutter Gottes beten.
Und wird nicht zu finden sein, wenn die Rauhnächte kommen.
Die Greißlerin sprang währenddessen zurück in ihr Haus. In drei Tagen, am vierundzwanzigsten Dezember, war die große Huldigung an die Sonne und die Wahl der Mädchen. Ihre Lippen jauchzten in seliger Lust. Nun gehörte auch sie zu den Erkorenen, Auserwählten! Nun mochten die dummen Jungknechte staunen, und der Sepp würde noch froh sein, wenn sie ihm nicht entwischte.
Nur den zwölf Rauhnachtsmädchen war es erlaubt, beim Tanz um den Sonnengott zu erscheinen. Die Glücklichen, Auserwählten nähten unzählige Sterne an ihre Kleider, schmückten ihre Kronen und strickten an ihren weißen Handschuhen.

Über Felsgrate und Schneewächten schleppten die Burschen Holztrümmer und Pechpfannen und stapelten einen großen Scheiterhaufen auf. Draußen vor Alt-Laurein auf dem Kreuz-

bühel hatten sie einen gewaltigen, hohen Holzstoß errichtet, auf den sie einen Strohmann stellten. Vor den größeren Bauernhöfen standen Holzstöße bereit, von überall sollten morgen die Feuer lodern und die Juchzer schallen. Große Pechräder würden feuersprühend von den Bergen ins Tal springen, flammende Scheiben in die Tiefe rollen, glühende Speere durch die Luft schwirren.
Überall herrschten Spannung und Freude, Tollheit, Spott und Übermut.
Das stille Tal war verzaubert. Von geheimnisvollen Kräften wurden Burschen und Mädchen zueinander hingezogen, voneinander abgestoßen.
Die guten Mütter malten die Zahl des kommenden Jahres sowie drei Kreuze und die Anfangsbuchstaben der Heiligen Drei Könige: Balthasar, Kaspar und Melchior, an die Türbalken. Andere stellten brennende Kerzen vor die Fenster, versteckten die Kinder und sperrten die Tore, wenn es dunkelte. In den Ställen rumorten und schlugen die Tiere an den Ketten und Krippen. Knechte juchzten und knallten mit ihren Peitschen. Verkleidete und Vergewandete tauchten auf und verschwanden. Hexen ritten sausend durch die Luft, Teufel heulten über die Eisgrate, auf den Almen tobten die Berggeister, und in den Eis- und Gletscherbrüchen jammerten die ruhelosen Seelen der Unerlösten! Gespenstische Lichter huschten über verwunschene Almen und durch weglose Schluchten.
Von Abend zu Abend, von Nacht zu Nacht hatte sich das unheimliche, unfaßbare Wesen dieser Nächte gesteigert. Langgezogene Rauhnachtsrufe hallten durch die Gassen.
Der alte Feuersinger glaubte noch immer an die Rückkehr seines Sohnes. Während er im Heuboden das Futter für das Hausvieh richtete, traten zwei Männer zu ihm.
»Was gibt's? Was wollts?«
»Wir möchten die Sonnenmaske holen. Oben in der Holzerhütte wird heut der neue Sonnenkönig ausgespielt werdn, weil der Tonio nimmer kommen ist . . .«
Mit hartem Griff nimmt der Alte das goldene Flammenhaupt vom Holzbalken in der Hausdiele und reicht es den beiden.
»Tut uns leid, Feuersinger, aber es geht nimmer zu ändern. Mir gehn auf die Holzerhütten in Wald jetzt!«
»Grüß euch Gott und viel Glück!«

In der Hütte sollte der neue Sonnenkönig die Maske übernehmen, und dann sollten alle auf Skiern, als Perchten vermummt, mit Federn und Bändern geschmückt, talwärts sausen zum Hof des Neugewählten. So hatten sie es ausgemacht.
Barbl stand noch unschlüssig in der Werkstatt ihres Vaters. Starre Masken glotzten sie an, ein heiliger Florian schüttete Wasser auf ein brennendes Haus. Sie konnte die Einsamkeit dieser Umgebung plötzlich nicht mehr ertragen, und als sie lautes Geschrei von verfolgten Kindern, denen ein wilder Mann mit rasselnden Ketten und einem ungeheuern Korb nachlief, hörte, riß sie Schal und Kopftuch vom Ofen und rannte auf die Straße hinaus.
Wohin wollte sie? Sie wußte es selbst nicht. Sie wußte bloß, daß sie Angst hatte.
Es war nicht bloß Angst. Der Zauber der Rauhnacht hatte auch sie erfaßt.
Alle Warnungen des Vaters waren vergessen. Sie hetzte durch den sogenannten unteren Weg in der Richtung zum Krämerladen Rosinas bergab. Sie wollte ihr Kleid wiederhaben, ihr Rauhnachtskleid!

Im tiefen Dämmerdunkel stapfte ein einsamer Mann auf schmalem Schneepfad durch den Wald. Er hörte die Stimmen der Lüfte und des Bodens, doch ruhig ging er seinen Weg, den Hut ins Gesicht gedrückt. Jetzt kam er in eine Waldlichtung. Seine Hand schob den Hut etwas zurück, seine Augen blickten hinunter ins Tal, hinunter zu den verschneiten Dächern Laureins. Noch einige Schritte ging er vor und spähte scharf, als suche er etwas ganz Bestimmtes.
Sein Gesicht erstrahlte, seine Augen leuchteten mit einem Male, seine Lippen bewegten sich, als flüsterten sie ein gutes, schönes Wort. Dann beugte er sich vor, bückte sich, seine Hand griff in den Schnee. Es schien, als lächle er.
Da knallten Peitschenschläge scharf wie Gewehrschüsse, und nun wanderte das Echo rauher Juchzer, von Wand zu Wand geworfen, durch den Wald.
Der einsame Wanderer hob beide Hände zum Mund, um Berg und Tal zu grüßen. Ein heller Juchzer schallte aus seinem Mund.

Tonio Feuersinger, den es von fernen Meeresufern wieder ins Land geführt hatte, wollte heim, wollte weiter, heim! Ungeduld brannte in seinem Herzen.
Der Vater, die Mutter, denkt er in banger Freude. Wie werden sie mich aufnehmen nach der langen Zeit?
Und die Barbl? Heiß läuft ihm das Blut zum Kopf bei dem Gedanken, daß sie ihn vergessen hätte oder ihr etwas zugestoßen sein könnte.
Heute war Wintersonnwend, die größte, schönste Rauhnacht. Heute sollte auf seinem Vaterhofe der Rauhnachtskönig die Huldigung der Wiese, des Waldes und des Ackers entgegennehmen. Heute war die Wundernacht der zwölf Mädchen mit den goldenen Masken, heute sollte von Rechts wegen er, Tonio Feuersinger, auf dem Thron sitzen. Sein Kopf war heiß, die Gedanken verwirrten sich, und heftiger, ungeduldiger wurde sein Schritt.
Eilig stapft er durch den tiefen Schnee, abseits von der Dorfstraße, mitten durch den lockeren Wald führt sein Weg, drüben unter den hellen nächtlichen Schneehängen leuchten die kleinen Fenster der Bauernhöfe.
Im Zwielicht des Waldes herrscht geheimnisumwitterte Stille. Hinter Tonios Schritten wird es lebendig, es ist, als ob die Erde erwachte, der Boden sich rührte, aus knorrigen, schwarzen Arvenstämmen und wildverwachsenen Wettertannen dämonische Gestalten sich räkelnd lösten und mit plumpen Armen sich vom Geäst ihrer tiefverschneiten Behausungen unter Stöhnen befreien würden. Wie aus schwerem, jahrhundertelangem Schlummer erwachen sie, gähnen, tappen in unbeholfenen Schritten aus ihrem Schattendasein daher. Lautlos begegnen sich die unheimlichen Riesen da, dort, weiter unten. Schief und listig blinzeln sie in das dunkle Schweigen des tiefen Waldes. Den weichen Schnee abschüttelnd, schwanken sie, an knorrigen Wurzeln und derben Stöcken sich stützend, eine Prozession von dumpfen Urgewalten, den Waldhang hinab.
Irgendwo rief versteckt ein Waldkauz, jammerte eine Eule, klagte ein Reh.
Tonio hatte den unteren Waldrand erreicht. Vor ihm lag die dunkle Hütte des Kasermandls. Ein kleines Feuer brannte unter drei aufgehängten eisernen Drudenzeichen. Drei wuchtige Holz-

stöße waren vorbereitet. Weit drüben leuchteten die Lichter des Grandhotels.

Und dort auf dem Hügel ... Tonio blieb stehen. Breit und gottesfürchtig ein altes Haus, ein ehrwürdiges, wetterfestes Haus, hoch und einsam, eine Wiege und eine Burg: der Feuersingerhof. Tonio fuhr sich mit dem Ärmel über die Stirn.

Alles stand noch wie früher, alles war, wie er es vor einem Jahr verlassen hatte. Schützend und schirmend ragte aus dem bewaldeten Bergrücken sein Freund, der Langkofel. Im Dämmer des versunkenen Lichtes stand der Berg vor ihm wie ein dem Himmel und der Erde dienender Altar.

Diesmal war es kein Traum. Tonio war daheim.

Unten schliefen die Schneedächer Alt-Laureins. Die Augen suchten das Gudaunerhaus ... Freundlich lugte der Giebel hinter dem dickbauchigen Adlergasthof her, und von drüben auf der anderen Bachseite grüßte die alte St. Valentiner Kirche mit dem Zwiebelturm zu ihm. Alle Umrisse wirkten verwischt; weich und mild lagen die Winterschatten über dem verborgenen Bergwinkel, aus dessen winzigen Fenstern einzelne Lichter flimmerten.

Zwei Skiläufer huschten durch den Wald. Tonio wollte weiter. Von irgendwo klang das leise Klingeln eines Pferdeschlittens, fernes Gelächter schallte auf; und dann wehten mit einem Male singende Knaben- und Männerstimmen daher. Tonio lauschte ... Was war das? ... Er trat zurück in den Schnee, hinter das schützende Geäst einer Fichte ... Tauchte dort aus dem tiefen Dämmerdunkel nicht ein leuchtender Stern auf? Im Wohllaut der Stimmen erklang das Lied der Heiligen Drei Könige aus dem Morgenlande.

Der Einsame hinter der Fichte wagte nicht, sich zu regen. Ruhig wie ein Baum stand er, unbeweglich, verwurzelt, wieder verwurzelt ...

Sie sangen in Demut und tiefer Gottesfurcht. Sie kamen mit dem Stern und mit Weihrauch und Gaben für das Jesuskindlein, das vor zweitausend Jahren in einer solchen Winternacht in einem Stall geboren worden war. Musikanten mit Horn und Oboe begleiteten die selige Melodie des weihnachtlichen Volksliedes. Eine Schar armer Leute folgte almosensammelnd. Sie trugen Säcke über den Schultern und humpelten gebückt, auf Stöcke gestützt, daher. Ihre Wollmützen und ihre Schnurrbärte waren weiß verschneit, und ihre Schuhe versanken tief im weichen Schnee.

Ohne den einsamen Mann zu bemerken, zogen sie, willkommene Boten des Friedens, an ihm vorbei. Die Knaben trugen auf ihren Mützen goldpapierene Zackenkronen, und goldene Papierkragen schmückten ihre Mäntelchen. Hoch schwebte der lichtspendende Stern über ihren Köpfen, und es duftete der Weihrauch aus dem Rauchfaß, das der kleine Adlerbub schwang. Drüben ging der jüngste Tarneller und trug das rotsamtene Kissen mit dem Schmuckkästchen. Und weil ja einer der drei Könige aus dem Morgenland ein Mohr war, so hatte er sich das Gesicht mit Ruß schwarz gemacht.

Jedes einzelne Wort des trauten Weihnachtsliedes kannte Tonio noch von der Schule her:

»Es ist geboren zu Bethlehem
Ein Kindlein selig in dieser Nacht!
Es segnet alle, die guten Herzens,
Und hilft den Armen aus tiefster Not.
Oh, dankt dem Heiland, der uns gerettet,
Der über Himmel und Erde wacht.
Ach, Kindlein, hilf uns
Und schenk uns Frieden,
Denn dein ist alle Himmelsmacht.«

Ja, jedes Wort kannte er und jeden der Sänger. Den Kirchner-Karele, der das Horn blies, den Schneider-Luis und den Wechselberger-Heindl. Den Steiner-Isidor, dem es immer schlecht gegangen war, und den Aschenwald-Hansl, der ebenfalls sein Lebtag nur blanke Not hatte leiden müssen. Merkwürdig, alle hatten, während sie an ihm vorbeizogen, auf Tonio den Eindruck einer tiefen Zufriedenheit hinterlassen, eine wohltuende Ruhe war von der Schar auf ihn übergegangen.

Allmählich verlor sich der Gesang. Sie zogen von Hof zu Hof, von Tür zu Tür und brachten den Segen des Glaubens mit sich. Milde Mutterhände schenkten ihnen Nüsse, Äpfel, Brot und Kleider.

Wilde Bockhornrufe hallten wieder auf, grelle Juchzer übertönten das verklingende Lied, krachende Peitschenhiebe zerschnitten die Luft. Tonio eilte erschüttert, verwirrt, voll Freude und Erwartung weiter. Schon schritt er am jenseitigen Hang dem Vaterhaus zu.

Ein Feuerstoß war abseits von Haus und Stadel auf einem kleinen Hügel errichtet. Niemand war um die Wege. In der Stube brannte ein stilles, kleines Licht. Tonio blieb stehn und hielt beklommen den Atem an. Er dachte an Barbl, aber unweigerlich zog es ihn zuerst zu Vater und Mutter. Zaghaft öffnete er die Tür und ging durch die dunkle Tenne. Er kannte jedes Brett und jede Säule, schaute schnell und heimlich in den Viehstall. Es war alles noch beim alten. Die Kühe lagen still und schnauften, die zwei Rösser waren auch noch da. Oh, wie roch der Stall warm und gut und nach daheim!

Dann sprang er über die Stiege zur Stubentür, öffnete sie leise und trat zögernd ein.

Zuerst stand er wie versteinert, mit dem Hut in der Hand. Ihm gegenüber schlug die alte Wanduhr ihr unvergängliches Ticktack — ticktack — als wäre nichts, gar nichts geschehen in der langen Zeit. Die dunkle Hauskatze saß zusammengerollt auf der wärmenden Ofenbank. Die Stube war blitzsauber aufgeräumt. Auf dem Tisch hinter dem gemauerten Ofen brannte eine Petroleumlampe. Dort schien jemand zu sitzen. Vorsichtig machte Tonio einen Schritt vorwärts, da sah er den Vater. Ein altes, zerlesenes Buch hielt er in der Hand. Er hatte den Angekommenen noch nicht bemerkt und las weiter. Fast hatte Tonio nicht das Herz, diese tiefe Ruhe zu stören. Wo mag die Mutter sein, fuhr es ihm wie ein schmerzender Stich durch den Sinn. Dann sagte er ganz einfach und still: »Vater!«

Der schaute langsam auf. Die Stimme kannte er! Ein verklärtes Lächeln huschte über sein Gesicht.

Der Heimgekehrte spürte es, die Tür dieses Herzens war offen.

»Tonio, bist also wieder da! Hast wieder heimgefunden! Ich hab's ja gewußt!«

Der Alte war bei diesen Worten sitzen geblieben und hatte seinen Sohn nur angesehen:

»Die Mutter wird schaugn, ist in die Kirch gangn, beten für dich und die zwei anderen.« Und jetzt stand der Alte auf und ging ihm entgegen. Zwei Männerhände umfaßten sich hart, herzlich und lange.

»Hock dich jetzt her, Tonio, und rast. Mußt essen und mir etwas erzählen – und nachher schaust zu deinem Recht. Bist Rauhnachtskönig heut, bist rechtzeitig noch kommen, bringst die gutn Geister wieder, hast dein Wort eingelöst – wart, ich komm gleich wieder ...«

Inzwischen suchten Tonios Augen die Sonnenmaske. Sie hing doch in der Diele, als er bei Nacht und Nebel die Heimat verlassen hatte? Wo mochte sie nur sein? Hatte sie der Vater fortgegeben?

Als der Alte mit Brot, Speck und Wein in die Stube trat, galt Tonios erste Frage der Mutter, die zweite der Barbl, die dritte der Maske. Der Alte erzählte von der langen Zeit, die sie gewartet und gehofft hätten, von Barbl und von Kaindls Heiratsantrag und von der goldenen Sonnenmaske, die sie mitgenommen hätten.

»Die werd i mir schon wiederholen, noch ist ja Zeit.«

Tonio stärkte sich am hausgemachten Brot und Speck. Der Alte hatte zwei Weingläser gefüllt, und während sie tranken, kam die weißhaarige Mutter in die Stube.

Tonio ging auf sie zu, nahm ihre Hände und küßte sie. Zitternd und liebkosend fuhren ihre Finger über seinen Kopf hin.

»Gut, Tonio, daß du wieder heimgefunden hast!«

»Mutter, verzeihst mir?«

»Ist nichts zu verzeihen – jetzt bist wieder da, jetzt kann ich ruhig schlafen – hab immer an dich denken müssen ...« Müde und glückstrahlend setzte sich die Mutter, nahm ihr Taschentuch aus der Schürze und trocknete sich die nassen Augen:

»In Gottes Namen Dank, daß nur der Bub wieder da ist.«

Immer nur wiederholte sie: »Daß er nur wieder da ist ...«

»Steh auf, Mutter, heul nit, freu dich, richt' den großen Tisch her, heut wird Rauhnacht, Heimkehr und Sonnwend gefeiert«, drängte der Alte mit erregter Stimme.

Der Alte war nun vollends wach geworden, lebendig und feurig rief er Tonio zu:

»Lauf hinauf zur Holzerhütte. Sie sind oben grad dabei, einen andern z' wählen. Die große Sonnwendnacht muß auf unserm Hof sein, geh, Bub, lauf, hol dir die große goldene Sonnenmaske, ich werd derweil alle anderen verständigen!«

Die Nachricht von der Rückkehr des Feuersingersohnes eilte durch das Dorf wie laufendes Feuer. Allenthalben riefen es die jungen Knechte und Burschen:
»Auf zum Feuersingerhof, zur großen Rauhnacht. Der Alte ladet alle ein. Sein Bub ist wieder da!« gellten die Schreie. Vor dem Feuersingerhof flammte ein Feuer auf. Das erste in der heutigen Nacht! Der Alte zündete es selber an. Nun mögen sie alle kommen, seinem Rufe Folge leisten! Überall sahen sie es.
Die Rufe wurden hundertfach, Böllerschüsse krachten.
»Rauuuuuuuhnaaaaaacht iiiiiist . . .!«
Auch Barbl hatte die Rufe gehört, hatte die Lohe des Feuers aufflammen gesehen. Sie konnte es nicht fassen: Tonio war wiedergekommen, war heimgekehrt! Sie wollte aufjauchzen, schreien vor Glück – aber eine plötzliche Schwäche übermannte sie, und hätte sie sich nicht mit letzter Kraft emporgerissen, so wäre sie im Schnee liegengeblieben, in den sie hingesunken war. Sie mußte ihr Kleid wiederhaben, mußte es wiederhaben.
»Rosina! Rosina!«
Draußen am Waldrand sprang das Kasermandl vor die Hütte. Der alte Gudauner stand bei ihm, schaute zum Feuersingerhaus, sah das große Feuer gen Himmel lodern, hörte das Johlen und Juchzen. Er wußte jetzt, warum der alte Zauberer unbedingt darauf bestanden hatte, daß Barbl ihr Rauhnachtskleid behalten sollte.
Der verlorene Sohn war heimgekehrt!
»Auf, auf zum Feuersinger!« hallten die Rufe von Hof zu Hof. Die Barbl klopfte verzweifelt an die Tür Rosinas: »Gib mir mein Kleid wieder, ich bitte dich, ich bitte dich, gib mir mein Kleid wieder!«
Niemand hörte sie, niemand öffnete die Tür. An ihr vorbei zogen Vermummte, häßliche und schöne Perchten, wundersame Rauhnachtsmädchen, taumelnd, jodelnd, tanzend, alles, alles zum Feuersingerhof.
Ein Schlitten fuhr vor, hielt vor der Tür. Männer mit Bockslarven standen dabei. Andere trugen schöne Masken mit bunten Bändern und Stäben. Keiner war zu erkennen. Es war, als hätte sich die ganze Welt verwandelt.
Endlich öffnete sich das Tor. Heraus trat eine Königin im goldenen Gewand mit Krone, Schleier und Zauberbesen.

»Ich bitte dich, gib mir mein Kleid zurück, meine Maske. Der Tonio ist gekommen!« flüsterte Barbl der sternengeschmückten Rauhnachtsbraut zu. Aber die schüttelte nur stumm den Kopf, winkte mit der Hand und stieg in den bereitstehenden Schlitten, der unter dem Gelächter der merkwürdigen Begleiter davonfuhr. Weinend und verzweifelt rannte Barbl durch die Straße wieder zurück. Durch das Fenster eines Stalles sah sie eine Bauernmagd, die ihre Maske aufsetzte. Ohne zu überlegen, stürzte sie hinein:

»Leih mir dein Kleid, Sabina – ich dank dir's tausendfach – ich hab meines verliehen . . .«

Wie eine Hexe sprang die Bauernmagd ihr entgegen und lachte Barbl aus:

»Schau, daß du weitergehst, nit um mein Leben geb ich's her, mein Recht – heut ist die große Wahl – du narrisches Luder, geh nur schnell wieder, geh – geh!«

Sie griff nach einer Mistgabel.

Barbl floh.

Das war ein jubelnder Radau, mit dem Tonio empfangen wurde, als er in die Holzerhütte kam. Die Burschen zerrten ihn in ihre Mitte, fragten nicht lang nach Wohin und Woher. Es genügte, der Tonio war wieder da!

»Freunde! Seid alle gegrüßt – i bin wieder da! Folgts mir alle zu unserem Hof!«

»Oho! Nix zu machen! Bist zu spat kommen! König bin heut i!« schrie der Kaindl und hielt drohend und hoch die Sonnenmaske. »Da könnt ein jeder kommen!«

Aber schon stand Tonio bei ihm. »Gib her und folg dem Gesetz!« sagte er und wandte sich hart zu den andern: »Wer ist nach Fug und Recht gewählt? Entscheidet!«

»Ausrufen!« – »Raufen!« – »Dreinschlagen!« schrien sie durcheinander.

»Maul halten! Gerauft wird heut net! Der Tonio ist Rauhnachtskönig!« riefen die Besonnenen, andre wieder protestierten. Der Rizzer-Reto packte den Kaindl am Arme: »Geh, sei gscheit, gib sie ihm!«

Kaindl zögerte – dann nickte er: »Deinem Vater zulieb, deinem Hof zulieb, Tonio – da, nimm sie!«

Ohrenbetäubender Lärm ging los. Viele hatten schon Skier an den Füßen, brennende Fackeln in den Fäusten. Alle waren vermummt, verkleidet, verzaubert; jetzt erst fühlte sich Tonio nicht mehr als Ausgestoßener, als Entfremdeter.
Meterhohe, federgeschmückte Hüte, seidene Bänder und lustige, erstaunte Larven aus Holz trugen die Perchten. Andere hatten sich Bocksfelle umgeworfen. Und da war auch einer, der sich riesengroß gemacht hatte: auf langem Hals trug er den weitaufgerissenen Schnabel des Vogels Greif unter großen, glühenden Augen.
Hoch schwang Tonio das Flammenhaupt der Sonnenmaske:
»Mir nach, Burschen!« jauchzte sein Ruf in den nächtlichen Bergwald, und eine wilde, verwegene Jagd ging dahin, sauste durch den Schnee, vorbei an Winterbäumen, gespenstisch erleuchtet vom vorüberhuschenden Licht der Fackeln. Wilde Schreie durchgellten die Nacht: »Rauhnacht ist, Sonnwend ist!«
In hellen Gluten schimmerte das goldene Strahlenhaupt! Gespenstern gleich huschten die Männer zu Tal, brachen aus dem finsteren Dunkel des Waldes, verschwanden mit der Geschwindigkeit flammender Dämonen im Dickicht der Bäume. Bockfüßige Teufel hinkten hinterdrein. Ihr Licht versagte, ihre Fakkeln gaben keinen Glanz, nur Rauch und schwefliger Gestank zogen hinter ihnen her.
Von allen Seiten strömten die Guten und Bösen zum Feuersingerhof. Der große Tennenraum konnte sie nicht mehr fassen. Auf dem Platz vor dem Hof waren schon viele versammelt. Auf Pferden, in Schlitten, zu Fuß waren sie gekommen. Der Zug nahm kein Ende.
Spiegel, Blumen, Gräser und Goldfäden wurden an den glühenden Feuerstößen vorbeigetragen. Auf geschmückten Stäben trugen die Männer Früchte und Brote. Langsam und plump kamen jetzt auch die Walddämonen daher. Ihre tief gebetteten Augen blickten gutmütig in die feuerlodernde Welt. Ungeschlacht waren sie, tolpatschig, dem Leben menschlicher Ansiedlungen vollkommen fremd.
Der alte Feuersinger stand vor dem Hof und wartete auf seinen Sohn.
Staunend standen die Gäste der großen Hotels auf den Terrassen.

»Sunnwend!« riefen die Buben und warfen Scheite in die Flammen.
Böller schnalzten und Feuer prasselten in den Nachthimmel. – »Sunnwend! Sunnwend! Sunnwend!«

Barbl war in ihrer Verwirrung wieder nach Hause gerannt. Es mußte sich ein Rauhnachtskleid aufstöbern lassen! Sie zerrte Schubladen auf, sie ließ verrostete Schlösser aufspringen – Leinenballen und Stoffe, Krimskrams und Tand –, aber es mußte doch, um Himmels willen, ein altes Rauhnachtskleid zu finden sein.
Die erste Truhe war durchwühlt, die zweite. – Da hätte sie beinahe die Truhe auf dem Dachboden vergessen!
Die enge, steile Holztreppe in einem Satz hinauf! Die Truhe aus dem niedrigen Eck mit den letzten Kräften hervorgezerrt! Und unter jauchzender Freude war ein altes Kleid und eine guterhaltene Maske der Großmutter gefunden.
Da stand sie nun in der Stube, im Schein eines Kerzenlichtes, und betrachtete ihr von Krone und Schleier verschöntes Spiegelbild. Nun hielt sie behutsam die goldene Mädchenmaske vor ihr Gesicht und verzauberte sich selbst. Sie wurde zur Königin. Und die Königin reckte sich hoch, und ihre schlanken, weißbehandschuhten Hände strichen liebkosend über die seidenen Falten und goldenen Sterne des alten Gewandes.
Ihr Vater hatte die Nachricht vom verschenkten Kleide erst am Feuersingerhof erfahren. Ein Mädchen hatte sie ihm zugeflüstert. Gudauner, selbst überrascht, konnte nun nichts anderes mehr tun, als dem Tonio, der eben an ihm vorbeikam, zuzurufen: »Du weißt, Barbl kann nicht mitmachen! Sie hat nit gewußt, daß du doch heimkommen bist – da hat sie ihr Rauhnachtskleid verschenkt!«
Tonio reichte ihm die Sonnenmaske: »Bring sie dem Vater; red mit ihm, sag ihm, ich werde gleich wieder zurück sein.«
Rasch verkleidete auch er sich, wurde zu einem Perchten mit schwankendem Federhut. Als er wieder unter die Menge trat, erkannte ihn niemand. Gleich nachher war er verschwunden.
Alles war schon in der Halle versammelt. In Eile war ein Thron, groß und breit, aus gefüllten Getreidesäcken errichtet worden,

weiter hinten hatte die Feuersingerin den Gabentisch aufgebaut. Kaum hatte der Alte vom Gudauner erfahren, daß Tonio fort sei, blitzte ihm ein Plan auf: Nun sollte, wenn es nach ihm ging, der Spaß erst seinen Anfang nehmen. War schon ein Durcheinand, so sollte es ein richtiges werden. Ein Durcheinand, daß sich niemand mehr zurechtfand. Und doch eines, das alle überstürzte Verwirrung des Tages zu einer guten Lösung brachte! Er, der Vater, hatte für seinen Sohn das Wort gegeben. Also mußte er für ihn einspringen. In der Tenne rief alles voll Ungeduld nach dem König. Alles wartete auf ihn.

Und da trat der König endlich ein.

Majestätisch anzusehen, wie ein Priester aus uralten Götterzeiten, so erschien er auf der Schwelle, wurde von Perchten, Schemenläufern, Klöcklern, Schellern, Hexen, Lötschern, Waldmännern, Dämonen und Bockspringern bejubelt und begrüßt.

Langsam schritt er durch die Tenne, blickte auf sein Volk, schweigend. Dann ließ er sich auf seinen Thron nieder.

Der Zeremonienmeister ordnete die Versammelten in Gruppen, gab das Zeichen zum Beginn der Huldigung. Nun wurde es still, nur draußen tobte der Taumel.

Der Acker, die Wiese, der Wald, das Feuer und der Wind standen im Halbkreis um den Thron. Der König selbst hielt die Linke auf eine Lehne gestützt, die Rechte umklammerte als Zepter einen blumengeschmückten Stab.

Alles schwieg in tiefer Erwartung.

Nun trat in schwerem Tritt der Wald vor und überreichte dem König einen jungen Baum mit Wurzeln und Erde. Er verneigte sich und sprach:

»Ich bin der Wald,
Bin ur-uralt!
Ich hege den Hirsch,
Ich hege das Reh,
Ich feßle den Sturm,
Ich feßle den Schnee,
Ich bau euch die Hütte,
Ich heiz euch den Herd!
Bäuerlein, Bäuerlein,
Halte mich wert!«

Das Flammenhaupt neigend, dankte der König.
Mit blütenumkränzten Schläfen tanzte die Wiese vor seinem Thron, kniete, Blumen vor ihn hinstreuend, nieder:

»Ich bin die Wiese,
Ich bin die Weide,
Trag bunte Blumen
Auf meinem Kleide,
Ich mach eure Herden
Glänzend und fett!
Den Burschen, den Mädeln,
Richt ich ein Bett!
Bäuerlein, Bäuerlein,
Ehrt mir die Wiese!«

Alles lauschte den Worten des nun vortretenden ährengeschmückten Ackers:

»Ich bin der Acker!
Goldenes Getreide
Ist mein Preis!
Wandelt ihr zu Brot!
Wenn ich nit wär,
Gäb's Not und Tod!
Bauersmann, Bauersmann,
Schau mich voll Ehrfurcht an!«

Vor dem Hofe standen die Rauhnachtsmädchen und warteten. Unerkannt hatte sich Barbl in die Gruppe geschlichen. Man war ein wenig vor ihr zurückgewichen, tuschelte und flüsterte. Da war doch jetzt eine zuviel! Da gab es ja dreizehn Rauhnachtsmädchen? Das ging nicht mit rechten Dingen zu. Aber Barbl mischte sich so unauffällig unter die anderen, daß bald keine mehr wußte, welche von den dreizehn eigentlich zu Unrecht im Kreise stünde.
Tonio war suchend durch das Dorf gehetzt. Er war zuerst beim Lehrer Martiner gewesen, war dann von Haus zu Haus gesprungen, hatte einen kurzen Blick in die Kirche geworfen, alles ohne Erfolg.
Er fragte nach ihr, wen er traf ...

Niemand wollte sie gesehn haben. Zu guter Letzt lief er ins Gudaunerhaus.

In der Werkstatt und im ganzen Gebäude war niemand zu finden. Seine Rufe hallten durch leere Zimmer und Gänge. Er fand offene Türen und offene Schränke, offene Truhen und verstreute Kleider. Die wahllose Unordnung verriet ihm, daß hier jemand nach etwas gesucht hatte. Und da lag ein Spiegel. Und da stand ein Kerzenhalter mit einer Wachskerze, und der Docht war noch warm.

Ja, gewiß, Barbl hatte sich verkleidet, war im Feuersingerhof unter den Zwölfen!

Vor dem König neigte sich tief der nasse Regen.

»Ich bin der Regen!
Acker muß sterben,
Wald muß verderben
Ohne mein Segen!
Quelle ernährt sich
Einzig von mir!
Alle erhalt ich,
Menschen und Tier!
Menschenkind, Menschenkind,
Lach, wenn der Regen rinnt!«

Mittenhinein sprang ungeduldig und wild das Feuer:

»O höre mich!
Ich bin das Feuer!
Hütet mich recht!
Denn ich bin gut
Und bin auch schlecht!
Ich bringe Reichtum
Und bring auch Not,
Ich bring das Leben
Und auch den Tod!
Bäuerlein, Bäuerlein,
Halte mich fest,
Sonst brech ich aus
Und fresse dein Nest

Und fresse das Vieh
Und fresse die Scheuer!
Hüte mich, hüte dich,
Ich bin das Feuer!«

Der König erhob sich. Er hob den Stab und gab das Zeichen zum Tanze der Mädchen.
Tief sich neigend, huldigte der Kreis dem Thronenden. Langsam und feierlich drehten sich die Gestalten im Tänzelschritt, neigten sich zu tiefen Verneigungen. Die Musik wurde unruhiger, aufpeitschender; und schneller folgte ihr der Tanzschritt der Mädchen.
Tonio betrachtete aufmerksam die dreizehn Tänzerinnen. Schleier, Maske, Krone, Kleid und Handschuhe verdeckten gänzlich jede Trägerin. Und jede wirkte wie die andere, und jede wirkte wieder ganz anders. Welche war nun Barbl, und welche war es nicht? Noch zögerte der König mit seiner Wahl.
Tonio erschrak plötzlich. Da war eine, die soeben vor dem König sich verneigt hatte – hatte sie nicht ein kleines, kaum merkbares Kreuzlein auf ihrem Goldgesicht?
Der König hatte sich erhoben. Jetzt breitete er weit die Arme aus und stieg die erste Stufe hinab, dem Halbkreis der Mädchen sich nähernd.
Tonios Pulse flogen, es galt jetzt, die Rechte zu finden, oder es war alles vertan. Noch immer zögerte der König. Schon war die Nächste an der Reihe. Wald, Wiese, Feuer und alle andern warteten voll Spannung und Ungeduld.
Jetzt neigte sich demutsvoll ein Mädchen in unsagbarer Grazie. Sie mußte es sein! »Barbl!« flüsterten Tonios Lippen. Er wollte auf sie zustürzen – aber er blieb, wie ein Gebannter, auf der Stelle. Alle diese goldenen, starren Antlitze verwirrten ihn vollends. Alle waren gleich, alle waren starr und golden. Hätte er die eigene Maske und den Federhut herunterreißen können, dann hätte ihn Barbl sofort erkannt, aber das war nicht erlaubt. Der Fluch der Rauhnacht hätte ihn getroffen und zeitlebens verfolgt.
Schon neigt sich die Nächste.
Wird der König sie wählen? Lange schaut sie kniend zu ihm auf. Des Königs Hände greifen nach ihr, wollen sie fassen, da springt

Tonio mit einem Satz mitten in den Ring und holt das Mädchen, reißt es an sich und trägt es durch die verblüffte Menge hinaus zu den Feuern.
Wie ein einziger Aufschrei gellte die Überraschung durch die Halle. Alles wollte dem Eindringling, der das Gesetz nicht achtete, nachstürzen, aber der König, hoch sich reckend, befahl Ruhe. Schon war der Perchte mit dem Mädchen durch das Tor entkommen. Im grenzenlosen Tumult nahm nun der König die Sonnenmaske von seinem Gesicht und hielt sie hoch.
»Der alte Feuersinger ist's!« scholl es auf. »Wo ist Tonio? Wo ist der rechte König?« knallten die Rufe durcheinander. »Er hat die Rauhnachtsbraut gestohlen!«
Beruhigend und lachend rief der Alte:
»Die Wahl ist geschehen, die Wahl besteht zu Recht. Das war der Tonio, mein heimgekehrter Bua! Er hat für mich gewählt!«
Im Lachen und Lärm gingen die Worte des Feuersingers unter.
»Holt sie, holt sie! Die Gudaunerin ist's!...« – »Na – die Silanerin! Holt sie!«
Und dann griffen die Burschen nach den Mädchen, und alles drehte sich im wirbelnden Tanz.
Der Feuersinger gab das Zeichen zum großen Essen. Er setzte sich an die Spitze des gewaltigen Tisches.
Draußen im Schnee tobten noch die fröhlichen Geister. Andere saßen freßgierig im Schein des Feuers um einen am Spieße sich drehenden Ochsen, von dem das glänzende Fett triefte. Aus irdenen Humpen tranken sie den köstlichen Wein ihrer Berge, aus runden Schüsseln langten sie sich die Früchte ihrer Felder und Bäume, reichten sich das Brot und den Speck, und es war ein Wohlleben und Fressen und Saufen und Lachen und Wohlsein sondergleichen überall.

Zur gleichen Stunde zündete der Mesner die Kerzen vor dem Altar in der Kirche an. Sanft schwebte der Weihrauch, und im Zittern des Lichtes standen die schweigsamen Heiligen feierlich und allem Irdischen entrückt.
Und oben bei der Orgel schlurften Schritte; das war der alte Martiner, der die Huldigung auf dem Feuersingerhof nicht mitgemacht hatte, der langsam, Schritt für Schritt, durch den Schnee gestapft war, zufrieden in sich selbst, legte er Mantel und Mütze

fort. Nun räusperte er sich und hustete ein wenig. Glockenbuben kletterten die steile Turmtreppe empor und begannen die Seile zu ziehen. Tling — tlang — tliiing — tlaaang — riefen die Glocken. Und der Lehrer begann auf der Orgel zu spielen . . .

Von den Bergen stiegen die Bauern mit Laternen zu Tal, ihnen folgten die Frauen, die sich in warme, dunkle Tücher gehüllt hatten. Von allen Seiten kamen sie, stießen bei den Kreuzungen zueinander, stapften gemeinsam weiter, dem rot lodernden Tal zu. Es war Mitternacht. Es war die längste Nacht des Jahres . . . Wintersonnwend . . .

Tonio führte das Rauhnachtsmädchen an der Hand.

Als sie in das Wäldchen zwischen dem Kirchenhügel und dem stillgewordenen Bach kamen, verlangsamten sie ihre Schritte. Drüben, droben und allenthalben wurde es an den prasselnden Feuern ruhiger, verstummten mehr und mehr die gellenden Rufe. Aus dem Dunkel tauchten Perchten, Teufel und Hexen auf, gelangten in den milden Lichtkreis der Dorfkirche, warfen ihre Larven, Felle und Hörner vor der Kirchenmauer in den Schnee, verwandelten sich wieder in gute, brave Christen, traten still und barhäuptig in das Gotteshaus.

Tonio war im Schutze der Tannen am Waldrand unter dem Kirchenhügel geblieben, das geraubte Rauhnachtsmädchen in seinen Armen. Leicht schmiegte es sich an seine Brust, fühlte den warmen Schlag seines Herzens.

»Tonio!«

»Barbl!«

Zwei Masken fielen in den Schnee, eine zarte, goldene mit Schleier und Krone, und eine wilde mit kühnem Schnurrbart und Federhut.

»Barbl, bist du es wirklich?«

»Ja — Tonio — immer war ich bei dir . . .«, flüsterten ihre Lippen, dann schlossen sie sich zum innigen Kuß, und alle Feuer versanken für die beiden und alle Rufe im Glück ihres Sichwiederfindens.

Und dann hob sie ihr Gesicht: »Tonio, nicht wahr, jetzt gehst aber nimmer fort, jetzt bleibst bei mir?«

»Ja, jetzt bleib ich bei dir mein Leben lang, Barbl. Ich war weit fort und habe wieder heimgefunden. — Wer nie fortgeht, kommt nie heim, Barbl!«

Seine Hand koste mit so viel Liebe und Wärme über ihren Scheitel, daß sie nur den Kopf neigte, nichts mehr erwiderte, nichts mehr zu fragen wußte.

Währenddessen hatte die heilige Christmette ihren Anfang genommen. Die Kirche war voll von andächtigen, betenden Männern, Frauen und Kindern.

Von der Orgel brauste das Orate, und der Priester kniete vor dem Allerheiligsten. Weihrauch stieg zum schwebenden Altarbild der Muttergottes empor.

»Gehen wir in die Christmette, Tonio, wir wollen beten und Gott danken«, mahnte Barbl, und Tonio nickte wortlos. Aber als sie an das Tor kamen, war es schon versperrt. Der Mesner hatte es wegen ein paar betrunkener Hexen, die eindringen wollten, von innen verriegelt.

Es schneite noch immer. Leise schwebte das Meer der weißen Flocken vom Himmel nieder, und tiefer Neuschnee deckte die mitternächtliche Landschaft. Ein Hügel von weggeworfenen Masken lag, halb eingeschneit, vor der Kirchenmauer. Barbl und Tonio standen an der versperrten Kirchentür. »Jetzt sind wir zu spät gekommen«, sagte sie. Tonio wollte nachsehen, ob nicht die Turmtür offen wäre.

Aber Barbl ließ ihn nicht von ihrer Seite.

»Bleiben wir hier. Es wird schon jemand kommen und aufsperren!« meinte sie.

Die Rauhnachtsrufe waren verklungen. Nur das Gelächter der Zechenden drang von weit herüber.

Auf dem Kirchhof herrschte Frieden. In tiefster Ruhe schimmerten an den Grabhügeln kleine Bäumchen mit vielen Kerzenlichtern.

Tonio horchte zum Wald hin. Und nun hob auch Barbl ihr Gesicht.

»Du, Tonio, hörst du ...?«

Die guten Könige sind es mit dem Stern. Sie kommen, sind müde, gehen gebückt einher und summen noch immer ihr Lied vom Wunder zu Bethlehem, und die arme Schar der Bettler und Musikanten folgt. Sie wandern auf das Kirchentor zu, sie wandern an Barbl und Tonio vorüber, und siehe, das Tor öffnet sich von selbst der demütigen Schar, die in das Gotteshaus, in den Glanz der Kerzen, in den Duft von Weihrauch, in den Chor

der Betenden einzieht. Tonio und Barbl folgen, glücklich und ergriffen, dem Stern, den sie tragen.
Der gute alte Lehrer an der Orgel spielt und singt und gibt den Buben den Takt, und zwischendurch – beim Credo und Sanctus – beugt er sich vor und schaut hinunter zu den Leuten ... Nun sieht er seinen Tonio mit der Barbl vorn unterm Altar bei den ersten Bänken stehen.
Seine Hände greifen jetzt in die Register und Tasten, daß der Orgelgesang aufjubelt und das Lob und Lied unseres Herrn Jesus Christus weit über alle Welt zum Allmächtigen hinaufträgt:

»Nun kommet alle und kniet nieder
Vor Jesus Christus und singet laut:
Herr, sei gelobt durch tausend Lieder,
Und wend uns zu dein göttlich Haupt.
Du bringst uns Demut und Glück und Gnade,
Denn du bist groß durch alle Zeit.
Wir wollen dankbar vor dir uns neigen,
O göttlich Wunder, in Ewigkeit.«